九劈 雷雲

구백뇌운

구벽뇌운 2
미르영 新무협 판타지 소설

초판 1쇄 찍은 날 § 2007년 5월 9일
초판 1쇄 펴낸 날 § 2007년 5월 19일

지은이 § 미르영
펴낸이 § 서경석

편집장 § 문혜영
편집책임 § 이재권
편집 § 최하나 · 문정흠 · 김동화

펴낸곳 § 도서출판 청어람
등록번호 § 제1081-1-89호
등록일자 § 1999. 5. 31
어람번호 § 제2-1199호

주소 § 경기도 부천시 원미구 심곡1동 350-1 남성B/D 3F (우) 420-011
전화 § 032-656-4452 팩스 § 032-656-4453
http://www.chungeoram.com
E-mail § eoram99@chollian.net

ⓒ 미르영, 2007

ISBN 978-89-251-0696-0 04810
ISBN 978-89-251-0694-6 (세트)

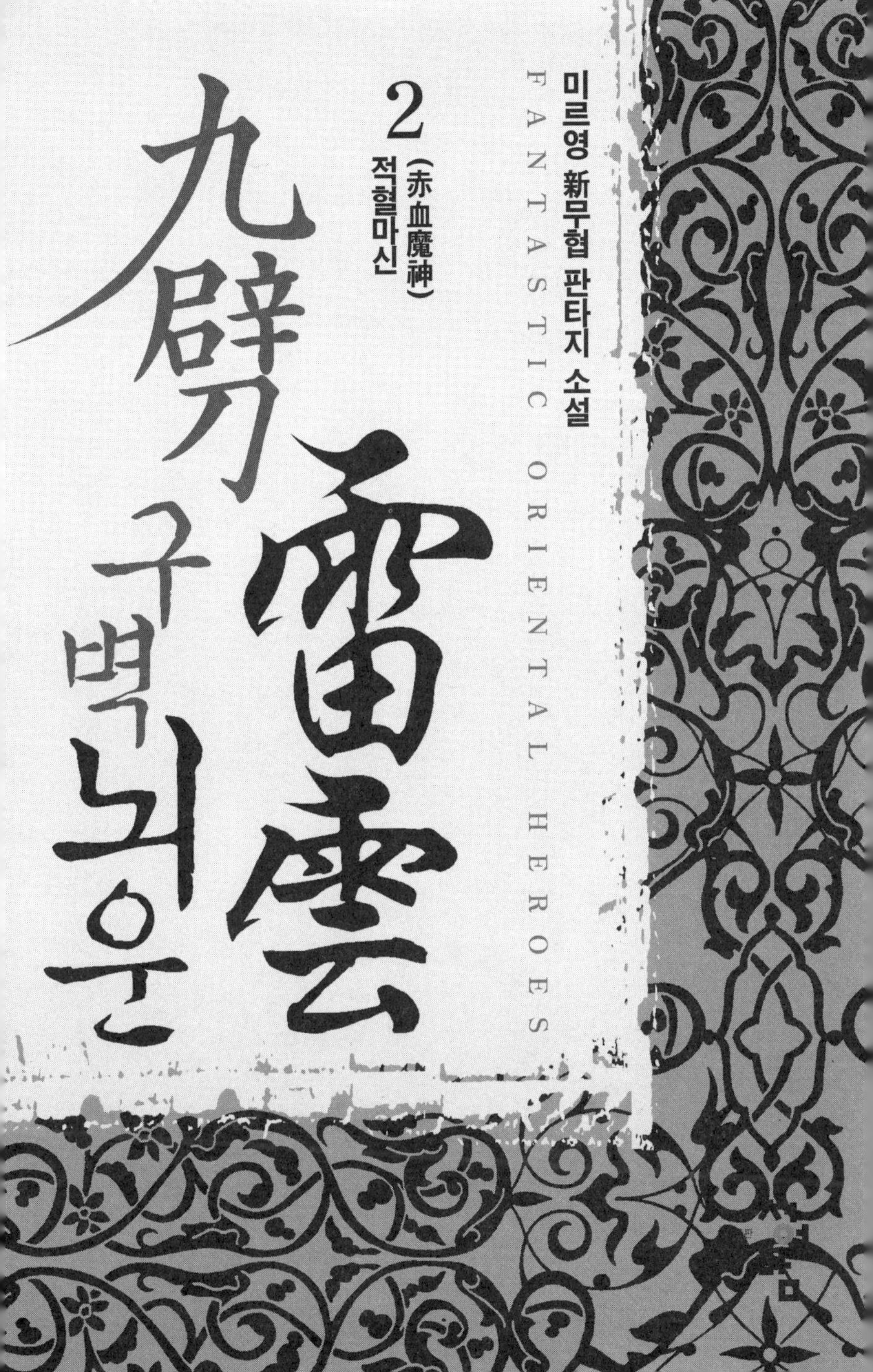

九劈雷雲
구벽뇌운
2
（赤血魔神）
적혈마신
미르영 新무협 판타지 소설
FANTASTIC ORIENTAL HEROES

目次

삼황(三皇)의 서

굽이굽이 가파르게 이어지는 기암절벽으로 이어지는 산하를 가린 운해 위.

그곳은 낙조로 인해 세상이 온통 붉게 물든 황산 정상이었다. 깎아지른 기암절벽과 기송들로 세인의 탄성을 자아내던 시신봉의 정상은 지금 폐하나 다름없었다.

천지개벽이 일어난 듯 파괴된 기암괴석만이 가득한 시신봉의 정상에는 낙조로 늘어지는 세 개의 그림자가 마주치며 하나로 이어지고 있었다.

검은색의 묵룡이 수놓아진 용포를 입고 있는 중년인과 유백색의 염주를 목에 걸고 있는 늙은 승인, 그리고 학창의를 입고 있는 백발의 도사가 정상에서 마주하고 있었다.

날카로운 눈으로 서로를 노려보며 서 있는 세 사람의 풍모는 범상치가 않았다. 그들 사이에는 강력한 힘이 느껴지는 알 수 없는 기류가 흐르고 있었다.

아마도 시신봉의 정상이 이리 폐허로 변한 것은 세 사람과 관련이 깊은 것 같았다. 격렬한 격전을 치른 듯 그들의 옷은 여기저기 찢겨져 있었다.

"아미타불! 혁련 시주, 오늘의 결과는 시주의 오만함으로 인한 것이오."

반장을 한 늙은 승인의 입에서 불호성과 함께 용포를 입은 중년인을 질책하는 음성이 흘러나왔다.

"땡초, 함부로 말하지 마라! 내가 보여준 것이 다가 아니다!"

승인의 질책을 들은 중년인의 입에서 노호성이 터져 나왔다. 분노로 물든 모습이었지만 애써 화를 삭이는 듯 그의 눈이 잠시 흔들렸으나 이내 제자리를 찾았다.

"혁련 도우, 도우는 약속을 이행하시오. 천하를 발아래 둔다는 도우가 어찌 이러는 것이오? 되지도 않는 변명은 하지 말고 결과에 승복하란 말이오."

학창의를 입은 백발의 노인이 입을 열었다. 홍안의 안색으로 불그스름하게 물든 그의 안색이 더욱 붉어졌다.

"으… 음, 좋다. 약속대로 본좌가 살아 있는 동안에는 중원 땅을 밟지 않겠다."

중년인의 말에 늙은 승인과 도사는 반색하는 표정이었다. 어렵게 결과를 이끌어낸 탓에 짓는 만족스런 표정이었다. 속으로 안도의 한숨을 내쉬고 있는 두 사람에게 다시금 중년인의 목소리가 들려왔다.

"하나 이것이 전부라고는 생각하지 마라. 본 교의 진정한 힘은 내게 있는 것이 아니니. 붉은 하늘이 열리고 핏빛 그림자가 비치면, 지옥의 공포로 인해 너희들은 오늘의 일을 후회하리라."

중년인은 말을 마친 후 잊지 않겠다는 듯 싸늘한 눈빛으로 두 사람을 쳐다보았다. 그리고는 이내 신형을 돌렸다.

팟!

경공을 시전한 중년인은 시신봉에서 뛰어내렸다. 그리고 황산의 운해 속으로 순식간에 사라져 버렸다.

"아미타불!"

중년인이 사라지자 늙은 승인은 고뇌가 가득한 눈으로 연신 불호를 외쳐 댔다. 중년인이 남기고 간 마지막 말이 가슴에 걸린 탓이었다.

"성승께서는 너무 심려하지 마십시오. 중원 진출이 저지당해 그러는 걸 겁니다. 어찌 됐거나 마교의 도발을 막게 되었으니 다행입니다."

　불호를 외치는 승인의 마음을 아는 듯 노도사가 위로의 말을 건넸다.

"희생이 너무 컸소이다, 희생이……."

"어쩔 수 없는 일이었습니다. 그들의 살신성인이 강호를 파란으로 몰아넣을 수도 있었던 혈겁을 막은 것입니다. 그렇지 않았다면 아무리 성승과 저라 해도 혁련 도우를 막는다는 것은 사실 불가능했으니 말입니다."

"으… 음!"

"하지만 검황, 난 이번 일이 마음에 걸린다오. 혁련 시주의 행로를 전해온 그 봉서가 어쩌면 음모의 시발점일 수도 있다는 생각이 드니 말이오."

　승인의 눈에 잠시 의문의 빛이 스쳤다. 그도 이번 황산의 일이 누군가의 음모일 수도 있다는 생각이 들었던 탓이다. 그리고 그가 마지막으로 남기고 간 말도 자꾸만 가슴에 멍울로 자리했다.

"검황, 혁련 시주가 약속은 했다고 하나 그의 휘하들은 아닐 것이오. 무림을 전부 합쳐도 당하기 힘든 것이 그들의 전력이고 보면 말이오. 앞으로 혁련 시주가 물러났을 때를 대비해야 할 것이오. 그곳은 수시로 피의 쟁투가 일어나는 곳이니. 그리고 천하를 발아래 두려 했던 사람이오. 그가 마지막으로 남긴 말 또한 의미가 있는 것일 테니 앞날을 대비해야 할 것이오."

"무슨 말씀이신지 알겠습니다, 성승. 본 파로 돌아가는 즉시 나름대로 안배를 해두겠습니다. 이만 자리를 뜨시지요."

성승이라 불린 승인은 검황이라 불리는 노도사의 말에 서서히 발걸음을 옮기기 시작했다. 하지만 그의 마음은 저물어가는 낙조만큼이나 어두웠다. 운해 속으로 가라앉는 낙조가 마치 핏빛처럼 보였기 때문이다.

第一章 본격적인 수련의 시작!

九劈雷雲

수린이 천위현에 의해 본격적인 무공 수련
에 들어갈 무렵, 백무는 혈천독지로 돌아와 짐을 풀고 있었다.

　당민이 자신에게 남긴 것들과 얼마간 준비한 식량을 동굴
안에 풀어놓은 백무는 동굴을 나와 이제는 푸른 연못으로 변
해 버린 혈천독지로 다가갔다.

　"후후! 살려면 어쩔 수 없이 들어가야겠지. 내게는 혈수련
의 연근이 없으면 안 되니까."

　바닥이 훤히 들여다 보이는 푸른빛의 물을 바라보다 백무
는 서서히 발걸음을 옮기기 시작했다. 입가에 어느새 단검이
물려 있었다. 당민이 자신을 위해 준 것으로, 보통의 단검보

다는 약간 더 큰 것이었다.

"으음!"

발목까지만 잠겨 있을 뿐인 데도 한기가 치밀어 올라 입술이 금방 새파랗게 질렸다.

'중수(重水)인 혈천독지를 이렇게 드나드는 것이 이제는 익숙해질 때도 되었건만……'

혈천독지에 드나들 수 있는 사람은 오직 자신뿐이었다. 당민에게 시술을 받고 난 후 한동안 중수에 드나들었다. 지금과 같이 혈수련의 연근을 캐기 위해서였다.

혈수련의 연근은 적혈잠원대법으로 인해 변한 신체를 위해서는 반드시 필요한, 몸에서 일어나는 자정작용 때문이다. 거부반응이 일어나면 육체가 붕괴할 수도 있는 일이기에 매일같이 혈수련의 연근을 먹어야 했던 것이다.

발목으로 몰려드는 한기와 압력으로 인해 인상을 찌푸리며 서서히 안으로 들어갔다. 사람 머리만 한 철괴도 혈천독지에 들어가는 순간 주먹만 하게 변하는 강한 압력이건만 백무는 신음 한번 흘리지 않았다.

한기와 압력이 밀려들수록 그의 몸은 피를 칠한 듯 붉게 변하고 있었다. 푸른 물속에 붉은빛을 띤 사람이 걸어가는 모습은 어찌 보면 괴기스러울 정도로 섬뜩했다.

'크으, 여전하군. 하지만 견뎌야겠지. 살려면 말이야.'

가중되는 압력 속에 차가운 한기가 몸 안으로 스며들어 뼈를 찌르자 고통이 밀려들었다. 하지만 걸어 들어가는 것을 멈추지 않았다. 지난날의 고통에 비하면 지금의 것은 아무것도 아니었기 때문이다.

'크크!! 처음 이 안에 던져 졌을 때는 거의 죽는 줄 알았었지…….'

백무는 처음 혈천독지에 들어섰을 때를 기억했다. 거의 죽음 직전까지 갔던 기억이다.

'그때를 생각하면… 크… 으! 다시 하라면 차라리 죽어버릴 것이다. 그런 고통은 다시는 겪고 싶지 않으니까. 저기 있군.'

혈천독지에 처음 들어왔을 때를 생각하며 헤엄치던 백무는 바닥을 뚫고 나온 혈수련의 꽃대를 볼 수 있었다.

꼬르르륵!

백무는 잠수해 들어갔다. 압력으로 인해 전해지던 고통과는 차원이 다른 고통이 밀려들었다. 눈과 귀에 전해지는 압력이 머릿속을 고통으로 물들였다.

거센 고통 속에서도 눈을 뜬 백무는 흰색의 바닥에 끝머리만 뾰족하니 내놓은 꽃대를 확인하고는 끌어당기기 시작했다. 자신의 생명을 연장시킬 연근을 얻기 위해서였다.

후드득!

하얀색의 포말이 일며 연근이 딸려 올라왔다. 푸른색을 띤 손가락만 한 여러 마디의 줄기가 딸려 올라오자 백무는 지체

없이 입에 물고 있던 단검으로 연근을 잘라냈다.

그리곤 걷듯이 헤엄쳐 혈천독지 밖으로 나왔다.

"헉… 헉! 정말 지독한 고통이다. 젠장할! 연근이 떨어질 때마다 이 짓을 해야 하다니……."

연못 밖으로 나온 뒤 그는 그대로 누워버렸다. 전신에 힘이 하나도 없었기 때문이다. 백무의 왼손에는 잘려져 나온 연근 다발이 들려 있었다. 예전 것과는 달리 푸른색을 띠고 있는 연근 다발은 상당히 길었다.

혈천독지에서 연근을 캐내는 일은 잠시였지만 강한 압력으로 인해 무척이나 힘든 작업이었다. 연못가에서 잠시 휴식을 취한 백무는 비틀거리며 일어나 동굴로 향했다. 연근을 복용한 후 수련을 시작하기 위해서였다.

동굴 안으로 들어온 백무는 가지고 온 연근 중 하나를 잘라 입에 넣고는 씹기 시작했다.

'크크! 입이 얼얼하군. 그때 누님께서 이놈을 먹으라고 했을 때 이토록 힘들 줄 알았다면 먹지 않았을 것이다. 크으!'

처음 백무가 혈수련의 연근을 먹은 것은 혈천독지에서 나오고 나서부터였다. 매일같이 겪어오는 고통이라 이력이 났지만 여전히 참기 힘든 것은 마찬가지였다.

쿵!

연근을 씹어 삼킨 후 백무는 고통 속에 의식을 잃고 바닥에 쓰러졌다. 그리고 얼마 후 백무의 몸이 붉어지기 시작했다. 처음 궁노가 보았을 때와는 달리 색이 상당히 옅어져 있었다.

"으음, 또 하루가 지나갔군. 후후! 이제 어느 정도 고통에 익숙해진 건가? 일어나도 무덤덤하기만 하니. 후후!"

혈천독지에서 나와 연근을 먹고 의식을 잃었던 백무는 서서히 의식을 되찾았다. 자리에서 일어난 백무는 자신의 몸을 이리저리 둘러보았다. 별다른 이상은 보이지 않았다.

고통 속에서도 당민의 말대로 연근을 복용하는 것을 한 번도 빼먹지 않고 실천한 결과였다. 거기다 소림오권을 수련하며 근력이 더해진 때문인지 전보다는 고통이 덜했다.

자신의 몸을 확인한 백무는 밖으로 나왔다. 아직은 아침 해가 뜨지 않은 시간, 연무를 시작하기 위해서였다. 백무는 동굴 앞에서 연무를 시작했다. 소령과 같이 수련할 때와 마찬가지로 변함없는 소림오권의 수련이었다.

"무공이라는 것은 손과 발로부터 시작해 전신을 사용하는 것에서 발전되다가 훗날 무기를 이용하게 되었다. 비록 오늘날 대부분의 무림인들이 무기라는 도구를 이용하여 무공을 익히지만 무공의 근간은 언제나 자신의 신체인 터. 자신의 몸을 정확히 모르고서는 무공을 배웠다 할 수 없을 것이다. 저 아이가 수련하고 있는 소림오권은 비록 소림에서 만들어진 것은 아니나 용권연신(龍拳鍊神), 호권연골(虎拳鍊骨), 표권연력(豹拳鍊力), 사권연기(蛇拳鍊氣), 학권연정(鶴拳鍊精)으로 알려졌듯이 신체를 수련하는 데 있어서는 최상의 공부라 할 수 있다. 소령인 이 말을 명심하고 신골역기정(神骨力氣精)의 참뜻을 헤아려 아비의 무예를 수련해야 할 것이다."

백무는 소령을 수련시키면서 한규민이 들려주었던 말을 기억하며 소림오권을 익히는 것에 박차를 가했다. 익혀가면 갈수록 아버지가 가르쳐 준 소림오권은 평범한 것이 아니었다. 소림오권은 서서히 자신의 몸을 변화시키고 있었다. 당민이 알았다면 놀라고도 남을 만한 일이었다.

수련의 나날이 지속됐다. 연근을 먹고 고통에 정신을 잃고, 깨어나면 수련하는 일상이었다. 수련을 매진하는 시간이 흐를수록 점점 더 근력이 붙어갔다.

근력이 어느 정도 붙어가자 백무는 자신이 기억하고 있는 한규민의 무공을 수련하기 시작했다. 상체 위주인 소림오권 이외에 하체를 주로 사용하는 탄공신을 익히기 시작했던 것이다.

소림오권과 탄공신은 궁합이 잘 맞았다. 둘 다 신체를 이용하는 데 최적을 추구하는 것이었기에 가능했다. 튼튼한 하체를 기반으로 하는 소림오권은 현오한 탄공신을 만나 더욱 완벽하게 변모해 갔다.

내공을 운용할 수 없는 몸이지만 혈천독지에 온 지 육 개월
이 다 되어갈 무렵에는 내공을 지닌 사람처럼 백무가 내지르
는 권각에 상당한 힘이 실려 있었다.

파파팍!

혈천독지의 동굴 앞에서 바람처럼 몸을 움직이는 백무였
다. 허공으로 뻗치는 손과 발에서는 경풍(輕風)이 일 정도로
빠른 몸놀림이었다.

움직이는 몸짓은 소림오권만이 아니었다. 순간적이지만
한규민의 탄공신도 섞여 있었다. 어떤 때는 소림오권으로, 어
떤 때는 탄공신으로 변화무쌍하게 신형을 움직이는 백무의
모습은 한 폭의 춤사위였다.

'이 정도면 어디 가서 맞아 죽지는 않을 것이다. 누님 말씀
대로 적혈신이란 것이 생각보다 대단하다.'

수련을 시작한 이후로 복수가 가능할지도 모른다는 생각
이 들었다. 외공만 익힌 자신이지만 권각으로 뻗어내는 힘은
내공을 수련한 사람에 못지않다는 것을 느끼고 있었던 것이
다.

강한 힘을 내기 위해 진각을 밟을 때마다 땅이 움푹 패여갔
다. 내공을 실은 것이 아님에도 한 치가 넘게 패였다. 진각을
통해 끌어올린 힘이 허리를 타고 올라 뻗어지면 권을 통해 대

기가 진동했다. 내공이 없음에도 전사경이 발해지는 것이다.

파파팡!

휘이이익!

파파팟!

휘돌고 내뻗고 거두어들이며, 반 시진에 걸쳐 소림오권과 탄공신의 형을 모두 수련한 백무는 조용히 숨을 가라앉혔다.

반개한 눈으로 푸른빛이 넘실거리는 혈천독지를 바라보는 그의 눈에는 근심이 서려 있었다. 돌아오겠다는 시간이 지났음에도 당민이 오지 않았기 때문이다.

"으음, 누님이 오실 때가 지났는데……."

약속한 시간이 열흘도 넘게 지났건만 당민은 혈천독지로 돌아오지 않았다. 무슨 일이 일어난 것은 아닌지 백무의 가슴이 바짝바짝 타 들어가고 있었다.

"이거 찾으러 나설 수도 없고……. 걱정이구나. 가신 곳이 워낙 먼 거리라 늦을 수도 있으니 일단은 기다려 봐야겠다. 앞으로 한 달만 더 수련하고, 그때도 누님이 돌아오시지 않는다면 어떻게 할지 결정할 수밖에……."

백무는 마음을 다진 후 천천히 혈천독지로 걸어 들어가기 시작했다. 이제 소림오권과 탄공신을 섞어 형을 완성한 이상 새로운 수련을 해보고 싶었기 때문이다.

아직은 내공을 익힐 수 없는 몸이었기에 중수의 압력을 견디며 수련한다면 지금보다 성취가 한 단계 높아질 것이란 기대 때문이었다.

"크으! 여전하군."

혈천독지로 들어서는 순간 기다렸다는 듯이 강한 압력이 밀려들었다. 수천 근의 무쇠를 달고 움직이는 듯 중수의 압력은 밖에서 움직이는 것보다 수백 배의 힘이 더 들게 했다. 혈천독지 안에 들어가 무공을 수련하는 백무의 움직임은 거북이가 기어가듯 더할 나위 없이 느렸다.

"후우읍!"

꼬르르륵!

혈천독지의 중앙 가까이 다가가자 백무의 몸이 안으로 잠기기 시작했다. 숨을 삼키고 혈천독지에 잠겨든 백무의 머리 위로 허연 포말이 올라왔다.

전신이 잠긴 백무는 서서히 소림오권과 탄공신을 같이 시전하기 시작했다. 방금 전 밖에서 보여준 모습에 비하면 너무도 느리기 그지없는 모습이었다.

원주민 마을에서 처음 소림오권을 수련하기 시작할 때처럼 한 시진이 넘게 걸렸다. 그렇게 상당한 시간이 흘렀지만 무거운 천중수(天重水) 속에서도 호흡을 할 수 있는 듯 백무는 한 번도 밖으로 나오지 않았다.

수련이 끝나갈 무렵 백무의 몸이 피를 칠한 듯 붉게 변했다. 혈천독지 안에서 압력으로 인해 전신이 붉게 변할 정도로 수련한 백무는 수련이 끝나자 기듯이 밖으로 나왔다.

"후우우!"

밖으로 나온 백무는 숨을 크게 내쉬었다. 폐부에 가득 찬 탁기를 뱉어낸 것이다. 자신이 고통 속에서 찾아낸 호흡법을 통해 탁기를 배출하자 몸에 힘이 돌기 시작했다.

"휴우! 고작 한 시진밖에 안 한 것 같은데 이토록 지치다니. 피부로 호흡할 수는 있게 됐지만 이게 한계로구나."

연근을 캐러 혈천독지에 들어가도 피부가 숨을 쉬는 듯 숨쉬기가 불편하지 않다는 것에 착안하여 이번 수련을 시작한 것이었다. 자신이 찾아낸 호흡법이었다.

백무는 요즈음 발견한 자신의 능력 덕분에 혈천독지 안에서도 수련할 수 있었지만 생각보다 수련 시간이 길지 않음을 깨달았다. 자신이 찾아낸 호흡법이 아직은 완전하지 않은 것이다. 한 시진 정도가 지나자 폐부에 가득 찬 탁기로 인해 수련을 중단해야 했던 것이다.

"으아아아! 이제 좀 쉬었으니 또 시작해야겠다."

잠시 숨을 돌린 백무는 다시금 혈천독지 안으로 들어갔다. 혈천독지로 돌아올 당민에게 보여주기 위해서라도 쉬고 있을 시간이 없었던 것이다. 수련은 그렇게 밤늦게까지 계속되었다.

다음날도 수련은 계속되었다. 수련을 시작한 시간은 아직도 해가 뜨지 않은 시각이었다. 간밤에도 연근을 먹었지만 백무가 깨어난 시각은 전날과는 달리 빨라졌다. 의식을 잃고 있는 시간이 줄어든 것이다.

"혈천독지 안에서의 수련 때문인가? 고통도 많이 줄어든 것 같고……."

혈천독지 안에서의 수련은 전날과 같았다. 숨이 차 오를 때까지 수련을 하고 다시 밖으로 나와 탁기를 뱉어낸 다음 다시 시작했다.

매일같이 혈천독지에서의 수련이 계속되었다. 탁기를 뱉어내기 위해 혈천독지 밖으로 나오는 시간이 점점 줄어갔다. 또한 혈천독지에서 수련을 시작한 이후 연근을 먹고 의식을 잃는 시간도 점차 줄어갔다. 깨어 있는 시간이 점점 늘어난 것이다. 백무는 깨어 있는 시간 동안에는 혈천독지 안에서 미친 듯이 수련에 몰두했다.

밖에서 수련했던 것과는 다르게 천중수인 혈천독지에서의 수련해 나가는 속도는 무척이나 빨랐다. 적혈신을 이룬 때문인지 보름도 안 되어 보통 사람처럼 움직일 수 있었다.

그리고 한 달이 다 되어갈 무렵에는 땅 위에서만큼이나 빠르게 소림오권과 탄공신을 시전할 수 있었다. 혈천독지에서의 수련으로 백무는 소림오권과 탄공신의 형을 몸에 익을 정도로 익힐 수 있었던 것이다.

내공만 없을 뿐이지 어려서부터 익힌 소림오권과 머릿속에 각인된 한규민의 탄공신의 수련을 모두 끝마친 것이다. 소림오권과 함께 근본적인 이치와 맥락이 닿아 있던 탄공신이 오래전부터 수련해 온 듯 자연스럽게 백무의 몸에 젖어들었던 것이다.

그렇게 계속된 수련이 한 달이 되어가도록 당민은 나타나지 않았다. 수련의 성과가 높아갈수록 당민의 안위에 대한 백무의 걱정도 커져 갔다. 혼자 수련한 때문인지, 당민에 대한 걱정으로 인한 것인지 더 이상 수련의 성과는 없었다.

다만 하루 종일 혈천독지 안에서 수련해도 호흡이 가빠지지 않는다는 것과 이제는 연근을 먹고 한 시진 이상 정신을 잃지 않는다는 것이 백무가 얻은 성과였다.

"젠장! 이거 걱정이 돼서 수련도 안 되고 미치겠네."

당민에 대한 걱정으로 어영부영 수련을 마치고 혈천독지를 바라보는 백무의 눈가에는 고심의 빛이 흐르고 있었다. 이곳에서 계속 당민을 기다릴 것인지, 아니면 찾으러 갈 것인지 고민하고 있었던 것이다.

"여기서 더 기다리는 것이 나을까? 젠장!! 언제 오실지도 모르는데……."

"노파심에서 하는 말이다만, 만약 내가 기한 내에 돌아오지 않으면 한동안 한 대인에게 의탁하고 있어라. 중요한 사람을 치료한 그 대가로 네게 필요한 약을 얻을 예정이지만 마교란 곳이 무슨 일이 벌어질지 모르니 말이다. 한 대인이 이곳을 언제 떠날지 모르겠지만 그와 같이 있으면 내가 어떻게 해서든지 찾을 수 있을 것이다.”

　백무가 이렇듯 안전부절못하는 것은 당민이 떠나기 전 마지막으로 남긴 말 때문이었다. 그녀가 향한 곳이 바로 마교였기에 불안감이 더욱 가중된 것이다.
　어째서 이곳에서 기다리면 안 되느냐는 자신의 물음에 당민은 자신이 기한 내에 오지 않으면 이곳도 위험해질 수 있기에 한 대인과 같이 떠나라는 말이었다.
　그 당시 백무는 당민의 말에 섞인 불안감을 느끼며 약재를 구하는 일이 결코 쉬운 일이 아님을 알 수 있었다.
　사실 한규민이 소령과 떠날 때 같이 떠나지 않은 이유는 당민이 이곳으로 돌아올 것이라 믿었기 때문이다. 그 당시엔 몰랐지만 자신의 능력을 깨달은 후 당민에게서 느낀 기운이 무엇이라는 것을 알 수 있었다. 그녀는 자신으로서는 감히 상상도 할 수 없는 고수가 확실했다.
　그럼에도 돌아오지 못한다는 것은 문제가 생긴 것이 분명했다. 자신 때문에 당민이 위험해 처해 있을지도 모른다는 생각이 백무를 괴롭히고 있었다.

"이렇게 이곳에서 하릴없이 기다려 봐야 소용없는 일이다. 지금까지 돌아오시지 않는 것을 보면 누님께 무슨 일이 생긴 것이 분명하다. 누님이 오시지 않는다면 내가 찾아 나서는 수밖에……. 태연히 말씀하셨지만 분명 중요한 일이 있는 것이 틀림없었다. 한 대인께 의탁하라고 한 것을 보면 이제 이곳도 더 이상 안전한 곳이 아닐 수도 있으니……."

긴 망설임 끝에 백무는 혈천독지를 떠나기로 마음을 굳혔다. 당민이 위험에 처했다고 판단한 것이다. 비록 내공은 없지만 지금까지 자신이 수련한 정도라면 위험이 닥치더라도 피해 나갈 자신감도 없지 않아 있었기 때문이다.

"그런데 도대체 누님에게 위협을 줄 만한 자들이 누구인지 모르겠다. 혹시 마교의 인물들인가? 분명 누군가를 치료하러 간다고 했는데 그럴 리는 없을 테고……. 에라, 여기서 고민해 보았자 소용없다. 일단 가자. 어쨌든 혈천독지에 있는 연근도 이제는 모두 캐서 챙겨놨으니 일단 누님을 찾으러 가는 거다. 가신 곳이 십만대산이니 그 사해방주인가 하는 사람에게 부탁하면 대륙까지는 데려다 주겠지."

망설이던 백무는 결국 결심을 굳혔다. 무작정 기다릴 수만은 없는 일이었다. 기한 내에 돌아오지 않는 것을 보면 당민에게 위험이 닥친 것이 분명했기 때문이다.

연근을 비롯해 당민을 찾으러 가는 동안 필요한 물품 몇 가지를 챙겼다. 떠날 준비를 마친 후 그동안 수련하던 혈천독지를 시원섭섭한 마음으로 나섰다.

등짐 속에 챙겨 넣은 연근의 양은 대략 이 년치 분량이었다. 비록 아직도 연근을 복용해야 생을 이어갈 수 있지만 이제는 전에 먹던 것의 십분의 일도 안 되는 양이었기에 당민을 찾아 나서는 동안 자신이 챙긴 양이면 충분하다는 생각이 들었다.

"그동안 수련하느라 정들었는데 아쉽군."

혈천독지 주변은 그동안 백무의 수련으로 인해 황폐화되어 있었다. 부서져 나간 나무와 깊숙이 패인 바위 등이 그동안의 자신의 수련 과정을 말해주는 것 같았다.

"지금까지의 수련 성과를 생각해 보면 내공이 있는 자들과 싸워도 쉽게 지지는 않을 것이다. 마을에 들러 사해방으로 가는 길을 물어야 하니 바로 떠나야겠구나."

백무는 한동안 바라보던 혈천독지에서 발길을 돌렸다. 가는 길에 한규민과 함께 머물렀던 마을에서 사람들에게 사해방이 있는 곳을 물어 가야 하기에 길을 서둘렀다. 백무는 빠른 속도로 밀림 속을 달리기 시작했다.

타타타타!

밀림을 울리는 발걸음은 무척이나 빨랐다. 수천 년을 이어오며 밀림을 지배하는 흑표의 몸놀림처럼 빠르게 달리고 있었던 것이다. 경공을 시전한 것마냥 무척이나 빠른 속도로 달

리는 백무는 자신의 몸이 완전하게 변했다는 것을 느낄 수 있
었다.

복면인들에게 쫓겨 요하로 도망갈 때처럼 숨이 차지도 지
치지도 않았다. 달리면 달릴수록 차오르는 힘을 느끼며 오히
려 상쾌한 기분이 들기 시작했다.

"하하! 내가 변하기는 무척 변한 모양이구나."

파파팟!

혈천독지를 출발해 얼마나 빨리 달린 것인지 백무는 반나
절 만에 마을에 도착할 수 있었다. 백무 자신도 놀랄 만큼 빠
른 속도였다. 생각보다 빠른 시간 안에 도착한 백무는 천천히
마을로 들어갔다.

"후후! 벌써 도착하다니……. 으음!"

마을에는 사람의 인기척이 전혀 느껴지지 않았다. 그리고
바람결에 간간이 피비린내가 실려왔다.

"무슨 일인가 일어났군."

백무의 얼굴이 순식간에 굳었다. 썩는 듯한 피비린내가 코를
스치자 백무는 마을에 사단이 일어났음을 바로 알 수 있었다.

또한 숨어서 자신을 노려보고 있는 자들의 시선도 느낄 수
있었다.

'내공의 기운이 느껴지지 않는 것을 보니 무림인은 아니
다. 하지만 살기만은 무림인들 못지않으니 대체 어찌 된 놈들
인가?'

자신을 노리고 있는 자들이 마을에서 풍기는 피비린내의 원흉이 분명했다.

'죽일 새끼들! 개미새끼 한 마리 살려두지 않은 모양이로군.'

마을에서 느껴지는 기척은 자신을 노리는 자들뿐이었다. 알 수 없는 분노가 가슴 깊은 곳에서 치밀어 올랐다. 그것은 자신에 대한 분노였다. 가문의 혈겁을 보면서도 아무것도 할 수 없었던 무력한 자신에 대한 분노였다.

마을에 사는 원주민들은 하나같이 무공을 모르는 사람이었다. 하다못해 칼 잡는 것도 제대로 몰랐다. 그런데 숨어 있는 자들에 의해 도륙당했다는 생각이 들자 분노가 치밀어 올랐다.

'크크! 누님 말씀으로는 웬만한 도검으로는 내 피부에 상처조차 낼 수 없다고 했지. 네놈들이 이곳 사람들에게 피를 흘리게 했다면, 네놈들의 피로 사죄해야 할 것이다. 죽일 놈들!'

백무는 서서히 마을 안쪽으로 들어가기 시작했다. 더욱 짙어지는 피비린내와 함께 백무의 피부도 또한 점점 붉어지고 있었다.

마을 안쪽으로 들어가자 옷에 잔뜩 피를 묻힌 자들이 죽은 원주민들의 시체를 옆에 놓고 술병을 주고받으며 병째 술을 마시고 있었다. 그들은 사해방도들로, 한 대인이 운영하고 있는 금광을 탐내 원주민들을 도륙한 것이다. 마을에 머무는 동안 자신에게 잘해주었던 원주민들을 생각하자 머리의 피가 솟구쳤다.

"키키키! 아직 한 놈이 살아 있었군. 불그죽죽한 것이 피칠하기 좋게 생겼어."

왼쪽 눈에서부터 길게 칼자국이 있는 중년인이 뭉툭하게 생긴 만도를 빙빙 돌리며 백무에게 다가왔다. 이미 이곳으로 들어서는 것을 알고 있었던 것인지 중년인의 얼굴에는 긴장의 빛이 하나도 없었다.

"크크! 이제 보니 이곳 놈이 아닌 중원 놈이네? 크크! 잡아서 족치면 한가 놈의 광산이 어디 있는지 알 수 있겠군."

얼굴에 칼자국이 있는 자가 백무에게로 다가왔다. 그의 몸에서 진한 피비린내가 풍겨왔다.

"이 짓거리를 벌인 게 네놈들이냐?"

이족의 피가 섞인 듯 조금은 까무잡잡한 피부를 가진 중년인이 중원 말을 쓰자 백무가 반문했다. 백무의 목소리에 화난 기색이 역력했지만 네까짓 놈이 어떻게 하겠냐는 듯 백무를 바라보는 자들은 가소롭다는 표정으로 백무를 노려보았다.

"호오! 이놈 봐라? 죽으려고 환장을 했군."

휘이익!

말이 채 끝나기도 전에 만도가 곡선을 그리며 백무의 팔을 향해 날았다. 비록 내력은 없었지만 제법 칼질을 해본 듯 공격해 오는 기세가 상당했다.

백무를 향해 칼을 들이미는 중년인은 본보기로 백무의 팔 하나를 잘라낼 생각이었다. 어차피 이곳에서 자신들이 벌인 혈겁의 증거를 없애기 위해서도 죽여야 하지만, 그전에 한 가지 알아볼 일이 있었기 때문이다.

걸리면 죽을지도 모른다는 위험을 무릅쓰고 이번 일을 벌였지만 마을에서는 알아낸 것이 아무것도 없었다. 이곳에 있던 원주민들은 한규민이 어디에 금광을 차린 것인지 아무것도 모르고 있었던 것이다.

그는 한규민과 같은 중원 사람인 백무에게서는 자신들이 찾는 것을 알아낼 수 있을 것이라고 생각했다. 백무의 팔을 잘라내 겁을 줌으로써 자신들이 찾고자 하는 것을 수월하게 찾을 생각이었던 것이다.

팅!

날카로운 기세를 흘리며 백무를 공격해 오던 검이 튕겨 나갔다. 백무가 만도의 도면을 손바닥으로 후려친 것이다.

휘이익!

퍽!

만도를 쳐냄과 동시에 백무의 족도(足刀)가 중년인의 하복부에 그대로 꽂혔다.

"끄억!"

단전 부근에 충격을 입은 듯 게워내듯 비명을 토한 중년인이 앞으로 엎어졌다.

휘이익!

퍼석!

'으음!'

뇌수와 함께 범벅이 되어 버린 탓인지 진하게 풍기는 피비린내를 맡으며 백무는 인상을 찌푸렸다. 하복부에 왼발을 꽂아 넣고 엎어지는 중년인의 머리를 향해 오른발을 쓸 듯이 날렸는데 그만 두개골이 부서져 버린 것이다.

'이 정도였던가?'

처음은 아니지만 너무 쉽게 사람을 죽였다는 사실에 가슴이 떨려왔다. 내공을 익힐 수 없어 외공 연마에 주력해 온 자신이었지만 이토록 쉽게 사람의 생명을 거둘 수 있다는 사실이 놀라울 뿐이었다.

'이런!!'

하지만 감상에 젖어 있을 때가 아니었다. 같은 패거리가 쓰러지자 사해방의 해적들이 백무를 포위하고 있었다. 어차피 죽어 마땅한 자들이다. 오로지 죽음만으로 용서받을 자들이라는 것이 백무의 생각이었다.

사사삭!

마을 입구에서부터 숨어서 따르던 자들도 더 이상 신형을 숨기지 않고 모습을 드러냈다. 하나같이 흉신악살 같은 표정에 여기저기 상처를 훈장으로 달고 있는 자들이었으나 백무의 눈빛은 담담했다.

하지만 마음속에는 폭풍이 일고 있었다. 비록 내공이 없다고는 하지만 가볍게 찼던 두 번의 각법에 사람 하나가 힘없이 저 세상으로 간 것을 보며 당민이 자신에게 베푼 것이 얼마나 엄청난 것인지를 새삼 알게 되었기 때문이다.

'좋아, 해볼 만하다.'

백무는 당민의 노력으로 이루어진 자신의 신체에 대해 어느 정도 자신감을 갖기 시작했다. 주변에 일고 있는 모든 것이 느껴졌다. 만도를 들고 등 뒤에 나타난 두 명의 호흡도, 무엇인가 암기를 날리려는 듯 숨죽이고 다가오는 자의 체온도, 그리고 공격을 가하려 숨을 고르고 있는 전면에 있는 두 명의 변화도 선명히 느껴지고 있었다.

풋!

휘익!

팡!

암기가 날아오는 것이 느껴지자 백무의 신형이 빙그르르 돌며 날아가는 암기의 후면을 백사반서(白蛇反舒)의 초식으로 후려쳤다. 빠르게 내쳐진 장의 압력으로 인해 강력한 공기의 파장이 암기의 후면을 강타했다.

"커억!"

백무의 손에서 이는 강한 바람으로 날아가는 암기의 방향이 비틀어지며 전면에서 공격을 준비하던 자의 가슴에 꽂혔다.

휘이익!

타타탁!

백무는 돌던 자세 그대로 암기를 날린 자의 곁으로 다가갔다. 대롱 같은 것을 입에 물고 있는 자는 백무의 움직임으로 암기가 궤적을 달리해 동료를 죽이는 것을 보자 놀란 채 아무런 움직임도 보이지 않았다.

팟!

백무의 손바닥이 입에 물려 있는 대롱 끝을 밀었다. 호권 중 호장파풍(虎掌破風)의 수법이었다.

푹!

콰직!

"꺼… 억!"

백무의 손바닥에 밀쳐진 대롱이 암기를 쏜 자의 뒷목을 관통해 버렸다. 뒷목을 뚫고 나오는 대롱으로 인해 척추까지 박살이 나버렸기에 암기를 쏜 자는 그대로 즉사했다.

"어서 저놈을 죽여라!"

촌각의 시간 동안 연이어 두 명이 백무에게 당하자 전면에 남아 있던 자가 공격을 지시했다. 백무의 무공이 만만치 않다고 생각했는지 동료들과 합공하려는 것이다.

파파팟!

백무의 신형이 뱀이 전진하듯 앞으로 미끄러져 갔다. 만도를 치켜들고 백무를 향해 달려들던 자는 순식간에 미끄러지며 자신의 왼편으로 파고드는 백무의 움직임을 따라 만도를 휘둘렀다.

휘이익!

퍽!

우드득!

만도가 백무의 몸에 닿기도 전에 백무의 손등이 가슴을 때렸다. 흉부가 움푹 들어가며 갈비뼈가 부서졌다.

"컥!"

"으아아아! 살신(殺神)이다! 어서 도망쳐라!"

단말마의 비명을 지르며 동료가 쓰러지자 뒤에서 달려들던 사해방도들은 자신들이 상대할 수 있는 자가 아님을 느끼고는 몸을 돌려 도망치기 시작했다.

파파팟!

콰직!

백무의 신형이 떠오르듯 그들의 뒤를 따랐다. 이 장여를 도망쳤을 때 한 명의 등에 백무의 무릎이 날 듯이 꽂혔다. 등 어림을 가격당한 사해방도는 척추가 부러진 듯 입으로 피를 토하며 앞으로 쓰러졌다.

"으… 아악! 살려줘!"

다른 자가 비명을 지르며 혼비백산하여 도망치기 시작했다.

휘이익!

콰직!

"크… 억!"

남아 있는 한 명은 사신을 만난 듯 비명을 지르며 도망치기 바빴다. 하나 그도 도망치는 것에는 한계가 있었다. 땅을 박차고 허공으로 솟아오른 백무의 두 무릎이 떨어져 내리며 그의 양쪽 쇄골을 부수어 버린 것이다. 한규민에게 훔쳐 배운 탄공신이 연이어 펼쳐진 것이다.

가슴을 맞은 자는 갈비뼈가 부러져 폐를 찌른 듯 헐떡이다가 이내 숨을 거두었다. 사해방도 여섯 명이 반 각도 되지 않아 모두 쓰러졌다. 그중 다섯은 절명했고, 한 명은 운신이 불가능한 상태였다.

자신의 손에 다섯이 순식간에 생을 달리하자 백무는 등에 소름이 끼치는 것을 느꼈다. 자신이 이토록 잔인해질 줄 그조차 상상을 못했기 때문이다.

'정신 차려! 마음을 모질게 먹어야 한다, 모질게! 이들은 죽어 마땅한 자들이다!'

자신의 손에 의해 벌어진 일을 보고 약해지려는 마음을 이내 털어버리는 백무였다. 이들은 칼질로 먹고사는 자들이다. 거기다 무공 하나 모르는 원주민들을 무참히 도륙한 자들이다.

백무는 단단히 마음을 먹고는 쇄골이 부러져 고통스러워하고 있는 자에게로 다가갔다.

턱!

백무의 그림자가 자신의 눈앞에 놓이자 아시(阿蓍)는 떨려오는 몸을 주체하지 못했다.

"사, 살려주십시오. 으… 허엉! 살려주십시오!"

못 쓰게 된 양팔의 아픔도 잊고 아시는 연신 살려달라 간청했다. 눈물과 콧물이 범벅이 되었고, 아랫도리는 이미 실례를 한 듯 축축이 젖어 있는 아시는 필사적으로 살려달라 애원했다.

방금 전 보여준 백무의 무서운 손속은 노략질로 다져진 그의 간담을 서늘하게 했다. 특히 온몸이 붉게 변한 채 망설임 없이 자신들에게 잔혹하게 손을 쓰는 백무를 보며 악마가 나타난 것은 아닌지 의심마저 들 지경이었다.

"네놈들은 누구냐?"

"저, 저희는 사해방도들입니다."

"사해방? 사해방이라면 한 대인에게 복속된 것으로 알고 있는데 어찌 이 같은 짓을 벌였단 말이냐?"

"크… 으! 하, 한 대인은 석 달째 소식이 없습니다. 종적이 묘연해졌습니다. 한 대인에게 이상이 생겼음을 아신 방주께서 이곳에 있는 금광을 차지하고자 우리를 보냈습니다요. 제발, 제발 살려주십시오. 전 방주께서 시키시는 대로 했을 뿐입니다요."

아시의 눈이 영활하게 빛나며 자신이 이곳에 온 이유를 설명했다.

"사해방이 그랬다는 말이지? 그럼 좋다. 나를 사해방까지 안내해라. 그럼 너만은 살려주도록 하지."

"저, 정말입니까?"

"두 번 말하게 하지 마라. 넌 살려주겠지만 사해방주라는 놈은 어떻게 될지 나도 장담할 수 없다."

지금의 상태라면 사해방에 아무리 사람이 많아도 충분히 자신이 있었다. 백무는 원주민들을 도륙하도록 지시한 사해방주를 응징할 생각이었다. 인원수가 많을 테지만 이런 정도의 무공을 소유한 자들이라면 어떻게든 될 것 같았다.

또한 한규민과 소령이 실종되었다는 소식을 들은 이상 어떻게 된 사정인지 알아야 했기에 사해방까지 가야만 했다. 그리고 중원으로 가려면 사해방의 배를 빌려 타야 하기에 가지 않을 수 없었다.

"빨리 앞장서라!"

"크… 으! 예, 예!"

백무는 공포에 젖어 있는 아시를 재촉했다. 하지만 쇄골이 부러진 탓에 제대로 일어나지 못하고 신형을 비틀거리는 아시였다.

"으… 윽! 머, 머리를 못 들겠습니다."

사해방까지 안내하지 못하면 죽을지도 모른다는 생각이 들었지만 이 상태로는 갈 수가 없기에 아시는 떨며 백무를 쳐다보았다.

"뼈를 맞추어야 하니 움직이지 마라!"

우드득!

백무는 부러진 쇄골을 맞춘 뒤 주변에 널려 있는 나뭇가지를 엮어 아시의 몸과 어깨를 감싸는 지지대를 만들어주었다. 사해방까지 가는 길잡이로 쓰기 위해서였다.

"그런데 이 섬은 어떤 곳이냐?"

"이, 이곳은 해남도에서도 뱃길로 사천여 리가 넘게 남쪽으로 내려온 곳입니다. 저희들은 지옥도라 부르는데 중원에는 잘 알려지지 않은 곳입니다."

자신을 치료해 주자 죽이지 않을 것임을 짐작한 아시는 떨리는 마음을 진정하고 섬에 대해 이야기했다.

"사해방의 본거지는 어디쯤 있는 것이냐?"

"부, 북쪽으로 하루 반나절 정도 가면 포구가 나옵니다. 그곳에 사해방의 본거지가 있습니다."

"좋다, 안내해라!"

백무는 아시를 앞세워 북쪽으로 방향을 잡고 밀림을 헤쳐나갔다. 사해방으로 가는 동안 백무는 아시로부터 여러 가지 사실을 들을 수 있었다.

사해방은 방도가 사백여 명이 넘는 상당히 규모가 큰 방파라는 사실과 사해방주가 특이한 이력의 소유자라는 것을 들을 수 있었다.

사해방주의 이름은 탁린(琸燐)이었다. 명의 수군 장교로 있다가 모함을 받아 도망친 후 해적단에 들어와 전대 방주를 죽이고 사해방을 장악한 자였다.

해남과 광동 복건 일대에서 해적으로 이름이 높았던 사해방을 일신하고 해적질 대신 밀무역 등을 통해 세를 불리다가 한규민에게 복속된 자였다.

탁린은 회곤(廻鯤)이라는 별호로 불리는데, 수전을 기가 막히게 잘할 뿐 아니라 지닌바 무공도 낮지가 않아 남해 일대에서는 적수가 없는 바다의 제왕이었다.

"탁린이 한 대인에게 복속되었다고 했는데 어째서 그가 한 대인을 배신한 것이냐?"

"배, 배신이 아닙니다. 한 대인은 방주를 억압해 그의 명을 따르도록 했을 뿐 복속된 것은 아니었습니다."

"그러면?"

"한 대인이 중원으로 돌아간 후 얼마 있지 않아 한 대인과의 연락이 끊겼습니다. 그 후 사천 일원에서 한 대인이 변고를 당했다는 소식이 들리자 방주께서는 이 기회에 잃었던 것을 다시 되찾으려고 우리를 마을로 보낸 겁니다."

아시는 몸을 떨면서 말을 이었다. 쉴 새 없이 흔들리는 눈빛을 보면 겁을 단단히 집어먹은 것이 분명했다.

"알았다. 그런데 얼마나 남은 것이냐?"

"오시 무렵에는 포구에 닿을 겁니다."

“그럼 빨리 가도록 해라. 아무리 몸이 안 좋다고는 하지만 너무 미적거리는 경향이 있다.”

싸늘한 백무의 말에 아시는 다시금 떨어지지 않는 발걸음을 재촉했다. 포구로 향하는 동안 몇 번이나 탈출을 시도했지만 모두 허사였다.

도망을 칠 때마다 그의 손가락이 하나씩 부러져 나갔다. 벌써 네 개의 손가락을 사용할 수 없게 되었다. 백무는 아시가 도망치려 하면 그때마다 귀신같이 알아챘다.

그리고 손가락을 하나씩 부러뜨려 버리는 무자비한 백무였기에 이미 모든 것을 포기한 아시였다. 이제는 언감생심 도망은 꿈도 꾸지 못하게 된 것이다.

방주의 뜻에 반하여 한규민이 숨겨놓았을지도 모르는 금을 탈취할 목적으로 마을을 습격한 아시였다. 어차피 백무를 이끌고 가면 방주에게 죽을 것이 뻔했다.

그렇지만 백무에게 고통을 받다가 처참하게 죽느니 아예 방주에게 죽는 편이 낫겠다고 판단한 아시였다.

끙끙거리며 앞장서고 있는 아시를 따라가던 백무는 사해방이 멀지 않았음을 알 수 있었다. 희미한 파도 소리와 함께 바다 냄새가 물씬 풍겨왔던 것이다.

비린내와 함께 섞여 날아오는 바다 냄새를 맡으며 어느새 포구에 다 왔음을 알 수 있었다. 작은 배와 사람들이 보였다.

“흐음, 다 왔군.”

포구는 그리 크지 않았다. 바위로 된 해안가 주변에 목조 건물이 몇 채 서 있었고, 주변을 해적으로 보이는 자들이 지나다니고 있었다.

“사백여 명이라고 하지 않았느냐?”

아시가 말했던 것과는 달랐다. 사해방도들이 사백여 명이라고 했는데 자신의 눈에 보이는 것은 고작 몇 명에 불과했던 것이다. 아시가 자신을 위협하기 위해 숫자를 속인 것이 아닌가 하는 생각이 들었다.

“아, 아닙니다. 본거지를 지키는 놈들만 남아 있는 것을 보면 아마 모두들 밀무역 때문에 중원으로 떠난 것 같습니다. 정말입니다.”

노한 백무의 눈을 보며 아시는 다급하게 변명을 해댔다.

“으음, 밀무역 때문에 모두들 나가 있다는 말이지? 그래, 언제쯤 돌아올 것 같으냐?”

“자, 잘은 모르겠지만 적어도 두 달쯤 걸릴 것이 분명합니다. 언제나 그쯤 걸렸으니 말입니다.”

“두 달이라…….”

자신에게는 길어야 이 년이라는 시간밖에는 없었다. 등짐 속에 준비한 연근이 그 정도 분량밖에는 안 되었기 때문이다.

가는 데에만 적어도 두 달이 걸릴 것이고, 마교가 십만대산의 어디에 붙어 있는지 모르는 이상 그 넓은 지역을 찾아 헤매다 보면 이 년이라는 시간이 짧을 수도 있었다.

또한 계속해서 수련을 병행해야 했다. 밀무역을 위해서라면 사해방주는 이미 포구에 없을 것이 분명했기에 마을의 참사에 대한 책임을 물어 사해방주를 응징하고 소식을 알아보려던 계획을 취소하고 다른 방도를 찾아야 할 것 같았다.

"포구에 배가 있던데 저 배들로는 중원에 갈 수 없는 것이냐?"

제법 큰 배도 있었기에 중원으로 갈 수 있는지의 여부가 궁금했다.

"어림도 없습니다. 가까운 육지까지는 어떻게든 가겠지만, 적어도 해남도까지 가려면 저 배로는 이십여 일 정도 걸릴 겁니다. 식수와 식량을 실어야 하는데 저 배로는 아무리 많이 실어도 열흘치 정도밖에는 싣지 못합니다."

"배가 저 정도 크기밖에 안 된다면 그렇겠군."

자신이 보아도 포구에 있는 배로 중원까지 간다는 것은 힘든 일 같아 보였다.

"방금 전 육지라고 했느냐?"

"묘강까지는 갈 수 있을 겁니다. 하지만 그곳에서 육로로 중원까지 가는 길은 해로보다 더 험악합니다. 밀림이 연이어지고 다시 운남을 통과해 중원으로 들어서야 하니 더욱 먼 길입니다."

"으음!"

　백무는 생각에 잠겼다. 해로를 통해 가면 불가능하겠지만 육로를 통해 간다면 어쩌면 해로로 가는 것보다 나을 수도 있겠다는 생각이 들었다. 어차피 해남도 인근을 통해 중원으로 들어선다고 해도 십만대산으로 가려면 먼 길을 가야 했다. 그렇다면 지리상으로 밀림을 가로지르는 훨씬 빨리 갈 수 있었다.

　"저곳에 사해방도들이 몇 명 정도나 남아 있는 것이냐?"

　일단 숫자를 알아야 했다. 사해방주는 아니더라도 남아 있는 자들을 응징해야 했다. 그리고 그들이 있어야만 배를 몰고 묘강까지라도 갈 수 있기에 상황을 알아보려는 것이다.

　"적어도 이십여 명은 남아 있을 겁니다."

　"좋다, 가자."

　이십여 명 정도라면 어떻게든 될 것 같았다. 생각을 굳힌 백무는 불안한 듯 미적거리는 아시를 앞세우고 담담히 포구를 향해 걸었다. 그간 자신이 해온 수련을 믿어보기로 한 것이다.

第二章 중원으로……

九劈雷雲

사해방은 보통의 무림 방파와는 질적으로 다른 집단이었다. 비록 지금은 방주인 회곤(廻鯤) 탁린(琸燐)에 의해 해적질을 그만두었지만, 십여 년 전만 하더라도 대륙 해안에 살던 사람에게는 왜구와 함께 공포의 대상이었던 해적단의 변신이 바로 사해방이었던 것이다.

뿌우우우!

밀림 속에서 사람이 나타나는 것을 발견했는지 포구에서 뿔나팔이 울렸다. 어느새 사해방도 모두가 무기를 들고 나와 백무가 나타난 곳을 향해 살기를 흘리기 시작했다.

십 년 세월이 지나면서 군문 출신인 회곤의 영향을 받아 어

느 정도 기강이 잡힌 터라 다가오는 백무와 아시를 바라보는
그들은 움직임은 제법 틀이 잡혀 있었다.

"저 새끼, 아시 아냐? 한숨 잘 자고 있었는데 괜히 헛지랄
했군."

다가오는 사람들이 누구인지 확인되자 이내 실망스러운
표정으로 아시를 노려보았다.

"그런데 뒤에 오는 놈은 뭐야? 하하하! 그리고 저놈의 몰골
은 왜 저렇고?"

백무를 바라보다 쇄골이 부서져 부목을 둘러댄 아시를 보
며 사해방도들이 웃었다.

"크크크! 그러게. 저놈이 평소에도 별난 짓을 곧잘 하더니
오늘 보니 꼴이 가관이네."

"그런데 좀 이상하군. 같이 갔던 놈들이 보이지를 않으
니……."

"뭐, 아시에게 저 뒤에 오는 놈을 데려가라고 시켰겠지."

사해방도들은 나이가 어려 보이는 백무와 몸에 이상한
것을 뒤집어쓰고 오는 아시를 바라보며 살기를 거두고는
경비하는 자들만 남긴 채 각자 자신의 처소로 돌아가려 했
다.

'이 새끼들아! 악마가 쳐들어왔단 말이다, 악마가!'

눈알을 굴리며 위험을 알려주려 했지만 목소리는 아시의
입가에서만 맴돌 뿐이었다. 입이 열리는 순간 뒤에서 따라오

는 무자비한 자는 손을 쓸 것이 분명했다. 누구보다 먼저 자신이 제일 먼저 죽을 것이 분명하기에 함부로 입을 놀릴 수가 없었다.

아시는 백무를 내력이 고절한 절정고수로 생각하고 있었다. 그것도 자비라고는 눈곱만치도 없는 무자비한 손속을 가진 악마라 생각하고 있었던 것이다.

하지만 백무가 내력 하나 없이 육신의 능력만으로 자신의 동료들을 무참히 죽였다는 것을 알았다면 벌써 소리를 질러 위험을 알렸을 것이다.

남아 있는 자들 중에는 내공을 지니고 있는 자들도 있었기 때문이다. 그것도 상당한 고수가 남아 있었던 것이다.

'으음! 무림인이다. 저기 있는 두 놈은 내공을 소유하고 있는 것이 분명하다.'

아시의 뒤에서 걸음을 옮기며 상황을 살피던 백무는 아시를 놀려대고 있는 무리 가운데 내공을 익힌 자가 있다는 것을 느낄 수 있었다.

그들의 단전 부근에서 희미하지만 힘을 가지고 있는 기운이 느껴지고 있었다. 당민에게 시술을 받기 전에는 느끼고 싶어도 느끼지 못했던 것이다.

'무림인은 처음인데……. 잘못하면 힘들지도 모르겠다. 제길!'

내공이 있다는 것은 알겠지만 어느 정도의 내력을 보유하고 있는지 알 수가 없었다. 그간의 수련으로 상당한 외공을 쌓았지만 그것이 내공을 가지고 있는 자들에게 얼마나 통할 수 있을지도 의문이었다.

당민의 말로는 지금 자신의 신체를 상하게 할 수 있는 것은 별로 없다고 했다. 일반적인 도검으로는 상하지 못하게 한다는 소리였다.

그러나 아직은 완벽하게 적혈신을 이룬 것이 아니기에 내공을 이용해 외기를 다룰 수 있는 자들이라면 다르다고 했다. 격산타우(隔山打牛) 같은 중수법은 피륙이 아니라 내부에 상처를 입기에 자신에게도 위험한 것이라고 했던 것이다.

만약 눈앞에 있는 자들이 그 정도의 절기를 펼칠 수 있을 정도의 실력을 지닌 자들이라면 위험을 감수해야 했기에 백무는 긴장해야만 했다.

'일반 도검에는 상처를 입지 않겠지만 이름난 보검이나 검기, 그리고 도기를 이용한 공격에는 큰 상처를 입을 수도 있다고 했으니 우선 나에 대해 의식하기 전에 저 두 놈부터 해치워야겠다. 일단 실력이 더 높아 보이는 저자부터다. 지금까지의 수련이라면 충분히 저놈들을 상대할 수 있다. 자신을 가져라, 백무야!'

자신에게 최면을 걸 듯 결심을 굳히자 몸이 붉게 달아오르기 시작했다. 살기를 따라 몸이 반응하는 것이다.

뜨거운 기운이 전신을 감돌기 시작했다. 근혈 속에서 일어나는 기운이었다. 얼마 전부터 백무는 자신의 근혈 깊숙한 곳에서 뜨거운 기운이 흘러나오는 것을 느끼고 있었다.

"웅!!"

후쾌도(厚快刀) 소중백(蘇仲伯)은 장사에서 이름을 날리던 도(刀)의 고수였다. 탁발을 나온 소림의 제자와 시비가 붙어 그를 죽이는 바람에 소림의 사대금강에 쫓기다가 어쩔 수 없이 사해방에 몸을 의탁한 자였다.

거의 일 갑자에 가까운 공력을 지닌 자로, 사대금강에 쫓기면서도 무사했을 만큼 실력이 있는 고수였다. 그는 자신의 감각을 찌르는 백무의 살기를 느낄 수 있었다.

"의제, 뒤에 있는 놈이 예사 놈이 아닌 것 같다. 주의해라. 아시의 표정을 보아하니 아시와 같이 갔던 방도들이 저놈에게 당한 모양이다."

소중백은 거의 울상인 아시의 표정과 삼엄한 살기를 흘리는 것을 보며 백무가 적이라 판단했다. 너무 가까이 온 탓에 수하들을 부른다면 오히려 혼란이 가중될 것이기에 자신의 옆에 있는 사람에게 전음을 보냈다.

소중백이 전음을 보낸 사람은 그의 의제로 그와 같이 장사에서 이름을 떨치던 이주(李籌)라는 자였다. 그는 두 자루 비수를 잘 다뤄 혈리도(血狸刀)라 불리웠다.

전음을 받은 이주는 표정을 변화시키지 않고 아시의 뒤에서 걸어오고 있는 백무를 유심히 살폈다. 얼굴은 이제 갓 소년 티를 벗은 모습이었으나 건장한 체구에 굴강한 기색이 안면에 가득했다.

은은히 붉게 변하는 안색을 보면서 이주는 기분이 찜찜해짐을 느꼈다. 소중백의 말대로 예사 인물은 아닌 듯 했다. 소중백의 말대로 저 정도의 인물이 아시 같은 자에게 포로로 잡혀올 리가 없었던 것이다.

팟!

순간 아시의 뒤에서 백무가 신형을 날렸다. 혈시(血矢)가 날 듯 붉게 변한 몸이 순식간에 이주에게 다가왔다.

"엇!"

경계를 하고 있던 이주는 자신의 생각보다 반 박자 빠른 백무의 움직임에 헛바람을 삼켰다.

휘이익!

방심한 것도 아니었는데 혈리도를 꺼낼 수 없을 정도로 백무의 움직임이 빨랐다. 호흡을 놓친 것이다. 이주는 빠르게 옆으로 비켜섰다. 자신의 복부를 향해 날카롭게 날아오는 백무의 족도(足刀)를 피해야 했던 것이다.

휘이익!

파파팡!

자신의 공격을 피할 것이라 예상한 듯 백무의 신형이 뒤집했다. 그리고 뻗어낸 다리가 연이어 접혔다 펴지며 허공을 날아 이주에게 다가갔다.

"차앗!"

이주의 위기를 본 소중백이 기합을 지르며 도를 날렸다. 백무도 상당히 빠른 몸놀림이었지만 후쾌도의 칼날도 그에 못지않게 빨랐다.

쐐애액!

휘익!

파파팟!

등 뒤로 날아드는 도기를 느끼며 백무는 신형을 뒤로 눕혔다. 칼바람을 일으키며 도가 허공을 지나가자 팅기듯 백무의 신형이 일어났다.

백무가 찍은 발로 인해 바닥에서 흙먼지가 피어올랐다. 뒤로 젖혔다 신형을 일으킨 백무는 소중백의 다음 공격을 무시한 채 일도직격의 자세로 이주를 향해 다시금 빠르게 쏘아져 갔다.

도로 이름난 자답게 소중백의 도가 백무의 신형을 쫓아 살기를 흘리며 계속해서 뒤를 따라왔다. 백무는 자신을 노리고 날아드는 도는 무시했다. 날아오는 도를 감각적으로 느끼고 최소한의 동작으로 피할 수 있기에 이주만을 쫓는 것이다.

휘이익!

자신과의 거리를 단축한 백무의 발뒤축이 전면에 보였다. 그것도 선명한 크기로 이주의 눈에 들어왔다. 소중백이 벌어준 틈을 이용해 비수를 꺼낸 든 이주는 본능적으로 백무의 용천혈을 향해 비수를 들이밀었다. 적색의 검신을 가진 비수는 그의 애병인 혈리도였는데, 이주는 자신의 한 수가 틀림없이 통하리라 믿었다.

팟!

"이런!"

용천혈로 비수를 들이밀던 이주는 놀라지 않을 수 없었다. 발목이 기이한 각도로 꺾이며 발등이 보이더니 어느새 날카로운 도처럼 발끝만이 보였다. 발목을 꺾어 용천혈을 감추어 버린 것이다.

발목이 꺾이며 단축한 거리는 약 세 치.

혈리도의 비수가 타점을 놓치고 발등을 스치며 지나갔다. 인간의 피륙이라면 살점이 벌어지며 상처가 나겠지만 발등에는 한줄기 흰색 선이 그어진 것 이외에는 아무런 흔적도 없었다.

"헛!"

잠깐 사이였지만 어느새 백무의 발끝이 자신의 인후혈 가까이 이르자 이주는 뒤로 넘어지며 신형을 구를 수밖에 없었다. 생사지경에 이르자 게으른 당나귀가 흙바닥을 뒹굴 듯 구명을 위해 몸을 굴린 것이다.

쐐애액!

이주가 백무의 공격을 피해 바닥을 구르자 소중백은 다급한 마음에 도세를 더욱 일으키며 백무를 향해 도를 밀어냈다. 바닥을 구르는 이주를 향한 공격을 제지하기 위해서였다.

하지만 그것은 소중백의 실수였다. 백무가 진정으로 노리는 것은 이주가 아닌 자신이었던 것이다.

휘이익!

소중백의 도가 등판을 찌를 무렵, 백무의 신형이 꺼지듯 가라앉았다. 그리고 가라앉은 그대로 신형을 돌리며 바닥을 훑듯 양발을 휘돌렸다. 백무의 움직임은 한규민이 보았다면 무척이나 놀랐을 정도로 완벽하게 탄공신을 따르고 있었다.

퍼퍽!

신형을 가라앉히는 것과 동시에 백무의 발이 채찍처럼 휘둘러지며 소중백의 허벅지와 정강이를 강타했다.

"으윽!"

뼈 중에서도 가장 강하다는 사람의 두개골을 단번에 부숴 버렸던 강력한 일격이었다. 뼈가 흔들리며 전신으로 전해오는 고통은 소중백으로 하여금 신음을 흘리게 했다. 마치 망치로 내려치는 것 같은 충격과 함께 고통이 전신으로 밀려왔던 것이다.

타타탁!

부지불식간에 일격을 당한 소중백은 황급히 뒷걸음치며 신형을 뒤로 물렸다. 일류고수 저리 가라 할 만큼 빠른 백무의 다음 공격을 피하기 위해서였다.

휘이익!

연이은 공격을 차단하기 위해 뒤로 물러났지만 백무는 소중백의 위기를 놓치지 않았다. 먹이를 노리는 매처럼 날카로운 족도가 허공을 유영하다 어느새 소중백의 머리를 노리고 날아들었다.

앉은 자세에서 가한 일격이었지만 바닥에서 팔을 밀어 올려 거리를 줄인 것이라 단숨에 소중백의 머리에 이르렀던 것이다. 한번 찍은 먹이는 절대로 놓치지 않겠다는 듯 공격의 기세가 무척이나 사나웠다.

'크윽! 젠장! 저걸 맞으면 즉사다.'

아릿하게 몰려오는 다리의 통증으로 인해 도세를 감축시킨 것이 실수였다. 연이어 터지는 백무의 각법에 대처할 수 없게 되자 소중백은 황급히 도를 거두어 방어 자세를 취하고는 다시금 뒤로 피했다.

챙!

백무의 발끝에 도면이 걸리며 맑은 음향을 토해냈다. 얼마나 세게 도를 찼는지 도병을 쥔 소중백의 손아귀가 찢어질 지경이었다.

'상당한 실력을 소유한 자다.'

이주가 아니라 소중백을 노린 것은 그에 대해 어느 정도 파악할 수 있었기 때문이다. 백가장에서 도를 수련하는 광경을 많이 봐왔기 때문이다.

처음 두 사람을 보았을 때 전신으로 느껴지는 기운으로 봐서는 소중백이 더 강했다. 우선 주장(主將)의 움직임을 봉쇄해야겠기에 이주를 공격하며 실제로는 소중백을 노린 것이었다.

다른 무예도 마찬가지지만 무릇 도를 다루는 자는 보법이 생명이다. 검과는 달리 베는 것을 위주로 하기에 도를 씀에 있어서 태산같이 장중하고 굳건한 보법을 구사하는 것이 이름난 도객의 특징이었다. 소중백과 같이 중도를 쓰는 자들은 더했다.

도를 쓰는 자가 보법이 흐트러지면 제대로 된 도세를 펼쳐 낼 수 없다는 것을 잘 알고 있었다. 백무는 소중백의 보법을 흩뜨리기 위해 허벅지에 일격을 가한 것이었다. 소중백의 몸이 느려지면 자신에게 기회가 더욱 많을 것이기에 노린 것인데 보기 좋게 성공한 것이다.

'으음, 분명 내력이 실리지 않은 각법이었건만 이리 충격이 크다니……. 그리고 이놈은 도법을 사용하는 사람들에 대해 아주 잘 아는 놈이다.'

내공도 없이 순수한 타격력에 의해 근육이 상한 것이 분명했다. 움직이려 할 때마다 허벅지에서 고통이 밀려왔다.

이주를 노리는 척하며 자신을 공격한 것을 보면 싸움에도 능한 것이 분명했다. 다른 곳을 놔두고 다리를 공격한 것을 보면 도법에 대한 대응법을 철저히 익힌 것이 틀림없었다.

일격을 가한 뒤 연격을 시도하다 소중백이 물러나자 백무가 멈추어 섰다. 간격을 두고 멈추어 선 백무를 보며 소중백은 인상을 찌푸렸다.

피하는 척하면서 준비한 한 수를 백무가 알아차린 것 같았기 때문이다. 소중백은 오늘 백무를 상대하면서 득보다 실이 많을 것 같은 예감이 들었다.

"네놈들이 한 대인의 마을을 쓸어버리라고 했냐?"

목소리에 은은히 노기가 담겨 있었다. 지닌바 무공으로 봐서 이들이 사해방도를 이끌고 있는 자들이 분명했기 때문이다.

"무슨 말이냐?"

소중백은 백무의 말을 이해할 수 없었다. 한규민이 분노하면 자신 같은 사람은 백이 있어도 감당하지 못한다. 미치거나 죽기를 각오하지 않고서야 그런 일은 있을 수 없는 일이었기 때문이다.

"저놈과 다른 놈들이 무공도 모르는 마을 사람들을 무자비하게 학살했다. 그런데도 발뺌을 할 셈이냐?"

살기에 반응하는 것인지 백무의 몸이 더욱 붉어졌다. 갑작스러운 싸움에 무기를 들고 백무를 포위하고 있던 사해방도들은 오금이 저리는 것을 느꼈다. 전신을 얼리는 듯한 살기가 그들을 압박했기 때문이다.

‘제기랄! 영락없이 죽었군.’

사해방도들의 뇌리에 똑같은 생각이 들어찼다. 백무의 몸에서 뿌려지는 살기는 마치 먹이를 노리는 맹수와 같았다. 해적질로 살아온 사해방도들조차 그 살기에 위축될 정도였다.

또한 무공 수위가 방주의 위에 있을지도 모른다고 생각했던 소중백도 공격할 생각은 하지 않고 침중한 안색으로 백무를 쳐다보고 있었기 때문이다.

“으음!”

소중백은 백무의 살기를 느끼며 자신도 모르는 사이에 마을에서 사단이 벌어진 것이 분명하다고 생각했다. 탁린이 이끄는 사해방도들은 지금은 많이 교화됐다고는 하나 원래부터 무지막지한 해적들이었다.

한 대인의 근거지가 어떤 상황인지 알아보라고 보냈는데 옛날 버릇을 버리지 못하고 살육을 자행한 것이 분명해 보였던 것이다.

오해로 인해 비록 소림에게 쫓기는 처지였으나 살생을 그리 달가워하지 않는 소중백이었다. 사해방에 머문 것도 방주인 회곤(廻鯤) 탁린(琸燐)과는 어릴 적 친분으로 호형호제하는 사이였기 때문이기도 하지만 그가 여느 사람과는 달랐기 때문이다.

"네 말이 맞는 거 같군."

수하들이 벌인 일이지만 책임을 져야 함을 알고 소중백은 순순히 시인했다.

"크크, 그럼 대가를 받아야겠지."

소중백의 시인으로 자신의 생각이 맞다고 생각하자 백무의 몸에서 광포한 기운이 흘러나오기 시작했다. 이제는 피를 뿌리는 일만이 남아 있을 뿐이었다.

스스슥!

말이 끝남과 동시에 백무의 신형이 신속하게 움직였다. 미끄러지듯 소중백을 향해 다가선 백무는 탄공신의 움직임이 가미된 각법으로 공격을 시작했다.

마을에서 사해방도의 머리를 날려 버릴 때와 마찬가지로 날카로운 발끝이 소중백의 머리를 향해 휘젓듯 날아갔다. 그러나 소중백은 반격할 생각을 않고 있었다.

"이런!"

백무는 소중백이 반격하지 않자 신형을 뒤틀었다. 그의 몸에서 내공을 끌어올린 기색이 없는 것을 보면 자신의 공격에 죽으려고 하는 것이 분명해 보였기에 신형을 튼 것이다.

"형님!!"

파팟!!

이주는 소중백의 위험을 보고 혈리도를 날렸다. 두 자루의 비수가 백무의 등에 닿으려는 찰나, 공격을 멈추기 위해 왼발을 박찬 백무의 신형이 허공으로 떠올라 수평을 이루었다.

피핏!

팅!

픽!

"으윽!"

간발의 차이로 백무의 옷깃을 스치고 지나간 비수 한 자루가 소중백의 어깨에 박혔다. 한 자루는 백무가 쳐냈지만 시차를 이용해 던진 것이라 한 자루는 막지 못한 것이다.

백무는 이미 소중백에 대한 공격을 중지한 상태였다. 자신의 공세에도 아무런 반격도 없는 것이 이상했던 탓이다.

"어째서 반격을 안 한 것이지?"

"크으! 미안하다. 데리고 있던 자들이 옛날 버릇을 버리지 못한 모양이니 마을에서의 일은 부인하지 않겠다. 그러고도 남을 놈들이니. 만약 한 대인이 이번 일을 알게 되면 우리는 어차피 죽은 목숨이다. 아무리 수하들의 잘못이라지만 이미 신의를 배신한 것이나 다름없으니 내가 책임질 수밖에……."

"당신이 책임을 진다는 말인가?"

"그렇다. 저놈 혼자 데리고 온 것을 보면 나머지 놈들은 너에 의해 저승길로 간 것이 분명하다. 잘했다. 네가 아니더라도 내가 알았다면 그놈들의 목을 모두 잘라 버렸을 것이다. 그러니 이제 네 마음대로 손을 써라.”

소중백의 말을 들은 백무는 마을에서의 일이 아시에게 들은 것과는 사뭇 다르다는 것을 알 수 있었다. 책임을 지려는 행동이나 소중백의 눈을 보면 거짓을 말할 사람이 아니었다.

‘으음! 내가 알고 있는 것과 다른 모양이로군.’

백무는 시선을 돌려 자신이 끌고 온 아시를 쳐다보았다. 아시의 눈빛은 절망으로 물들어 있었다. 그와 동료들은 사해방주의 명으로 마을을 쑥대밭으로 만든 것이 아니었기 때문이다.

“어떻게 된 일이냐?”

백무의 눈이 붉은 번개 같은 살기로 일렁였다. 싸늘한 살기가 아시에게 집중되었다. 백무의 눈빛을 받은 아시는 사시나무 떨 듯 떨었다.

“어찌 된 일이냐고 물었다.”

“저… 저…….”

백무가 뿜어내는 살기에 아시는 완전히 겁에 질려 말을 잇지 못했다. 백무가 뻗어내는 살기로 인해 심령에 큰 타격을 입은 듯 눈까지 풀려가고 있었다.

“갈!! 어서 말하지 못하겠느냐?”

더듬거리는 아시를 보며 백무는 마을 사람들을 참살한 이유가 사해방주가 시킨 것이 아님을 확신할 수 있었다. 백무의 살기가 더욱 강해졌다. 아시가 자신을 속인 것에 분노한 것이다.

"그, 금이 욕심났습니다. 크윽! 옛날처럼 마음대로 노략질도 못하고 규율에 얽매이는 것이 싫어 한 대인이 모아놓은 금을 차지해 도망갈 욕심으로…… . 죽여주십시오. 크윽!"

모든 것을 포기한 것인지 아시는 눈물을 흘리며 용서를 빌었다.

쉐에엑!

툭!

갑자기 도풍이 일며 아시의 머리가 허공을 날아 바닥에 떨어졌다. 아시의 자백으로 사람들을 죽인 것이 사실로 확인되자 소중백이 손을 쓴 것이다. 보지 않아도 마을이 어떻게 됐을지 알기에 일벌백계의 의미로 아시의 목을 친 것이었다.

챙!

소중백의 오른손에 들려 있던 도가 바닥에 떨어졌다. 왼쪽 어깨에 비수를 맞은 탓인지 아시의 목을 치고는 고통을 참으려는 모습이 역력한 소중백을 볼 수 있었다.

'으음, 역시 저자의 말이 사실이었군.'

백무는 소중백의 손속을 보면서 자신이 아시를 통해 알고 있는 것이 거짓이었음을 다시 한 번 확인할 수 있었다.

"미안하게 되었습니다."

백무는 미안하다는 말과 함께 소중백에게 고개를 숙였다. 사실 사해방도들이 그의 수하로 있는 이상 마을에서의 일은 한규민이 처리할 일이었다. 가문의 혈겁 때문에 분노해 나서기는 했지만 엄밀히 따지자면 한규민의 일이었던 것이다.

마을에서 사해방도들을 죽인 것에 자극받아 그나마 살심을 억누른 것이 여간 다행이 아닐 수 없었다. 자칫 무고한 사람들을 죽일 뻔했기 때문이다.

자신이 살기 위해 남에게 죄를 덮어씌울 수 있다는 사실을 알게 된 백무는 소중백에게 진심으로 사과했다.

'깨끗한 사람이로군.'

소중백은 그런 모습을 보며 백무의 성격이 꽤나 화통함을 엿볼 수 있었다.

팟!

소중백은 자신의 어깨에 박힌 혈리도를 빼냈다. 피가 분수처럼 터져 나왔지만 혈도를 짚어 이내 지혈했다.

"크으! 오랜만에 맞아본 것이라 그런지 좀 아프군."

사태가 어느 정도 진정된 것 같아 보이자 이주가 소중백의 곁으로 다가갔다.

"죄송합니다, 형님. 일단 상처부터 치료하시죠."

이주는 미안한 듯 품에서 금창약을 꺼내 소중백의 상처에 바르고는 옷자락을 찢어 소중백의 어깨를 감싸주었다. 자칫 상처가 덧나면 도객으로서의 생명에 치명적일 수 있었기 때문이다.

"죄송하게 됐습니다. 사정도 자세히 알아보지 못하고……."

치료하는 것이 끝나자 백무는 소중백에게 다시 한 번 사과했다.

"크으! 아니네. 오히려 내가 고맙다고 해야 할 일이네. 한 대인께는 이번 일에 대해 책임을 져야 하겠지만 말이야. 어차피 수하들을 잘못 다룬 우리의 책임도 있으니. 그건 그렇고, 자네는 누군가?"

"전 한 대인께서……."

백무는 자신에 대해 간략하게 설명했다. 백무의 설명을 들은 소중백과 이주는 놀라지 않을 수 없었다. 그들도 백무에 대해 알고 있었다. 처음 이곳에 백무를 데려왔을 때 다 죽어가는 모습이었던 것은 물론이고 체격도 지금 같지 않았기 때문이다.

'그때는 제 나이 또래로 보였는데 일 년하고 몇 달이 지나지 않았는데 저리 변하다니…….'

다 큰 청년이나 가질 수 있는 체구였다. 전에도 크기는 했지만 이제는 육 척 가까이 되는 신장에 잘 발달된 근육질의 몸이 지난날 자신들이 데리고 온 사람이 맞는지 의심이 들 지경이었다.

하지만 앳되어 보이는 얼굴에는 지난날의 모습이 조금은 남아 있어 소중백은 백무가 한 대인이 데리고 왔던 사람임을 알 수 있었다.

"자, 이곳에서 이럴 것이 아니라 들어가세."

"알겠습니다."

소중백은 해안가에서 제일 높은 언덕에 위치한 자신들의 거처로 백무를 이끌었다. 거처로 백무를 이끌고 온 소중백은 떠나기 전 한규민이 자신에게 당부한 이야기를 해주었다.

"자네에 대해서는 한 대인께 이야기를 들었네. 얼마 안 있으면 떠날지도 모르니 편의를 보아주라는 말씀을 하시고 중원으로 가셨네."

"아시라는 자가 말하기를, 한 대인의 소식이 끊겼다고 했는데 그 말이 사실입니까?"

"으음, 그 말은 사실이네. 우리도 걱정이네. 그래서 방주께서 한 대인의 소식을 알아보기 위해 중원으로 가셨네."

"으음."

"그리 걱정하지는 말게. 그분을 어떻게 할 사람은 중원에서도 그리 많지를 않네. 십천(十天)이 나선다고 해도 삼황을 제외하고는 그분을 어떻게 할 수 있는 사람은 없으니 말이야."

"그렇습니까?"

"후후, 그렇네. 그러니 염려 마시게."

백무는 소중백의 말을 들으며 자신의 예상보다 한규민이 무서운 고수라는 것을 알 수 있었다. 소중백이 말한 십천이라면 중원무림 전체라고 말해도 과언이 아니었기 때문이다.

십천은 당금 무림의 초절정고수를 일컬음이다. 십천 중 최강자라 할 수 있는 자들은 마교의 교주인 암천신마(暗天神魔) 혁련추(赫連錘), 소림의 전대 고승인 무불성승(無佛聖僧), 무당의 천무검황(天武劍皇)으로 세인들은 이들 셋을 묶어 삼황이라고 칭하고 있었다.

그리고 그보다는 실력이 떨어지지만 불세출의 고수라고 할 수 있는 사기(四奇)가 있었다. 사기는 천기무후(千奇武后) 제갈선란(諸葛羨瀾), 일휴잠화(佚遊潛貨) 서문도(西門櫂), 천왕무적(天王無敵) 언능강(彦能罡), 만검개천(萬劍開天) 남궁호(南宮浩)로 당금 강호에 성세를 자랑하는 사대세가의 주인들이었다.

마지막으로 십천의 세 자리는 신비한 인물들이 차지하고 있었다. 이름도 알려지지 않고 오직 별호로만 알려져 있는 자들이다. 강호 행보가 하도 신비스러워 정체가 거의 알려지지 않았지만 지닌바 무공은 사기에 버금갈 것이라고 여겨지는 인물들이었다.

각기 일수유(一須臾), 삼전투(三電鬪), 천독향(千毒香)이라
불리는 자들로 세인들에게는 달리 삼괴(三怪)라 불렸다.

'어느 정도 짐작은 하고 있었지만 한 대인이 그들과 비견
될 정도로 고수라니 놀라운 일이군. 그분의 절기인 탄공신도
예사 절기가 아니었구나.'

소림오권과 탄공신을 익히고 있는 백무는 한규민이 자신
에게 훔쳐 배우게 한 탄공신이 예사 절기가 아니라는 사실을
알 수 있었다. 내공이 없는 상태에서도 사해방의 배신자들을
처리한 것이나 소중백과 이주를 상대할 수 있었던 것이 그것
을 증명했다.

"자네의 움직임을 보니 아무래도 한 대인께 사사한 모양인
것 같더군. 내가 꼼짝도 못하고 당한 것을 보면 말이야."

"아닙니다. 작은 가르침을 받았을 뿐입니다."

"아니야. 자네의 움직임을 보면 알 수 있네. 지난날 한 대
인이 나와 방주를 제압할 때 보여준 몸놀림과 비슷해 보였네.
한 대인께서 그때는 사정을 보아주셨지만 말이야. 자네 나이
정도에 그 정도 움직임이면 아주 훌륭한 것이네."

"아직 멀었습니다."

백무는 속으로 놀랐지만 속마음을 감추며 겸양의 말을 전
했다.

"후후, 그건 그렇고, 독선고님과 함께 온다고 했는데 혼자

인 것을 보니 독선고님이 안 오셔서 찾으러 가는 모양인가 보
군.”

“그렇습니다. 약속한 기일이 한 달이 넘게 지났는 데도 오
시지 않으셔서요. 해서 누님을 찾아볼 생각으로 길을 나섰습
니다. 아무래도 중원에서 안 좋은 일이 있는 것이 아닌가 싶
어서 말입니다.”

“좀 더 기다리면 안 되겠는가? 방주께서 배를 모두 몰고 나
가는 바람에 중원까지 갈 만한 배편이 없네. 방주께서는 적어
도 서너 달 후에나 돌아오실 걸세. 그리고 그사이 독선고께서
돌아오실 수도 있고.”

소중백은 백무가 당민을 기다리기를 권유했다. 아시의 말
대로 한번 나가면 상당한 기간이 걸리는 것이 분명했다.

“누님께서 돌아오실 시간까지 기다릴 여유가 없습니다.
전에 말씀하신 것으로 봐서는 돌아오신다는 보장도 없고 말
입니다. 가신 행선지를 어느 정도 알고 있으니 한번 찾아보
려고 길을 나섰습니다. 포구에 정박한 배로 묘강까지는 갈
수 있다고 들었습니다. 해남도를 통해 중원으로 갈 수 없다
면 묘강까지 가서 육로로 가려고 하는데 도와주실 수 있겠습
니까?”

“으음, 자네 말대로 묘강까지는 갈 수가 있네. 그런데 어디
로 가기에 그쪽으로 가려고 하나? 묘강은 상당히 위험한 곳인
데 말이야.”

소중백은 걱정스러운 목소리로 물었다. 묘강 지방은 밀림이 울창한 데다 치명적인 독물들이 부지기수였다. 또한 밀림 속에 사는 부족 중에 호전성이 강한 부족이 많기에 상당히 위험한 곳이었다.

"제가 가려는 곳은 사천성 북쪽입니다. 밀림을 지나는 것은 염려하지 마시고, 묘강으로 들어가는 곳까지만 절 데려다 주시면 됩니다."

자신하는 말투에 소중백은 그를 말릴 수 없다는 것을 알았다.

"으음, 알겠네. 자네 뜻이 그렇다면 데려다 주기로 하지. 어차피 한 대인께서 부탁하신 것도 있고 하니 말이야. 하지만 묘강을 통해 중원으로 들어가는 길은 만만치가 않을 것이네. 묘족도 문제지만 그곳에는 밀독천(楸毒天)이라 불리는 신비 집단이 있다고 들었네. 그들은 자신의 영역에 들어선 중원인들을 살려두지 않지. 아마도 조심해야 될 걸세."

"알겠습니다. 염려하지 않으셔도 될 겁니다."

"하긴 자네 정도의 실력이라면이야."

소중백은 백무 정도의 실력이라면 묘강을 무사히 벗어나 사천성으로 갈 수 있을 것이라 생각했다.

"준비할 것도 있으니 떠나는 것은 내일로 하게. 오늘은 여기서 좀 쉬도록 하고."

"고맙습니다."

묘강으로 떠나는 것은 다음날 아침으로 결정되었다. 준비할 것이 있어서였기 때문이다. 묘강까지 백무를 데려다 주는 것은 이주가 맡았다. 소중백이 상처를 입은 탓도 있었지만 사해방의 본거지를 지켜야 했기 때문이다.

그날 밤 소중백과 이주는 백무에게 지난일을 물었다. 다 죽어가던 백무가 이렇듯 고수가 되어 나타난 것이 궁금했기 때문이다. 하지만 백무는 모든 것을 다 말해줄 수가 없어 당민에게 치료받은 일을 대충 꾸며서 이야기해 주었다.

다음날 아침 배가 떠날 준비를 마치자 백무는 배에 올라탔다. 드디어 중원으로 가는 것이었다.

"잘 가게. 자네 정도의 실력이면 별다른 위험이야 없겠지만, 밀독천의 사람과는 만나지 않도록 특별히 조심하도록 하게."

소중백은 떠나려는 백무에게 다시 한 번 당부를 잊지 않았다. 나이가 어림에도 상당한 실력을 가진 것도 마음에 들었지만, 지난날 그가 열병에 시달리고 있을 때 치료해 준 이가 바로 독선고였기 때문이다.

비록 배편을 이용하는 대가가 붙어 있기는 했지만 소중백과 같이 사해방도 대부분이 병마에 시달릴 때 독선고에게 은혜를 입은 적이 있었다.

"고맙습니다."

“형님, 다녀오겠습니다.”

“그래, 자네가 잘 데려다 주고 오게나.”

“걱정하지 마십시오. 바람이 좋은 때니 금방 다녀올 수 있을 겁니다.”

“조심하게.”

소중백의 배웅을 받으며 백무 등을 실은 배가 미끄러지듯 포구를 떠났다. 배에 탄 사람들은 이주와 여덟 명의 선원, 그리고 백무가 전부였다. 그리 크지 않기는 했지만 커다란 돛을 이용한 배라 바람을 맞자 빠른 속도로 포구를 벗어났다.

“이런 식으로 바람이 불면 열흘이 못 되어 도착할 수 있을 것이네. 파도 때문에 멀미를 할 수도 있으니 편안한 자세로 쉬게. 묘강까지 가는 것은 우리에게 맡기고.”

“알겠습니다.”

이주는 백무를 쉬게 한 후 사해방도들을 독려해 배를 몰기 시작했다. 바람의 방향에 따라 돛을 이리저리 돌리며 빠른 속도로 묘강 쪽을 향해 항해하기 시작했다.

백무가 묘강에 당도한 것은 이주가 자신한 대로 지옥도의 포구를 떠난 지 팔 일이 지난 후였다. 물안개가 가득 낀 새벽녘에 묘강 쪽으로 가는 해안가에 당도할 수 있었다.

“저곳이네. 자네에게 준 지남철을 이용하면 방향을 잃지 않을 것일세. 곧장 서북쪽으로 가면 사천성으로 갈 수는 있지만 밀독천이 지배하는 곳을 관통해 지나야 하니 북쪽으로 가서 운남에 당도한 뒤에 사천성으로 가게나. 어째서 그곳에 가려는지 모르지만 몸조심하게. 그런데 정말 사람을 붙여주지 않아도 되겠나?"

"그러실 필요 없습니다. 지리는 잘 모르지만 대략의 지도를 주셨으니 가는 데는 지장 없을 겁니다."

"알았네. 최대한 오기는 했지만 그래도 상당히 먼 거리네. 조심하게."

"그럼 편안히 돌아가십시오."

백무는 작별 인사를 하고 발걸음을 옮겼다. 이주의 걱정이 무엇인지 알지만 밀림에서의 생활은 지난 육 개월 동안 충분히 한 터라 가는 데는 지장이 없을 터이다.

또한 이주가 준 지도와 지남철이 있어 십만대산으로 향하는 길에 문제가 될 것이 없다는 생각에서였다.

"묘강이 그리 만만한 곳이 아니거늘……. 자, 이제 배를 돌려라! 지옥도로 돌아간다!"

떠나가는 백무를 바라보며 걱정스러운 말을 흘린 이주는 배를 돌리게 했다. 소중백의 말대로 만만치 않은 실력을 지닌 백무였기에 걱정을 접고 지옥도로 돌아가기 위해서였다.

하지만 이주는 지옥도로 돌아가는 즉시 자신들에게 은혜

를 베푼 아름다운 미녀를 싣고서 다시 이곳으로 와야 한다는 것을 까마득히 모르고 있었다.

백무가 묘강에 발을 내디딜 무렵, 주무성은 고민에 빠져 있었다. 자신을 감시하던 자들의 움직임이 없었기 때문이다. 오늘도 궁금증을 참지 못하고 천위현을 찾았다.

"위현아!"

품 안에 있는 낙화생을 꺼내 까먹으며 수하들의 보고를 검토하고 있던 천위현은 어느새 다가온 것인지 자신에게 말을 걸고 있는 주무성을 바라보며 낙화생 껍질이 묻은 손을 털었다.

"예, 어르신."

"또 까먹고 있었냐?"

"헤헤."

"쯔쯔쯔!"

멋쩍은 듯 웃는 천위현을 보며 주무성이 혀를 찼다. 낙화생이라면 자다가도 벌떡 일어나는 천위현이 한심했던 것이다. 얼마나 까먹은 것인지 책상에는 낙화생 껍질이 수북했다.

"이놈들이 어째서 이리도 잠잠한 것이냐?"

"그러게 말입니다. 놈들을 잡아채면 움직일 줄 알았는데 꼬리를 싹 감췄네요. 그놈들에게 알아낸 것도 하나 없는데 말입니다."

“그러게 말이다.”

주무성과 천위현은 여섯 달 전에 자신들을 미행하던 자들을 잡았지만 아무것도 알아낼 수 없었다. 도리어 자신들을 감시하던 눈길이 완전히 사라졌다는 사실이 의아스러울 뿐이었다.

“그런데 수린이는 어떻게 하고 있을까요?”

천위현은 삼 개월 전 자신이 실시한 수련을 마치고 새로운 수련을 위해 떠난 수린이 생각나는지 지나가는 투로 입을 열었다.

“아마도 심사를 받고 있겠지. 그 어른들이 좀 까다로우냐?”

“하긴요.”

“그 아이 생각은 그만 접어라. 앞으로 오 년 동안은 보고 싶어도 볼 수 없을 테니.”

“그래야겠지요. 하지만 걱정이 되니 어쩔 수가 없네요.”

“후후, 그간 정이 들었나 보구나.”

“왜 아니겠습니까. 삼 개월 동안 제게서 지독한 수련을 받으며 모든 것을 견뎌낸 아이 아닙니까. 비록 여아라지만 그 아이보다 지독한 독종은 한 번도 본 적이 없습니다. 마치 어린 시절의 저를 보는 것 같아서 말이죠.”

“하긴, 네놈이 고개를 젓는 아이는 그 아이가 처음이었으니. 아마도 잘하고 있을 거다.”

"그렇겠지요. 그 아이의 성품이라면 그분들도 질릴 것이
분명합니다."

"크크, 나중에 된통 날벼락이 떨어지지나 않을지 걱정이
다. 괴물을 들여보냈다고 말이다."

"미리 준비를 해야겠지요. 날벼락 맞지 않으려면 말입니다."

"그래야겠지."

자신의 집에서 멀리 떨어진 자금성을 바라보는 주무성의
눈길에는 안타까움과 그리움이 묻어 있었다. 그것은 이제는
자신의 딸이 된 수린에 대한 그리움의 빛이었다.

"그런데 수린 상황은 어떠냐?"

주수명은 동창이 무림의 세력을 끌어들였다는 것을 알고
있었다. 그에 따라 향후 앞날을 준비하기 위해 장수보와 의논
하여 명의 군에 있는 자들 중 실력이 출중한 자들을 골라 특
별한 수련을 시키고 있는 중이었다.

"장수보님께서 신경을 쓰시는 일인데 어련하려고요. 팔십
만 금군과 명친건홍군에서 고르고 고른 자들입니다. 거기다
가 황궁보고에서 귀한 영약까지 준 놈들이니 성취가 남다릅
니다. 하지만 아직 실전에서는 써먹기 힙들 겁니다. 적어도
수린이가 수련을 마치고 올 시간쯤이나 되어야 써먹을 수 있
을 겁니다."

"그렇겠지. 놈들의 전력이 만만치 않은 것 같으니 말이다.

그리고 대형 주변은 철저히 지키도록 해라. 놈들이 손을 쓸지도 모르니 말이다. 권력을 위해서라면 황제라도 바꿀 위인들이니 미리미리 경계하는 것이 좋아."

장수보의 안위가 늘 걱정스러웠다. 명이 이만큼 안정을 되찾게 된 것도 장수보의 힘이나 마찬가지였다. 꺼져 가는 황촉을 되살려 놓았지만 자신들의 권력을 제한할 뿐 아니라 사사건건 충돌하고 있으니 동창의 입장에서 보면 매우 껄끄러운 존재였다. 언제 어디서 장수보에게 위해를 가할지 모르기 때문이었다.

"그건 걱정하지 마십시오. 하초가 부실한 놈들에게는 따로 감시를 붙여놨습니다. 제가 누굽니까. 북경의 밤을 장악하고 있는 야류혼입니다. 밤에 벌어지는 일에 대해서는 하나도 빠짐없이 상황을 보고 받고 있는 중입니다. 그리고 수하들 중에 실력있는 놈들을 어르신 주변에 배치해 놨으니 놈들이 어르신에게 위해를 가한다는 것이 그리 쉽지만은 않을 겁니다. 하하!"

천위현은 자신만만하게 대답했다. 하지만 언제나 그런 천위현이 못마땅한 주수명이었다. 일하는 것이 철두철미하다는 것은 알고 있지만, 모든 일의 경우 만약의 경우라는 것이 있기 마련이다.

"이놈아, 너무 자신만 하지 마라. 그놈들은 권력의 틈바구니에서 굴러먹을 대로 굴러먹은 자들이다. 수많은 우국지사

들이 놈들의 탐욕에 의해 힘도 써보지 못하고 이슬로 사라져
버렸으니 말이다. 만약 형님의 안위에 무슨 일이 생기면 네놈
부터 죽을 줄 알아라.”

“걱정하지 마시라니까요. 제가 어르신 곁에 붙인 사람들이
누군지 아십니까?”

“누군데 그러느냐?”

‘평소라면 기가 죽을 만하건만 기세등등한 것을 보면 만만
한 자들이 아닌 모양이로군.’

“육가 삼형제를 붙였습니다, 육가 삼형제.”

“육가 삼형제를?”

육가 삼형제라면 주수명도 잘 알고 있는 이들이었다. 무림
인이지만 무림을 떠나 관에 의탁한 자들로 지닌바 실력이 자
신에 버금가는 자들이었다.

“아무리 육가 삼형제라도 틈을 파고들면 어쩔 수 없다. 괜
히 자만하지 말고 형님의 안위에 더욱 신경을 써라. 그리고
놈이 끌어들인 무림 세력에 대해 빨리 알아내도록 하고 말이
다. 그렇게 고문을 했는데도 입을 열지 않는 것을 보면 예사
조직은 아닌 것 같으니 말이다.”

“알고 있다고요. 그래서 제가 제독태감 집에 머물고 있는
천 공자라는 위인에 대해서는 별도로 손을 써놨으니 걱정하
지 마세요. 하지만 그놈도 만만한 놈은 아닌 것 같던데요? 천
향루에 들락날락거리기에 아이들을 붙여놨는데 어찌 된 영문

인지 자신의 신상에 대해서는 하나도 흘리지 않는다고 하더라고요."

"천향루에?"

"그렇다니까요. 술을 즐기고 호색하는 것이 언뜻 보면 천하의 파락호 같은데 유향이의 말로는 예사 놈이 아닌 것 같다는군요."

"유향이가 그놈에 대해 무엇인가 발견한 것이냐?"

"그건 아니고, 유향이의 느낌이 그렇다는군요. 잠시지만 놈을 처음 보는 순간, 마치 컴컴한 암흑을 보는 것 같은 느낌을 받았다고 하더군요. 처음 만남 이후에는 파락호 같은 느낌만 받았다고 하는데 유향이가 어디 보통 아이입니까?"

"으음, 유향이가 그렇게 느꼈다면 네놈 말대로 보통 놈이 아니지 싶다. 유향이에게는 그냥 지켜보기만 하라고 해라. 놈들이 어떤 세력인지 알아내야 하니 말이다. 괜히 타초경사 범하지 말고."

"알았어요."

"어차피 우리가 동창 놈들에 대해 손을 쓰려면 몇 년 걸려야 하니 그놈들이 끌어들인 세력은 확실히 파악해 놓아야 한다. 지금 괜히 섣부르게 건드렸다간 놈들에게 빌미를 제공할 수 있으니까. 절대로 우리가 먼저 도발해서는 안 된다. 그리고 중신들의 동향은 철저히 파악해 놓도록 해라. 동창 놈들과 연계를 가진 자들에 대해서는 일거수일투족 놓치지 않도록 하란 말이다. 매일 낙화생이나 까먹지 말고."

"쩝! 알았다고요."

심심할 때마다 낙화생을 까먹는 것은 자신의 유일한 낙이었다. 비록 주수명을 만날 때는 자제하지만 자신도 모르게 품 안에 손을 넣고 있던 천위현은 멋쩍은 듯 대답했다.

*　　　*　　　*

"저기 옵니다."

"흥! 나도 봤다."

소중백은 아파오는 허리를 짚으며 멀리 수평선을 바라보고 있었다. 그리고 그의 곁에는 냉랭한 안색의 당민이 서 있었다. 당민이 지옥도에 돌아온 것은 이틀 전이었다. 돌아오자마자 백무가 자신을 찾으러 십만대산을 향해 떠났다는 소식을 들은 당민은 다짜고짜 소중백을 패버렸다. 왜 잡지 않았느냐는 것이 그 이유였다. 소중백은 지금 허리에 심각한 통증이 있는 상태였다.

'남아에게 제일 중요한 곳이 허리이거늘 이토록 자근자근 밟아버리다니……. 아이고, 허리야.'

냉랭하게 말하며 수평선을 바라보고 있는 당민을 바라보는 소중백의 눈빛에는 원망이 서려 있었다. 하지만 그런 마음을 겉으로 드러낼 수는 없었다. 당민의 부탁으로 백무에게는 말하지 않았지만 소중백은 당민의 정체를 알고 있는 몇 안 되는 사람 중 하나였기 때문이다.

"식량과 식수는 준비가 끝났겠지?"

"예, 예. 준비가 모두 끝났습니다."

아픈 허리를 부여잡으며 당민을 원망하던 소중백은 다급하게 대답했다.

"만약 무아에게 무슨 일이 있으면 너희들은 다 죽은 줄 알아라."

"아, 아닙니다. 백무는 무사할 겁니다. 저조차 무시하지 못할 실력을 가지고 있었으니 말입니다."

당민이 죽인다는 것은 보통의 죽음을 뜻하는 것이 아니었기에 소중백은 다급히 손을 저으며 변명을 해댔다.

"정말 무아가 그런 실력이 있다는 것을 믿을 수가 없다. 아직 걸어다니는 것도 힘들어해야 할 아이이거늘……."

당민은 걱정스러운 눈빛으로 배를 바라보고 있었다. 마교와의 일로 늦은 것도 문제지만 백무가 보여주었다는 모습이 자신의 예상과는 많이 달랐기 때문이다.

'이것이 없이는 혈수련의 약기와 혈천독지의 독기가 융화될 리가 없는데……. 혹시나 약기가 폭주하는 것은 아닌지. 혈천독지에 가봤어야 하는 것은 아니었을까?'

당민은 적어도 이틀 후면 이주가 타고 간 배가 돌아올 것이라는 소중백의 말에 혈천독지에 가보지 않은 상태였다. 움직이는 것도 모자라 무공을 시전한다는 말에 마음이 급해졌기 때문이다.

'내공을 익혀서는 안 된다는 내 말을 무아가 잊을 리가 없다. 그런데 소중백을 상하게 할 정도의 무공이라니……. 설마 한 대인이 손을 쓴 것인가? 아니야. 그럴 리가 없다. 소령이가 치료된 이상 한 대인은 백무에게 신경 쓸 여력이 없었을 것이다. 그는 가문의 업이 있는 사람이니까. 그리고 무아가 무공을 익힐 수 있는 온전한 몸도 아니고. 으음, 도저히 모를 일이로군.'

백무에 대해 생각을 굴리던 당민은 포구로 배가 들어서는 것을 볼 수 있었다.

휘이익!

당민은 신형을 날려 들어오는 뱃전에 내려앉았다.

"빨리 식량과 식수를 실어라! 어서!"

당민이 뱃전으로 올라서자 소중백은 배가 완전히 정박하지 않았음에도 수하들을 시켜 식량과 식수를 싣도록 했다.

"형님, 무슨 일입니까?"

당민이 도착해 있고, 아픈 듯 몸을 비틀거리며 수하들을 재촉하는 소중백의 모습을 본 이주가 의아한 듯 물었다.

"조용히 하게, 독선고께서 무척 화가 난 상태이니. 아무래도 자네가 실어다 준 백무라는 아이의 병세가 완전히 나은 것이 아닌 듯싶네. 그러니 조용히 하고 식량과 식수를 다 싣거

든 백무라는 아이를 내려준 곳으로 독선고님을 모시고 가게
나. 내 꼴 나지 말고."

소중백의 전음을 들은 이주는 멍이 든 소중백의 얼굴을 보
며 당민에게 무자비하게 맞았다는 것을 알 수 있었다.

'괜히 꾸물거리다가는 평생 여자 얼굴 한번 못 보고 끝난
다.'

허리를 잡고 절룩이는 그의 모습에서 얼마나 맞았는지 짐
작이 간 이주는 선원들과 함께 군말없이 올라오는 식량과 식
수를 받아 들었다. 소중백이라서 저 정도이지, 자신이 당민에
게 맞았다면 허리에 이상이 와도 벌써 왔을 것이다.

"다 실었으면 출발해라!"

"예!"

피곤한 길이었지만 배는 다시 포구를 떠날 수밖에 없었다.
병자를 치료할 때는 선녀만큼이나 나긋나긋한 독선고지만
화가 나면 나찰보다 더 무섭다는 것을 잘 알고 있는 이주였
다.

이주는 묘강으로 향하는 동안 자신의 항해술을 최대한 발
휘해야 했다. 그것은 선원들도 마찬가지였다. 냉기를 풀풀 풍
기는 당민의 기세에 그들은 젖 먹던 힘까지 짜내야 했던 것이
다. 덕분에 이주는 백무를 데리고 왔을 때보다 무려 이틀이나
단축할 수 있었다.

“저기입니다.”

백무를 내려준 곳에 도착하자 이주는 지체없이 당민에게 말했다. 밤을 낮 삼아 항해해 온 이주는 얼마나 고생을 했는지 눈을 퀭하니 들어가 있었다.

휘이익!

당민은 배가 해안가에 도착하기도 전에 뛰어내렸다. 바닷물을 발끝으로 튀기며 해안가로 가는 모습은 선녀의 움직임이나 다름없는 것이었다.

“등평도수(登萍渡水)라니…….”

이주의 눈이 경악으로 물들었다. 자신이 의형으로 모신 소중백을 능가하는 고수라는 사실은 익히 알고 있었지만, 등평도수를 시전할 정도의 초절정고수라고는 생각하지 못했던 것이다.

“내가 돌아갈 때까지 기다려라. 만약 무아에게 무슨 일이 일어났다면 각오해야 할 것이다.”

이미 밀림 속으로 들어갔건만 당민의 목소리는 이주의 귓가로 쟁쟁하게 들렸다.

“세, 세상에나, 이제는 어기전성(御氣傳聲)이라니?”

이주는 또다시 놀라야 했다. 어기전성을 시전할 정도의 고수라면 자신들이 두려워하는 한 대인과 비슷한 실력의 소유자라는 뜻이었기 때문이다.

‘아무리 성격을 파악할 수 없는 사람이라지만 이거야 원.

그런데 독선고가 저 정도의 고수였나? 방주 말로는 절정고수라고 했지만, 이제 보니 그것이 아닌 것 같다. 그나저나 만약그 백무라는 아이에게 이상이 있다면 방주는 물론 우리들은그야말로 죽은 목숨이군.'

백무의 요구에 묘강까지 데려다 준 죄밖에 없는 이주는 당민의 괴팍함에 혀를 내두른 채 죽을상을 하고서 지옥도로 되돌아가야 했다. 당민이 얼마나 무서운 존재인지 이제 확실하게 알게 된 까닭에 지옥도로 돌아가는 내내 제발 백무가 무사하기만을 기원할 뿐이었다.

밀림 속으로 들어선 당민은 얼마 지나지 않아 백무의 흔적을 발견할 수 있었다. 밀림으로 들어서자 달리기 시작한 듯깊이 패인 족적이 아직까지 남아 있었던 것이다.

"그들의 말이 사실이었나 보구나."

당민은 족적을 보면서 소중백의 말이 사실임을 알 수 있었다. 달려간 것 같은 발자국이 거의 이 장여 간격으로 남겨져있었기 때문이다. 또한 희미하게 풍기는 냄새를 통해 발자국의 주인이 백무임을 확인할 수 있었다.

"족적으로 봐서 무아는 내공을 사용하는 것이 아님이 분명하다. 순수한 힘만으로 달려간 것이 틀림없다. 내공을 사용했다면 발자국이 거의 남지 않았을 테니. 하지만 어떻게? 적혈신의 힘을 제대로 끌어내기 위해서는 만년설련실(萬年雪蓮實)

을 복용해야 하거늘……."

백무의 변화에 믿을 수가 없는 당민이었다. 혈수련은 극독이면서 극양의 정화였다. 거기다 혈오의 피 또한 마찬가지였다. 음한지기를 가진 혈천독지의 독기를 흡수하고 근맥을 이었다고는 하지만 이 정도의 힘을 낼 수 있으려면 만년설련실을 복용하고도 몇 달은 치료해야 한다.

"으음, 만약 잠원지기(潛元之氣)가 격발된 것이라면 큰일이다. 잠원지기가 소진되면 무아의 육체는 그 즉시 독기를 이기지 못하고 붕괴되기 시작할 것이 분명하니. 빨리 서둘러야겠구나."

휘이익!

당민은 자신이 낼 수 있는 최대한의 속도로 경공을 발휘하기 시작했다. 당민의 속도로 봐서 최대한 경공을 발휘한다고 해도 삼십여 일 후에나 백무를 만날 수 있을 것 같은 생각이 들었기 때문이다.

'잠원지기가 격발된 것도 문제지만, 무아가 그들을 만나서는 안 된다. 그 골통들을……. 그들을 만난다면 백무를 붙잡을 것이 틀림없다. 내 생각이 기우이기를……. 잘못하면 나까지 옴팍 뒤집어쓰게 된다.'

잠원지기가 격발된 것도 문제지만 적혈잠원대법(赤血潛元大法)을 창안해 낸 자들과 백무가 조우한다면 더 큰 문제였기 때문이다.

파파팟!

초조한 마음에 당민의 경공은 점점 더 빨라지고 있었다. 자신의 모든 것을 건 백무의 안위는 그녀에게 세상 무엇보다 가장 중요한 일이었던 것이다.

第三章 삼노(三奴)와의 첫 대면(對面)

九劈雷電

거대한 밀림이 천여 리를 뻗어 있는 곳. 그 안에 무엇이 있는지, 또 어떤 비밀을 간직하고 있는지 세상에는 거의 알려지지 않은 곳이 바로 묘강이다.

사시사철 더운 기후는 물론이고 밀림 속에 살고 있는 수많은 맹수와 독물이 인간의 발길을 거부하기 때문이다.

사해방의 도움을 받아 묘강으로 들어선 백무는 한동안 밀림을 지나치다 끝이 보이지 않을 정도로 커다란 나무들이 빼곡이 들어서 있는 밀림 한복판에 앉아 쉬고 있는 중이었다.

배에서 내릴 때 이주가 챙겨준 등짐 속에서 먹을 것을 꺼냈다. 마른 건량과 어포, 그리고 몇 가지 과일이 등짐 속에 들어 있었다. 밀림을 횡단하는 동안에도 상하지 않을 식량들이었다.

"어디 건량과 어포는 천천히 먹어야 할 것이고……. 으음, 일단 과일이나 먹어볼까."

과일 하나를 꺼내 씹어 먹으며 등짐 속에서 단검을 꺼내 허리에 찼다. 당민이 준 검흔비였다. 운남까지 밀림을 횡단하는 동안 요긴하게 쓰일 것 같았기 때문이다. 등짐 옆에는 밀림에서 요긴하게 쓰일 거라며 소중백이 마련해 준 만도 한 자루가 달려 있었지만 당민이 자신에게 준 검흔비에게 정이 가는 탓이었다.

"쩝! 어느 정도 요기를 한 것 같으니 이제 그만 가볼까."

과일을 다 먹은 백무는 등짐을 정리하여 등에 멨다. 이제부터 본격적으로 밀림을 횡단하려는 것이다.

"후후, 어차피 힘든 여정이 되겠지만 이번 길은 나를 더욱 성장시킬 것이다. 내 안에 들어 있는 힘들이 말이야. 그리고 누님께서 위험할지도 모르니 마교에 가 괜히 짐이 돼서는 곤란하니까."

묘강으로 들어선 후 당민을 찾아 마교로 가는 동안 자신에 대해서 돌아보기로 결심했다. 사해방의 본거지에서 벌어진 소중백과 이주와의 대결에서는 임기응변으로 어느 정도 우위를 보았다고는 하나 아직은 멀었다는 것을 알고 있었다. 그것은 다름 아닌 소중백과 이주의 무공을 본 탓이었다.

사실 사해방에서 두 사람에게 이긴 것은 임기응변을 이용해 소중백의 의표를 찌른 탓이기도 했지만, 어느 정도 그들의 방심도 한몫했다. 소중백은 백무에게서 내력이 느껴지지 않았기에 처음부터 전력을 다하지 않았던 것이다.

지옥도를 떠나기 전날 밤 상처를 입은 몸임에도 묘강으로 가는 자신을 위해 소중백은 자신의 진실한 실력을 보여주었다. 먼 길을 떠나려는 자신에게 강호무림의 무서운 면을 보여주려는 의도였다.

소중백은 마지막 비장의 한 수로 간직하고 있던 것을 보여준 것이다. 그가 보여준 한 수는 백무에게 자신의 무공을 다시 한 번 되새겨 보게 해주었다. 삼 로로 갈라지며 삼엄하게 뻗는 소중백의 도세에는 희미하지만 무엇이든지 잘라 버릴 것 같은 도기가 실려 있었던 것이다.

섬광처럼 뻗어와 두텁게 갈라지며 모든 방위를 차단하는 도세를 보며 자신이 소중백을 이겼다는 사실이 믿어지지 않는 백무였다. 그의 별호인 후쾌도(厚快刀)가 실감나는 순간이었던 것이다.

처음부터 본신의 진실한 실력대로 싸웠다면, 지금의 자신으로서는 감당할 수 없을 만큼 제대로 된 도법을 구사하는 소중백을 보았던 것이다.

소중백과 이주는 어떻게 보면 자신이 간신히 이긴 사람들이었다. 그렇지만 그들은 백가장을 혈겁으로 몰아넣은 흉수들에 비하면 실력이 훨씬 못 미친다는 생각이 들었다.

지난날 백가장에서 혈겁을 일으킨 자들의 무공에 비해 처지는 감이 많다고 느낀 것이다.

그러한 사실들이 백무에게 자신을 되돌아보게 했다. 특히 소림오권과 탄공신을 수련하느라 적혈신에 대해 알아보지 못한 것을 이번 기회에 자세히 알아보아야겠다고 다짐했다.

"우선 운남으로 가는 동안 이 밀림을 상대로 수련하자. 내 몸에 대해서 좀 더 확실히 알아야 하니까. 나 자신의 힘도 제대로 모른 채 섣불리 누님을 찾으려 하다가는 누님을 구하기는커녕 봉변을 당하기 십상이다. 따지고 보면 밀림이라는 곳은 치열한 전쟁터나 다름없는 곳이다. 혈천독지에서 수련할 때 진작에 밀림에서도 이 같은 수련을 해볼걸."

일단 자신이 들어선 밀림은 수련하기 좋은 곳이라는 생각이 들었다. 사방에 널린 독충과 맹수의 위협이 신경을 집중하게 만들어줄 것이다.

또한 빽빽하게 가로막고 있는 수풀을 적으로 가정하고 실전을 펼친다고 생각하며 이동한다면 좋은 수련이 될 터이다.

"좋아! 이제 시작이다. 누님에게 건강하게 변한 내 모습을 보여주는 것도 중요하지만, 어떤 일이 있을지 모르니 최대한 실력을 쌓아야 한다. 으아아아!!"

강렬한 외침이 밀림에 울려 퍼졌다. 가슴 밑바닥에서 뻗어 나오는 백무의 함성은 밀림을 떨어 울렸다.

파파팟!
콰직!!
휘이익!
신형이 바람같이 움직였다. 기다랗게 자란 풀은 적의 검이요, 나무에서 뻗어 나온 나뭇가지는 적의 도였다. 피하고 막고 쳐내며 건장한 다리를 뻗어 신속하게 이동하기에 속도는 조금 느려졌지만 힘이 넘치고 있었다.

빠른 속도로 달리면서 권각을 뻗어내거나 전신을 이용해 공격하는 등 소림오권과 탄공신을 숙달시키는 한편 감각을 집중하는 것에 매진하고 있었다.

당민의 시술 이후 몰라보게 달라진 자신의 감각에 적응하기 위해서였다. 시시각각 달라지는 지형에 따라 온몸으로 전해지는 감각이 적응하기에 힘들었다. 아직도 의식이 적응하지 못하고 있었기 때문이다. 형세를 판단하고 주위의 기운을 모두 느끼는 것은 말처럼 쉽지가 않았다. 온몸으로 느껴지는 반응을 머리가 따라가지 못하는 것이다.

그로 인해 머리가 깨질 것 같은 고통이 밀려들었다. 적혈신을 이루고 난 후 제일 먼저 찾아온 것이 바로 자신에게 쏟아져 들어오는 감각으로 인한 고통이었다.

적혈잠원대법을 시술받으면서 느꼈던 고통보다는 덜했지만 그에 못지 않았다. 사람이 받아들일 수 있는 감각은 한정되어 있다. 그 범위를 넘어서는 감각의 인지는 오히려 고통으로 다가왔다.

그리고 자신이 인지한 것에 대한 판단도 어려웠다. 고통을 줄이려 한곳에 집중하면 집중한 곳에서 벌어질 앞으로의 위험 요소를 판단하기는 쉬웠다. 하지만 그 외의 변수를 판단하는 것은 쉽지가 않았다.

'한곳에 집중하거나 모든 것을 느끼는 것 둘 다 어려운 일이다. 마치 검날의 양면처럼 둘 다 이루는 것이 쉽지만은 않겠어. 그래도 집중하는 것은 할 수 있게 되었으니 다행이다. 전보다는 훨씬 나을 테니까.'

감각을 개방하면 고통이 찾아오기에 한곳에 집중하는 것을 숙달시켜 갔다. 한곳에 집중하는 것이 가능하자 밀림을 가로지르는 동안 당민의 시술 이후 변화된 자신의 신체에 대해 느끼려 애쓰며 탄공신과 소림오권을 수련해 나갔다.

일단 절제된 움직임을 통해 불필요한 동작을 모두 없앴다. 그리고 감각의 집중과 함께 타격을 한 점에 집중하는 법을 터득해 나갔다. 자신에게 쏟아져 들어오는 감각 전체를 하나로 인식하기까지는 오랜 시간이 걸리겠지만, 그러기 위해서는 일단 한 대상을 집중해 볼 수 있는 힘을 키우는 것이 중요했다.

파팟!

퍼, 퍼퍽!

파파팡!

타격의 대상으로 삼은 것에 집중하며 최소한의 힘으로 최대의 타격을 주며 밀림의 수풀을 상대했다.

비록 고정되어 있는 것들이지만 동적인 부분에 집중했다. 보호색을 하고 숨어 있는 독충과 기어다니는 곤충들, 미세하기 흔들리는 나뭇잎, 떨어져 내리는 열매들과 나뭇잎이 백무의 수련 상대가 되어주었다.

그렇게 백무는 적혈신의 비밀을 알아가는 데 최선을 다했다.

파파팡!

퍼퍼퍼퍽!

다 익어 무게를 이기지 못하고 떨어져 내리는 이름 모를 과일들과 낙엽이 뻗어내는 권으로 인해 허공에서 터져 나갔다. 나무껍질 사이로 움직이던 독충들이 백무의 발끝에서 생을 마감해야 했다.

수련을 하며 그렇게 빠른 속도로 전진하며 묘강을 가로지르는 시간은 한동안 계속되었다. 얼마나 큰 밀림인지 한참의 시간이 지났음에도 끝날 생각을 안 했다.

수련을 하며 지남철이 지시하는 방향을 따라 북쪽으로 향하던 백무는 묘강이 얼마나 무서운 곳인지 새삼 알 수 있었다. 독물과 맹수의 위협도 문제였지만 더욱 큰 문제는 바로 끝도 없이 이어지는 밀림 자체였다.

사람의 정신을 미쳐 버리게 할 정도로 계속되는 밀림은 맹수나 독물 못지않은 무서움을 가지고 있었다. 보통 사람 같으면 벌써 지쳐 쓰러져 버렸을 정도로 끝이 보이지 않았다.

해안가에 도착하고, 밀림으로 들어서서 북쪽으로 들어선 지 이십여 일이 넘게 흘렀건만 끝없이 이어지는 밀림에 백무도 질려가고 있었다.

"이거 정말 가도 가도 끝이 없군."

밀림을 상대로 수련하느라 이제까지는 별다른 느낌이 들지 않았지만 어느 정도 수련이 궤도에 접어들자 이제는 서서히 질려가고 있었던 것이다.

"해안가를 끼고 달려왔으면 이런 수련은 하기 힘들었겠지만, 흐유! 젠장할! 내가 미친놈이지. 정말 질리는군. 하지만 계속 가다 보면 운남이 나오겠지. 그동안의 수련 성과도 괜찮은 것 같으니 이제는 한번 속도를 높여볼까."

타타타!

백가장을 혈겁으로 몰아넣은 원수들을 찾으려면 오랜 시간이 걸릴 것이 틀림없었다. 이 정도 일에 지친다면 원수를 갚는다는 것은 생각도 말아야 할 것이다. 끝도 없이 이어지는 밀림 자체의 공포를 이기는 것도 좋은 수련 방법이라 생각한 것이다.

무척이나 빠른 속도였다. 평지를 달리는 준마처럼 밀림 속을 달리는 백무의 속도는 정말 가공스러웠다. 내공이 없음에도 평지에서 경공을 시전하는 무림인처럼 바람같이 내달리는 백무로 인해 태고의 신비를 간직한 밀림은 한동안 몸살을 앓아야 했다.

간간이 쳐내는 그의 손속에 나무들이 부러져 나가고, 그의 다리가 내딛는 곳에서는 나무건 바위건 부러지거나 깨져 나갔다.

약재를 구하러 떠나며 불안한 눈빛을 보이던 당민의 우려와는 달리 자신이 받은 시술은 성공적인 것 같았다. 또한 달릴수록 전신으로 퍼져 오르는 힘을 느끼며 그간의 수련이 자신에게 큰 발전을 가져왔다는 것을 알 수 있었다.

밀림을 가로지르는 움직임은 탄공신을 따르고 있었다. 화포가 터지듯 신형을 앞으로 쏘아내는 탄공신의 움직임에 따라 몸을 놀리고 있었던 것이다. 보통의 무림인과는 달리 순수한 근력으로만 경공을 방불케 하는 속도를 내고 있었던 것이다.

그렇게 한참을 달리던 중 백무는 이상한 기분을 느꼈다. 방향은 분명히 맞건만 얼마 전부터 자신이 한곳을 빙빙 돌고 있다는 느낌을 지울 수가 없었던 것이다. 예민해진 감각이 경고를 울리는 가운데 백무는 발걸음을 멈췄다.

착!

"이상하군. 부러진 나뭇가지를 보면 분명 내가 지나온 곳인데……. 무림인들이 즐겨 사용한다는 기문진이 설치되어 있는 것인가?"

자신이 권으로 부러뜨린 나뭇가지였다. 한참을 지나 제자리로 돌아왔다면 기문진이 펼쳐져 있는 것이 틀림없었다.

"조심해야겠군."

밀림 속에 기문진이 펼쳐져 있을지도 모른다는 사실에 긴장하기 시작했다. 인적이라고는 없는 묘강의 밀림 속에서 인간의 흔적을 발견했기 때문이다. 전신으로 위험한 감각이 바늘 끝처럼 밀려들었다. 이런 곳에서는 맹수나 독물보다도 사람이 더 위험할 수 있었기 때문이다.

스스스스!

그때 천 년을 넘게 쌓여온 낙엽 위를 스치는 희미한 소리가 들려왔다.

스스스스!

'뭔가 나타났다.'

비릿한 사향(蛇香)이 코끝을 스쳤다.

'크크! 괜히 겁먹었네. 어떤 놈들인지는 모르겠지만 마침 잘됐군. 뱀고기는 몸보신하는 데는 최고니까. 귀찮은 일이 생기기 전에 얼른 몇 마리만 챙기고 벗어나야겠다. 묘인들과 마주치면 가는 길만 늦어지니까.'

많은 수의 뱀들이 몰려오고 있는 것이 분명했다. 기문진을 이용해 뱀을 부리는 것을 보니 묘강에서 산다는 묘족이 분명했다. 뱀들이 몰려오고 있는 뒤편에서 희미하게 사람의 기운이 느껴지는 것을 확인한 백무는 쓸데없는 충돌을 피하기 위해 뱀 몇 마리만 챙긴 후 자리를 떠나려 했다. 잠시 후,

스스스!

뱀들이 시야에 나타났다.

"어?!"

희한하게 생긴 뱀이었다. 마치 날개 같은 것들이 몸뚱이에 달려 있었던 것이다.

"웃기게 생긴 놈들이로군. 하지만……."

뱀들이 시야에 나타나자 백무는 뱀이 있는 곳을 향해 걸음을 내디뎠다. 몇 마리 잡은 후 자리를 뜰 생각이었다.

"어? 저놈들, 왜 저래?"

많은 수의 뱀들이 움찔하며 뒤로 물러섰다. 거의 동시라고 할 만큼 내딛는 발걸음만큼 뒤로 물러선 것이다.

"어쭈? 사람을 알아본다는 건가? 어디!"

의아한 생각에 몇 걸음 더 내디뎠다. 역시 뱀들도 또다시 그 거리만큼 뒤로 물러났다. 자신에게서 뭔가 두려운 기운을 느낀 듯 뱀들은 일정한 거리를 두려 하는 것이 분명했다.

삐리리리!!

백무가 뱀들과 의미없는 실랑이를 하는 중에 난데없는

피리 소리가 밀림에 울려 퍼졌다. 피리 소리의 지시를 받는 것인지 거리를 두던 뱀들이 백무를 향해 전진하기 시작했다. 하지만 반 정도 거리를 좁히더니 이내 다시 뒤로 물러났다.

삐이이이!

조금 전보다 강렬한 음색의 피리 소리가 울렸다. 재촉하는 것 같은 피리 소리에 뱀들의 전진이 다시 시작됐지만 이내 마찬가지였다. 그렇게 피리 소리에 따라 녹색 뱀들은 갈등하는 모습처럼 앞으로 전진하다가 뒤로 물러나는 것을 반복했다.

"허! 진짜 웃기는 놈들이네?"

삐이이익!

피리 소리가 좀 더 날카로워졌다. 백무의 귀가 아파올 정도였다.

휘이이익!

카아아아—

계속해서 움찔거리던 뱀들의 행동이 달라졌다. 무척이나 날카로운 피리 소리와 함께 들려온 괴성에 놀란 듯 갑자기 뱀들이 허공을 날았다. 그리고는 시퍼런 독아를 번득이며 백무를 향해 덤벼들었다.

"어? 이 자식들이!"

빠른 속도로 날아와 덮치는 뱀들에 잠시 놀라기는 했지만 백무는 번개같이 신형을 움직여 피했다. 소중백과 대결할 때라면 모를까, 지금은 그런 공격에 당할 백무가 아니었다. 주변에 떠도는 뱀들에게 자신의 신경을 집중하자 모든 것이 확연히 느껴지고 있었던 것이다.

슈슈슈슉!

하지만 한두 마리의 뱀이 아니었다. 대략 잡아도 백여 마리가 떠오르듯 날아왔다. 날카로운 이빨을 번득이며 비늘을 쳐든 채 달려들고 있었던 것이다.

또한 어느새 나무 위로 기어오른 것인지 나무 위에서 떨어지듯 날아오는 뱀도 상당수였다.

"어쭈! 어디 한번 해보겠다는 거지? 너희들이 뱀이라면 나도 뱀이다."

촤촤촤!

타타타탁!

쾌속하게 움직이기 시작한 백무의 신형은 뱀을 닮아 있었다. 백무는 소림오권 중 사권을 발휘해 녹린천아사를 상대하기 시작했다. 탄공신의 움직임으로 날아오는 녹색 뱀들의 공격을 미끄러지듯 피하면서 손바닥으로 뱀들을 하나하나 쳐냈다.

투투투툭!

가벼운 손짓이었지만 그 안에 담긴 힘은 결코 가벼운 것이 아니었다. 내공을 익힌 고수들에 비견될 만한 강력한 힘이 담겨 있었던 것이다. 수도 없이 떨어지는 뱀 사이로 신이 난 듯 백무의 신형이 움직였다.

붉은색으로 물든 백무의 손바닥에 강타당한 뱀들은 날아오던 기세를 잃고 바닥으로 힘없이 떨어져 내렸다. 죽지는 않았지만 강한 충격에 정신을 잃은 듯 바닥에 떨어진 뱀들은 몇 번 꿈틀거리다 이내 잠잠해졌다.

"자식들! 차앗!"

파파팡!

투투투투득!

"앗! 따거!"

한참 동안 소림오권 중 사권을 이용해 뱀들을 쳐내며 움직이던 백무는 따끔거리는 아픔을 느꼈다. 삼엄하게 펼친 자신의 방어막을 뚫고 어느새 허벅지에 독아를 박아 넣고 있는 녹색 뱀을 볼 수 있었다.

"이 자식이!!"

푹!

백무가 노려보자 단삼 아래 붉은색으로 물든 허벅지를 물고 있는 녹색 뱀은 자신의 목표가 성공한 듯 힘껏 검은 눈동자를 빛내며 독아를 찔러 넣었다. 검은빛의 눈동자가 마치 득의의 표정을 짓는 것 같았다.

하지만 뱀들의 독아는 백무의 피부를 뚫지 못했다. 혈오의

껍질이 스며든 탓에 세상의 그 무엇보다 강하며 탄력있는 피부로 변했기 때문이다.

"이놈의 뱀 새끼들이!!"

가져가는 동안 상하는 것을 막기 위해 기절만 시키고 있던 백무는 화가 머리끝까지 치솟아 올랐다. 잠시 한눈을 판 사이에 자신의 몸 여기저기에 독아를 박아 넣고 있었기 때문이다.

휘이익!

파파팡!

한낱 미물의 공격에 자신이 당했다는 것에 자존심이 상해 자신을 물고 있는 뱀을 향해 전력으로 손을 휘둘렀다. 소림오권 중 학권(鶴拳)이었다.

마치 학의 부리처럼 만들어 전력을 다해 휘두른 탓인지 뱀들의 몸이 터져 나갔다. 진한 녹색 피를 사방으로 흩뿌리며 터져 나가는 모습이 장관이었다.

백무의 손짓 한 번에 서너 마리씩 몸뚱이가 터져 나가자 뱀들이 주춤하기 시작했다. 백무의 손에서 이는 강력한 기세를 느낀 탓이었다.

"이리 안 와?! 니들 다 죽었어!"

백무는 주춤거리며 물러서는 뱀들을 향해 소리를 질렀다. 더 이상 봐주고 싶은 마음이 없었던 것이다.

내공을 익힐 수 없다는 제약 때문에 아버지에게 배운 소림오권을 끝으로 무공에 대해 관심이 없었던 백무는 자신이 살던 흑산 일대에서는 성질하면 알아주는 편이었다. 평소에는 고분고분하지만 한번 성질이 터지면 아무도 감당하지 못했다.

그로 인해 흑산 일대를 주름잡는 건달패 중 백무를 함부로 대하는 자는 아무도 없었다. 백가장의 소장주라는 배경도 있었지만 지닌바 실력도 만만치 않았기 때문이다.

비록 내공을 익히지는 않았지만 어려서부터 배운 소림오권으로 나이 열넷에 이미 흑산 일대에서는 상대가 없을 만큼 소문난 왈패가 바로 그였다.

거기다가 성정 또한 독하기 그지없었다. 약한 자에겐 관대한 편이었으나, 경우에 없이 자신에게 대드는 자들에겐 약한 자들이라도 가차없이 응징을 가했다.

그 응징이라는 것이 거의 반신불수가 될 정도로 두들겨 패는 것이었다. 맞는 동안 정신을 잃고 기절해 있더라도 자신의 성질이 풀릴 때가지 계속하기에 세파에 절고 절은 건달패들이라도 고개를 절레절레 흔들 정도였다.

그렇게 두 번 다시 자신에게 대항하지 못할 정도로 응징을 가하는 백무였기에 흑산을 평정한 이후 건달패들 사이에서는 흑산괴룡이라 불리게 되었다.

운남으로 가는 동안 몇 마리만 챙겨 식량으로 쓰려던 백무였지만 겁없이 자신을 물어대는 녹린천아사들로 인해 그만 성질이 폭발했던 것이다.

이를 대변하듯 조금 전까지 약간 붉은빛을 보이던 백무의 피부가 피칠을 한 듯 붉게 변했다.

휘이익!

주춤거리는 뱀들 사이로 신형을 날려 파고든 백무는 전력을 기울여 뱀들을 공격하기 시작했다.

파파파팡!

퍼퍼퍽!

우드득!

콰직! 콰지직!

강력한 파공음과 함께 장내에는 학권을 비롯해 소림오권이 연이어 펼쳐졌다. 손아귀에 으스러져서 죽는 뱀, 진각에 의해 발에 밟혀 곤죽이 된 뱀 등 많은 수의 뱀이 분노한 백무의 손발에 의해 죽어나가기 시작했다.

"이, 이놈아!! 그만두지 못하겠느냐?"

한참 녹색 뱀들을 무참하게 죽여 나가고 있을 때 분노에 떨리는 고함성이 밀림 속에 울려 퍼졌다. 고함 소리에선 비통함과 함께 슬픔을 느낄 수 있었다.

우드득!

양손으로 두 마리의 뱀을 잡고 잡아당겨 죽여 버린 백무는 갑작스럽게 터져 나온 고함 소리에 손속을 멈추었다. 뱀들의 죽음으로 주인으로 보이는 사람의 목소리에 비통함이 깃들어 있는 것이 느껴지자 백무는 화를 가라앉힐 수 있었다.

"자식들! 어? 너무 많이 박살 낸 건가?"

성질을 죽인 백무는 주변을 돌아보았다. 상당히 많은 수의 뱀이 몸이 박살난 채 주변에 널브러져 있었다.

이미 뱀을 부리는 사람이 있는 줄은 짐작하고 있었다. 묘족 중에 뱀을 수족처럼 부리는 사람이 있다는 사실을 들어 알고 있었다. 이곳은 그 사람의 영역임이 분명했다.

"쩝! 이거, 미안하네."

몇 마리만 잡아가려다 상황이 묘하게 변해 버렸다. 정신을 차리고 보니 바닥에 쓰러져 있는 뱀이 수십 마리였다. 자신을 공격했던 뱀 중 삼분의 이가 나가떨어진 것이다.

백무는 묘족의 영역에 침범해 뱀을 죽인 것이 미안해졌다. 따지고 보면 자신이 침입자나 마찬가지였기 때문이다.

"으아아아! 죽일 놈! 내 아, 아이들을!"

"이크! 화났나 보다. 얼른 도망가야겠다. 하지만 갈 때 가더라도 챙길 건 챙겨야지."

광분하는 목소리가 가까이서 들려왔다. 무림인은 아닌 듯 자신이 부리는 뱀이 죽어 있는 현장으로 걸어서 다가오는 기척이 느껴졌다. 뱀을 부리는 묘족 사람이 화가 났다고 생각한 백무는 얼른 자리를 피하려 했다. 쓸데없는 시비에 휘말리고 싶지 않아서였다.

백무는 일단 흩어져 있는 뱀을 챙기기 시작했다. 자신이 수고한 대가는 챙겨야겠다는 생각에서였다. 겁을 먹은 것인지 백무를 경계하는 녹린천아사들은 뒤로 물러서서 백무가 하는 모양을 바라보고만 있었다.

부스럭!

어느새 뱀들이 멀찌감치 물러나고 누군가 백무 앞에 나타났다. 허리까지 내려오는 봉두난발에 괴장(拐杖)을 짚고 있는 자였다. 떨어져 있는 뱀은 절반도 챙기지 못했는데 벌써 나타난 것이다.

그의 몸에는 가느다란 쇠사슬이 달려 있고, 쇠사슬에는 네 마리의 녹린천아사가 묶여 허공을 날고 있었다. 괴인은 걸어온 것이 아니라 녹린천아사들에게 매달려 날아온 것이었다.

"아이고! 애고! 내 새끼들!!"

괴인은 녹색 피를 흘리며 여기저기 죽어 있는 뱀들을 보며 눈물을 흘렸다.

"이, 이이! 네, 네놈이 내 아이들을 저 꼴로 만든 것이냐?"

괴인의 안광이 녹색으로 물들며 번득거렸다. 봉두난발에 꾀죄죄한 모습이었지만 눈빛만큼은 매섭기 그지없었다.

"뱀새끼가 사람에게 덤벼들다니 말이나 되는 소립니까? 악착같이 달려들어서 물다니! 애고, 따가워라! 해서 어쩔 수 없었다고요, 노인장!"

묘족이 분명해 보이는데 중원 말을 쓰자 백무는 자신의 사정을 설명했다.

탁!

설명하는 도중에 아직도 자신의 몸을 물고 있는 녹색 뱀 한 마리를 쳐냈다.

"이, 이럴 수가!"

사천독노(蛇穿毒奴)는 믿을 수가 없었다. 자신이 애지중지하는 녹린천아사(綠鱗穿牙蛇)가 어떤 뱀이라는 것을 잘 알고 있는 까닭이다.

웬만한 도검에도 상처조차 입지 않는 것이 녹린천아사이다. 검기나 도기를 구사할 수 있는 고수라면 약간의 상처는 남길 수도 있다. 녹린천아사의 가죽은 교룡보다 질겼기 때문이다.

또한 뱀 중의 지존이라 할 수 있는 혈관홍사(血冠虹蛇)에 뒤지지 않는 튼튼한 몸과 거상(巨象)도 단숨에 물어 죽이는 맹독을 품고 있는 독물이 바로 녹린천아사였다.

그런데 무참히 박살 낸 것도 모자라 수십 번을 물리고도 아무렇지도 않은 백무를 보며 놀라지 않을 수 없었던 것이다.

"이, 이이! 네놈이!! 어디 홍아에게도 견디나 보자!"

사천독노는 품에서 검은색의 작은 목갑 하나를 꺼내 조심스럽게 열었다. 뱀과 함께 한평생을 살아온 자신조차 함부로 다룰 수 없는 존재가 목갑 안에 있었다.

쉬이익!

뚜껑이 열리자 기이한 소리와 함께 여러 가지 색으로 밝게 빛나는 기다란 줄 같은 것이 떠올랐다. 그것은 뱀이었다. 전체적인 형태는 녹린천아사와 비슷했다.

다른 것이 있다면 알록달록한 여러 가지 색을 띠고 있다는 것과 뱀의 머리에 마치 왕관같이 붉은빛이 도는 벼슬이 돋아 있다는 것이었다.

"어, 또 날개 달린 뱀이네?"

"이이이! 네놈이 내 아이들을 저렇게 해놓고도 무사할 줄 알았더냐? 홍아에게서 살아남는다면 내 손에 장을 지질 것이다!"

사천독노는 백무가 녹린천아사의 공격에도 무사한 것은 만년온옥이나 피독주 같은 것을 가지고 있어서일 것이라고 생각했다. 그렇지 않다면 자신의 귀여운 아이들에게 물리고도 살아난다는 것이 불가능했기 때문이다.

자신이 방금 꺼낸 홍아라면 만년온옥이나 피독주도 소용없기에 백무를 죽일 것임을 확신했다. 홍아는 세상에 존재하는 모든 뱀의 제왕이나 마찬가지였기 때문이다.

하지만 그것은 사천독노의 지독한 오해였다. 독아를 박아 넣고도 백무의 손에 털리듯 떨어져 내린 뱀들의 최후를 보지 못했기 때문이다. 녹린천아사들의 독아(毒牙)가 모두 부러져 나간 것까지는 미처 보지 못했던 것이다.

‘크크! 이놈들, 정말 웃긴 놈들이군.’

백무의 시선에 잡힌 뱀들의 모습은 한낱 미물이 아니었다. 날개가 달린 녹색 뱀과 홍아라 불린 무지갯빛 뱀은 허공을 날고 있었다. 녹린천아사들은 선봉을 선 장군의 무용을 기대하듯 뒤에 늘어선 채 홍아라고 불린 뱀을 호위하고 있었다.

하지만 신화경의 경지에 이른 고수가 무력답수를 펼치듯 허공을 부유하는 홍아는 마치 필생의 대적을 만난 듯 백무의 주변을 빙빙 유영하듯 돌고만 있었다.

‘어! 홍아가 어째서 저러는 것이냐?’

평생을 뱀과 함께 살아온 사천독노는 혈관홍사의 움직임에 긴장하기 시작했다. 마치 죽음을 각오한 것 같은 혈관홍사의 움직임이 심상치 않았던 것이다.

“노인장, 미안하게 됐소. 하지만 먼저 덤빈 건 저놈들이오. 애지중지 키운 모양인데 저 뱀까지 죽이기는 싫으니까 이쯤에서 그만둡시다. 그리고 너도 영물인 것 같은데, 그만 해라. 너도 까불면 저놈들처럼 확 찢어 죽일 것이다.”

백무는 이쯤에서 끝내는 것이 좋을 것 같았다. 어차피 자신이 남의 영역에 들어온 것이다. 말하자면 시비는 자신이 먼저 건 것이다. 그래서 이쯤에서 끝낸 후 운남으로 향하려 했다.

“이, 이놈이!!”

사천독노의 입에서 노호성이 터졌다. 혈관홍사를 보고도 자신을 걱정하는 말투가 마음에 들지 않았던 것이다. 하지만 분노하는 사천독노와는 달리 홍아라 불리는 혈관홍사는 안도하는 빛이 역력했다. 혈관홍사는 백무의 피에 흐르는 힘이 얼마나 무서운 것인지를 알고 있었던 것이다.

"그렇게 화낼 필요는 없지 않습니까. 가만히 있는데 덤빈 놈들이 잘못이니 말입니다. 그리고 이놈들 가지고는 나한테 아무런 해도 입힐 수 없으니 이제 그만 하시죠."

조금 전 맹독을 가진 것으로 보이는 녹린천아사의 공격을 가볍게 생각한 것도 자신의 피에 흐르는 힘을 알고 있기 때문이었다. 만독의 제왕이라는 혈수련과 혈천독지의 기운이 피에 흐르는 이상 자신을 해칠 만한 독물은 세상에 없다는 것을 백무는 잘 알고 있었던 것이다.

"그리고 미안하지만 기왕 죽은 놈이니 내가 가져갑시다."

백무는 말을 마친 후 죽어 있는 뱀들을 등에 메고 있는 등짐에 쓸어 담듯 빠르게 담기 시작했다. 그중에는 자신의 손에 기절한 놈들도 포함되어 있었다.

"홍아야, 무엇 하느냐? 어서 저놈을 죽여라! 어서!!"

백무의 행동을 지켜보고 있던 사천독노는 솟아오르는 분기를 참지 못해 혈관홍사에게 백무를 죽일 것을 지시했다. 자신에게 무공만 있다면 벌써 손을 썼겠지만, 그럴 수가 없기에 홍아를 재촉한 것이었다.

절레절레!

사람의 말을 알아듣는 듯 혈관홍사는 고개를 저었다. 뻔히 자신이 죽을 길인지 알기에 가고 싶지 않은 것이다.

"너, 너!"

혈관홍사의 어이없는 반응에 울화가 치민 사천독노는 품에서 조그마한 피리를 꺼내 들었다.

사밀소(蛇密簫)!

지상에 존재하는 모든 뱀을 다스릴 수 있는 밀독천의 삼보 중 하나를 꺼낸 든 것이다.

삐이익!

강렬한 소성이 다시금 밀림에 울려 퍼졌다. 피리 소리를 듣자 홍아라 불리는 혈관홍사는 주춤거리며 주저하는 듯했다.

삐이익!

다시금 소성이 울려 퍼졌다. 그러자 주저하던 혈관홍사가 체념한 듯 천천히 백무에게 날아가기 시작했다.

"어, 어! 어!!"

빛보다 빨라야 정상이다. 눈에 보이지 않을 정도로 빠르게 날아가 적의 동맥을 물어버리는 홍아의 습성을 알기에 사천독노는 기가 막힐 수밖에 없었다. 이미 백무가 쓰러져야 정상이거늘 홍아의 날아가는 모양이 마치 도살장에 끌려가는 송아지 같았기 때문이다.

턱!

슬금슬금 날아가던 혈관흑사의 목을 백무가 낚아챘다. 어느새 떨어져 있는 녹린천아사를 다 챙긴 백무가 홍아를 잡은 것이다. 손가락으로 머리를 눌린 홍아는 반항할 힘을 잃고 몸을 축 늘어뜨리고 있었다.

"젠장! 이제 그만 합시다. 그만 하자고 했는데 노인장이 계속했으니 이놈은 내가 가져갑니다."

휘이익!

타타타탁!

백무는 홍아를 잡아채고는 이내 사천독노의 머리를 타고 넘어 운남을 향해 달리기 시작했다. 순식간에 사라진 백무를 보며 사천독노는 말을 잃은 듯 멍하니 바라보고만 있었다. 그러다 백무의 손에 홍아가 잡혀갔다는 것을 인지했다. 혈관홍사는 결코 잃어버려서는 안 되는 것이었다.

"저, 저놈이! 저놈 잡아라! 뱀 도둑놈 잡아라!"

자신이 손을 쓸 수 없음에 고래고래 소리를 지르기 시작했다.

"으아아아! 세… 세상에 이… 런 일이……! 호, 홍아야!!"

홍아를 잡자마자 냅다 튀어 도망가는 백무를 보며 사천독노는 기가 막혔다. 녹린천아사의 먹이를 주기 위해 사독대진을 펼쳤다가 황당한 꼴을 당한 것이다.

사독대진 안에 사람이 걸려들었기에 횡재를 했다 싶어 자신이 애지중지 기르고 있는 녹린천아사를 풀었다. 다른 뱀과는 달리 살아 있는 동물을 뜯어먹는 것이 녹린천아사의 습성이었기에 그는 천천히 뒤를 따랐다.

그런데 먹이를 눈앞에 두고도 아무런 움직임을 보이지 않는 뱀들에게 이상함을 느껴 사밀소를 불어 먹이를 먹도록 재촉했다. 그리고 연이어 들리는 소리는 녹린천아사가 먹이인 인간에게 당하는 소리였다. 분노에 혈관홍사를 꺼냈지만 그마저 탈취당한 사천독노는 미칠 지경이 되었다.

평생을 뱀과 함께 살아온 사천독노는 무공을 익히지 않았다. 뱀을 키우는 것에 방해가 되었기 때문이다. 자신으로서는 백무를 쫓아갈 수 없음을 느낀 그는 서둘러 사밀소를 불었다.

삐이이이!

자신의 형들에게 구원을 요청하는 소리였다.

사천독노가 부는 사밀소 소리는 백무 또한 듣고 있었다. 밀림 전체에 퍼져 나갔기 때문이다. 사천을 피해 운남을 향해 달리던 백무는 사밀소 소리에 멈추어 섰다.

"후후, 사람들을 부르는 모양이로군. 묘족들이 몰려들면 귀찮아지기만 할 테니 얼른 자리를 벗어나야겠다. 그렇지만 정말 재미있는 곳이야. 이런 독물도 볼 수 있고 말이야."

타타타탁!

사밀소 소리에 잠시 멈추어 서 있던 백무는 다시 밀림 속을 질주했다. 사천독노가 나타나는 순간 자신을 빙빙 돌게 했던 기운이 흩어졌음을 알고는 더 이상 시비가 붙기 전에 도망을 친 것이다.

백무는 방금 전 자신을 공격했던 사천독노를 묘족으로만 알고 있었다. 내공이 없는 것이 느껴지는 것을 보면 무림인이 아니었기에 쓸데없는 살생을 피하기 위해 손을 쓰지 않았던 것이다. 대신 자신을 공격했던 뱀의 시체와 기절한 놈들을 대가로 가지고 온 것이었다.

"묘족 중에는 뱀을 부리는 사람들이 있다고 하더니 정말이었군. 요놈 때문에 당분간 심심하지는 않겠어. 그나저나 오늘 밤 쉴 자리를 마련하면 상하기 전에 모두 불에 구워봐야겠다."

부르르!

백무의 말을 알아들은 것인지 혈관홍사의 몸이 떨렸다. 얼마나 세게 떠는 그 느낌이 고스란히 손을 타고 느껴졌다.

'후후, 웃긴 놈이로군. 사람 말을 알아듣는 것인가?'

백무는 혈관홍사에게 관심이 갔다. 수많은 영물이 있다고는 하지만 말을 알아듣는 영물은 드물다는 것을 잘 알고 있었기 때문이다.

'후후, 가는 동안 이놈이나 가지고 놀아야겠다.'

십만대산까지 가는 긴 여행길 동안 재미있는 장난감이 생겼다는 사실에 기쁘기만 한 백무였다. 자신이 들고 있는 혈관홍사가 얼마나 무서운 독물인지 모르기 때문이었다.

그리고 그의 등짐 안에 기절한 채 누워 있는 녹린천아사 또한 홍아 못지않은 독물이었다.

第四章

철혈무전의 사인방!

九劈雷電

커다란 침상이 반이나 차지한 어두운 대전 안에 희끗한 백발을 가진 이가 누워 있다. 약간 하얀 안색을 가지고 있는 침상의 주인은 그의 곁에서 손발을 주무르고 있는 시녀들의 손길을 즐기고 있었다.

"천 공자는 어떻게 지내고 있느냐?"

남자인지 여자인지 모를 모호한 음성이 그의 입에서 흘러나왔다. 인간의 희노애락이 담겨 있지 않은 무심하면서도 사람의 가슴을 울리는 기이한 음성이었다.

"별일없습니다, 공공. 수하들이 실종된 뒤부터는 잠자코 있습니다. 공공께서 자제를 시킨 덕분이겠지요. 요즘엔 천향루에 들러 울적한 심사를 풀고 있나 봅니다."

대답은 대전의 바닥에서 들려왔다. 침상 앞 대전 바닥에는 오체투지한 채 침상의 주인을 향해 공경의 어조로 대답하는 이가 있었다.

"눈엣가시 같은 놈은?"

"진무사에 몇 번 들락날락거린 것 이외에는 별다른 움직임은 보이지 않고 있습니다. 장수보와의 만남도 그때가 마지막이고 말입니다."

"으음, 의외로 조용하군. 그러면 그놈이 데리고 온 계집아이는 어떻게 하고 있느냐?"

"공공, 무슨 생각인지 모르겠지만 아무래도 철혈무전의 늙은 괴물들에게 보내진 것 같습니다."

"호오! 그 죽지 못해 미쳐 버린 작자들에게?"

무심하던 목소리에 호기심이 비쳤다. 그에게도 철혈무전으로 입전했다는 소식은 뜻밖이었던 것이다.

"예."

"그건 그렇고, 그 아이가 아비의 일을 아는 것 같더냐?"

"모르는 것 같았습니다. 만약 알고 있었다면 광견이 움직이지 않을 리가 없으니 말입니다."

"그렇겠지. 그 눈엣가시 같은 놈이 난리를 피워도 벌써 피웠겠지. 그런데 그 아이가 철혈무전에 들어갔다면 나중에 우환거리가 되는 것은 아니냐?"

“그럴 리가 없습니다. 지난 이십여 년간 철혈무전에 들었다가 살아 나온 자는 주무성이 유일합니다. 더군다나 그 아이는 여아입니다. 철혈무전에서 살아 나올 리 만무합니다.”

확신하는 그의 대답에 공공이라 불린 자는 고개를 끄덕였다.

“하긴 그렇겠지. 그 미친놈들의 손아귀에서 빠져나온다는 것은 쉽지 않을 테니까.”

“하오면 장수보는 어찌하실 생각이십니까?”

“선황제의 고명을 받은 자야. 그자는 아직은 건드릴 때가 아니지. 아직 신임을 잃지도 않았고, 황제가 장수보를 어려워하니 기회가 오기는 하겠지. 하지만 그자가 가진 힘도 만만치 않고, 아직 물건을 찾지도 못했으니 일단은 기다려야 할 것이다.”

“알겠습니다, 공공.”

“다시 한 번 말하지만 물건의 행방을 빨리 찾아야 한다. 그 야만인 놈들을 구슬리기 위해서는 꼭 필요한 물건이니까 말이야.”

“걱정하지 마십시오. 이미 일곱 개를 찾았습니다. 조만간 모두 모일 것입니다.”

“후후, 알았다. 그만 나가보도록 해라. 그리고 천 공자에게는 화산의 일을 맡겨라. 그도 공을 세울 기회를 주어야 할 테니 말이다. 이미 화산에는 이야기는 다 된 상태이니 이번 기회에 천 공자의 입지를 키워줄 필요가 있다. 천소궁에서 천 공자의 입지가 커질수록 우리에게 유리하니까."

"알겠습니다, 공공!"

바닥에 부복해 있던 자가 대답한 후 일어나 대전을 물러났다.

"호호! 그래, 거기다."

가느다란 웃음이 흘러나왔다. 침상 위의 주인은 시녀의 손 길에 만족한 듯 옅은 웃음을 지으며 돌아누웠다.

'철혈무전 사상 처음으로 여아가 들어갔다고? 후후, 장수 보, 네가 무리를 하는구나, 무리를. 미친 늙은이들이 어찌할 줄 뻔히 알면서 말이야. 크크크!'

돌아눕는 그의 눈가에 기광이 어렸다. 자신이 계획한 대로 일이 진행되고 있는 것도 만족스러웠지만 자신의 정적인 장 수보가 무리수를 두고 있다는 확신이 들었기 때문이다.

대전을 나온 서문도(西門導)는 서둘러 길을 나섰다. 당금 명의 두 실세 중 하나라고 할 수 있는 제독태감 윤충(玧充)을 대면하고 오는 길은 언제나 등에 땀이 솟는 것을 어쩔 수 없 었다. 자신을 바라보는 윤충의 눈은 언제나 사갈(蛇蝎)같이 보였기 때문이다.

'언젠가는 저놈의 눈을 파낼 날이 오겠지…….'

목적을 가지고 수하로 들기는 했지만 윤충은 언제나 날을 세우고 있는 사람이었다. 도저히 속을 알 수 없는 자였다. 훗날을 위해 기회를 보고 있었기에 서문도도 언제나 자신의 흉중을 마음속 깊숙이 감추어야 했다.

'그나저나 천 공자란 놈을 설득해야 할 터인데 걱정이군.'

윤충의 추천으로 자신의 일을 돕기 위해 북경에 머물고 있는 사람은 까다로운 자였다. 몇 달 전 윤충의 정적인 장수보와 그의 수하라 할 수 있는 주수명을 감시하던 그의 수하들이 사라져 버린 관계로 심기가 불편한 상태였기에 이번에도 설득해야 하는 것이다.

'역시 만만치 않은 자야. 성질 더럽기로 유명한 주가의 피를 이어받아서 그런가? 하지만 네놈이 날뛸 날도 머지않았다. 그 괴물들의 생도 머지않아 종지부를 찍을 테니. 후후, 하지만 아직은 그물이 완성되지 않았으니 천 공자의 노화를 잘 가라앉혀야 한다.'

전각 사이를 지나 천 공자라 불리는 자의 처소로 향하는 그의 발걸음이 빨라졌다. 만만치 않은 자였기에 이번에 그의 노화를 누르는 것이 쉽지 않을 것임을 잘 아는 그였다.

쾅!

"그자가 뭐가 무서워 아직까지 손을 쓰지 못하게 한다는 말이오?"

탁자를 치며 불같이 노성을 터뜨리는 천계연(夼契然)은 참을 수가 없었다. 자신의 수하들의 행방은 물론이고 생사조차 모른 채 그동안 많이 참아왔다.

금의위가 아무리 위세가 막강하더라도 자신이 손을 보고자 하는 자는 일개 위사에 지나지 않았다. 뭔가 감추는 것이 있지 않다면 자신의 행동을 몇 달간 제약할 리가 없었던 것이다.

"잘 아시지 않습니까, 천 공자. 공공께서 그자를 건드리지 않는 것은 장수보가 나설 것을 우려한 때문입니다. 천 공자의 수하들을 그들이 건드린 것도 우리를 자극하기 위한 것입니다. 놈들은 우리가 움직이기를 바라고 있습니다. 아직은 천소궁의 존재가 드러나면 곤란하니 자중해 주십시오."

서문도는 조용한 말로 천계연을 달랬다. 철없이 나섰다가는 다된 밥에 코를 빠뜨릴 수도 있었기 때문이다.

"좋소. 그건 그렇다 치고, 수하들의 행방을 아직까지 찾지 못하는 이유는 뭐요?"

"백방으로 수소문하고 있습니다. 하지만 천 공자의 수하들은 포기하시는 것이 좋을 것 같습니다. 아무래도 이미 변을 당한 것 같으니 말입니다."

"에이!"

성질을 이기지 못해 인상을 구기며 돌아앉는 천계연이었다. 자신의 명을 받고 주수명을 따라간 수하들이 그의 목을 땄을 거라 윤충에게 자신할 때만 해도 이런 일이 벌어질 줄은 상상도 하지 못했다. 그리 호락호락한 자가 아니라는 윤충의 말도 귓등으로 들었다.

하지만 약속한 시간이 다 되도록 돌아오지 않는 수하들 때문에 자존심을 구겨야 했던 천계연으로서는 어떻게 해서든지 주수명을 손보아야 했다.

이미 자신도 수하들이 불귀의 객이 되었음을 어느 정도 짐작하고 있기는 했다. 그렇다고 해서 손을 놓을 수는 없었다. 윤충의 제지가 있었다고는 하나 아무런 성과 없이 식객 노릇만 하고 있는 자신을 그가 속해 있는 곳에서 어떻게 평가할지 걱정되었기 때문이다.

'후후, 이런 자가 어찌 천소궁의 사대공자에 들었는지 의문이구나. 나야 다루기 편해서 좋기는 하지만.'

화를 이기지 못해 성질을 부리는 천계연을 보며 서문도는 웃음을 삼켰다. 자신의 발판이 되어줄 자이기에 달래줄 필요가 있었다.

"천 공자."

"왜 그러시오?"

부드러운 어조로 자신을 부르는 음성에 천계연은 누그러진 목소리로 대답하며 서문도를 바라봤다.

"궁에서 천 공자를 어떻게 생각할지 걱정이시라면 염려하지 마십시오. 이번에 천 공자가 공을 세울 기회가 있을지도 모르니까 말입니다."

"공이라니? 무슨 소리요?"

솔깃하지 않을 수 없었다. 반년이 넘도록 이곳에서 허송세월한 그로서는 공을 세울 수 있다는 서문도의 말에 눈을 빛냈다.

"천 공자께서는 내년 원단(元旦)에 화산이 오십여 년 만에 봉문을 푸는 것을 아시는지요."

"알고 있소. 그것 때문에 전 강호가 떠들썩하지 않소. 그런데 그것이 공을 세우는 일과 무슨 관련이 있다는 말이오?"

화산파가 모종의 일로 봉문한 이후 오십여 년 만에 봉문을 푸는 것은 천계연의 말대로 지금 전 강호의 화제였다. 무림인은 물론 일반인들까지 관심을 가질 정도였다.

"후후, 공공께서는 이번에 다시 문을 여는 화산파와 연계를 가지고 싶어 하십니다."

"화산파와 말이오? 그들이 관과 연계를 가지려고 할까 모르겠소. 무림과 관은 서로 침범하지 않는 것이 상례가 아니오?"

"하하! 걱정하지 마십시오. 이미 화산파와는 이야기가 끝난 상태입니다. 지난날의 성세를 회복하려는 그들의 노력과 무림인과의 연계를 원하시는 공공의 의도가 맞아떨어진 것이지요. 천 공자께서는 공공을 대신해 화산에 가 그들이 주최하는 비무대회에 참석하여 우의만 다져 주시면 됩니다. 그야말로 땅 짚고 헤엄치기이지요."

“호오, 그렇다는 말이오? 그것참, 재미는 있겠군. 하지만 화산파와 우의를 다지는 것이 내가 공을 세우는 것과 무슨 상관이 있는 건가?”

자신이 공을 세울 수 있다는 말에 귀가 솔깃하긴 했으나 비무대회에 참석하라는 이야기밖에 되지 않기에 천계연은 다시 떨떠름한 표정이었다.

“후후. 비무대회에 참석하시는 것이 천 공자께 누가 됨은 알겠지만, 천 공자의 이번 화산행은 천소궁이 중원에 진출할 교두보를 마련하는 것이 될 것입니다. 천소궁의 오랜 바람이 이루어지는 거지요.”

“그럼?”

“그렇습니다. 공공과의 일은 이면의 일이고, 천소궁이 모든 것을 대표하게 되지요. 그것도 천 공자가 주관이 돼서 말입니다.”

“하하하! 그것이 정말이오?”

“그렇습니다. 그러니 준비를 해두십시오. 천 공자의 무공이야 익히 아는 터이지만 워낙 먼 길이 될 테니 말입니다.”

‘못난 놈. 네놈이 어떻게 천소궁의 사대공자에 들었는지 모르겠지만, 괜히 어줍잖게 풍류나 즐긴다고 나돌아다니지 말고 말이다.’

자신이 모든 것을 주관한다는 말에 표정을 풀고 웃음을 지어 보이는 천계연이 무척이나 가소로웠지만 서문도는 속마음을 감추었다. 아직은 천계연에게 잘 보일 필요가 있었기 때문이다.

"알았네. 내 준비를 하고 있겠네. 공공께 감사드린다고 인사를 넣어주게. 이제야 내가 궁에 체면이 섰으니 말이야."

"알겠습니다. 그럼 전 이만 가보겠습니다. 저도 화산행을 준비해야 돼서 말입니다."

"하하하! 그렇게 하게나. 나 또한 멋진 모습을 보여주어야 하니 당분간 폐관수련을 해야겠네."

'웃긴 놈. 기루에 처박혀 있지나 말거라.'

폐관수련을 하겠다는 말이 우스웠지만 서문도는 신색을 감추었다.

"성취가 있으시길 빌겠습니다. 그럼."

서문도는 발길을 돌려 천계연의 방을 나섰다. 자신의 생각대로 요리되고 있는 천계연이 무척이나 가소로웠지만 어차피 발판이 될 자이기에 그의 웃음소리가 전과는 달리 기분 나쁘지 않았다.

방을 나서는 서문도를 바라보는 천계연의 눈빛이 바뀌었다. 미소 짓고 있는 것은 같았지만 눈빛은 한없이 가라앉아 있었다.

'후후. 서문도야, 네놈과 네놈 가문이 뭘 원하는지는 모르겠지만 마음껏 놀아봐라. 내 너의 장단에 맞추어줄 테니 말이

다. 후후, 화산행이라? 재미있겠어. 그놈들이 아직도 정신을 차리지 못했다는 말이지, 아직도.'

화산파와는 뭔가 사연이 있는 것 같은 천계연이었다. 그의 눈빛에서 살기가 흘렀다. 서문도가 만약 지금의 모습을 보았다면 자신의 생각이 잘못되었음을 느낄 수 있을 터이다.

서문도는 알지 못하고 있었다. 북방을 지배하는 천소궁의 사대공자가 그리 녹록한 존재가 아님을. 그들이 어떤 시련을 거치며 사대공자라는 지위를 얻게 됐는지 모르는 이상 서문도는 천계연에 대해 영원히 알 수 없을지도 몰랐다.

동창을 장악하고 있는 유충의 집에서 알 수 없는 일이 진행되고 있을 무렵, 황궁의 지하 깊숙이 마련되어 있는 비밀스러운 장소에서도 알 수 없는 소리가 들려오고 있었다.

콰, 콰쾅!

퍼퍼퍼펑!!

야명주가 어둠을 몰아내고 있는 어두운 지하 대전에서는 지금 뭔가 부서지고 박살나는 소리가 연이어 울려 퍼지고 있었다. 괴음은 거대한 용이 부조되어 있는 석벽 너머에서 연신 들려오고 있었다.

"얼마냐?"

"이각이다."

"이각?"

“현재까지의 최고 기록은?”

“이번에 들어간 계집애 빼고 이전까지 세웠던 최고 기록은 반 시진이었다.”

“반 시진? 최소 두 배나 빠르다는 이야기군.”

“그 미친놈보다 두 배나 빠르다면 사건은 사건이다.”

“지랄 같군. 그런데 그놈이 뭘 먹인 거지?”

“뭘 먹이긴 뭘 먹여, 약 먹인 거지.”

“그런가?”

들려오던 소리가 멈추자 석벽을 바라보고 있던 괴인영들이 한꺼번에 말을 쏟아냈다. 조금은 낡아 보이는 똑같은 관포를 입고 있는 자들이었다. 하나같이 자라다 만 듯 오 척이 조금 넘어 보이는 키에 민대머리를 하고 있었다.

“분명 그 자식이 만년화리의 내단을 먹인 거 맞지?”

“그러니까 들어오자마자 비고에서 만년빙정을 택한 거겠지. 여자 아이가 만년화리의 내단을 흡수하려면 무엇보다도 빙정이 꼭 있어야 하니까.”

“주가 놈이 그 미친놈보다 더한 괴물을 만들려고 완전히 작정을 했군.”

“그러게 말이다.”

“어? 나오는 것 같다.”

그르르릉!

맨 왼쪽에 있던 괴인의 말처럼 용 무늬가 부조되어 있는 석벽이 둘로 갈라지고 있었다. 석벽이 갈라지자 한쪽을 짚고 몹시 지쳐 보이는 인영이 나타났다. 흐트러진 머리카락과 여기저기 너덜거리는 옷가지가 몹시 심한 일을 겪은 듯한 모습이었다.

"헉헉! 이, 이제 됐죠?"

"됐다. 그만 쉬어라."

쿵!!

들어야 할 대답을 들었다는 듯 인영은 한 걸음 내딛더니 그 자리 그대로 쓰러졌다.

"분명 한 걸음 내디뎠다! 내놔, 어서!"

맨 오른쪽에 있던 자의 입에서 재촉하는 음성이 들려왔다.

"쳇! 할 수 없군."

"정말 지독한 계집아이다."

"그대로 쓰러져 버릴 줄 알았는데."

나머지 세 사람은 품에서 뭔가를 꺼냈다. 그것은 무척이나 오랫동안 손길을 탄 듯 때가 꼬질꼬질하게 끼어 있는 당과였다.

타타탁!

행여 뺏길세라 오른쪽의 인영은 그들의 손에서 잡아채듯 당과를 빼앗아 갔다. 그리고는 무척이나 소중한 것을 다루듯 한지를 꺼내 당과를 싸더니 품에 집어넣었다.

"빨리 저 계집애나 옮겨라. 일관을 통과했으니 이제 본격적으로 시작해야 한다.”

“쳇! 알았다.”

맨 오른쪽에 있는 자의 말에 세 사람은 쓰러져 있는 인영에게 다가갔다. 그리고 마치 짐짝을 드는 것처럼 아무렇게나 쓰러진 사람을 집어 들었다. 어깨, 허리, 다리를 셋이서 한꺼번에 치켜들더니 반대편으로 걸어가기 시작했다.

천장을 향해 얼굴이 돌려진 인영은 여자였다. 주수명과 천위현에 의해 황실의 비밀 연무장이자 금단의 영역인 철혈무전에 들어온 백수린이었다. 수린을 들쳐 멘 그들은 자신들의 소중한 보물을 빼앗아간 인영에게 다가왔다.

“우리는 이 아이를 침소에 데려다 놓을 테니 넌 안에 들어가서 어떻게 됐나 살펴봐라. 앞으로 저 아이의 수련 방법을 정해야 하니 말이다.”

“알았다.”

각자 역할을 분담한 그들은 반대 반향으로 발걸음을 옮겼다.

철혈무전을 지키는 사신 중 하나인 현무는 내기에서 이겼다는 기쁜 마음으로 발걸음을 옮겼다. 철혈무전으로 입전할 수 있는 자격을 심사하는 심사관의 상태를 살펴보기 위해서였다.

“크크, 얼마나 쓰러졌는지 볼까? 이 정도 빠른 시간이라니. 정말 무서운 아이야. 그 미친놈을 뛰어넘었으니 말이야.”

수린이 심사관을 통과한 시간을 생각하면 고개를 저을 수밖에 없었다. 지난 시간 동안 자신들이 철혈무전에 입전할 자를 심사한 것은 모두 다섯 번이다. 비록 여자였지만 자신들이 철혈무전을 맡아온 동안 들어온 자들 중에서 수린이만 한 배짱과 강단을 지닌 자는 없었다.

수린이 철혈무전에 입전할 수 있는 자격을 심사받기 위해 들어온 것은 정확히 석 달 전. 입전 심사를 받을 자격이 있는 자들은 먼저 비고에 들어가 한 가지 기물을 취할 수 있는 자격이 있었다. 어차피 황권을 수호하는 비밀 기관인 추밀사에 들어갈 자들이기에 주어지는 혜택이다.

수린은 비고에 들어가는 즉시 빙정을 요구했다. 삼십여 년 전 천산에서 캐낸 세 개의 빙정은 황제에게 진상되어 비고에 들어갔으나 두 개는 이미 사용되었고, 한 개는 찾은 이가 없어 그대로 보관하고 있는 중이었다.

빙정을 요구하는 수린을 보고 사신은 철혈무전에 최초로 들어온 여자라 자신에게 맞는 기약을 찾은 것이라 생각했다. 빙정은 남자에게는 그리 큰 효능이 없지만 여자에게는 많은 공능을 주는 영약이었기 때문이다. 사신들의 예상은 얼마간 맞았다. 하지만 빙정을 복용하는 방법에 문제가 있었다. 자신들이 지켜보고 있는 가운데 빙정을 받자마자 품에서 무엇인가를 꺼내 함께 복용해 버렸던 것이다.

　　빙정을 복용하는 데는 까다로운 절차와 방법이 있었건만 그것을 무시하고 무엇인가와 함께 복용해 버리는 수린을 보고 사신은 적잖이 놀라지 않을 수 없었다. 빙정을 그냥 복용한다는 것은 죽으려고 작정한 것이나 마찬가지이기도 했거니와 철혈무전에 입전한 자의 경우 반드시 무사히 나와야 한다는 황실과의 약조가 있었기 때문이다.

　　"뭐라고 그랬더라? 만년화리의 내단을 같이 복용했으니 마음대로 하라고, 죽으면 우리 책임이라고 했던가? 후후, 그것 때문에 고생한 것을 생각하면 아직도 온몸이 아프니……."

　　철혈무전에 입전할 자격이 주어진 자들은 까다로운 절차를 거쳐 선발된 자들이다. 한 번 예외가 있기는 했지만 황족의 추천과 재상의 추천, 그리고 황제의 승낙이 떨어져야 하는 것이다. 그만큼 필요로 하는 인재라는 뜻이었기에 철혈무전에 입전하여 성취를 얻지 못하더라도 무사히 나가야 했다.

　　그렇지 못하다면 그 책임을 자신들이 져야 했기에 사신들은 울며 겨자 먹기로 수린이 두 가지 영약을 흡수하도록 도와야 했다. 덕분에 사신은 생으로 이십여 년의 공력을 날려야 했다. 영약을 복용하고 서너 달 운기조식을 하면 회복될 것이기에 문제되지는 않았지만, 아무리 생각해도 고약한 일이 아닐 수 없었다.

　　"영약을 흡수하느라 입전 시험이 다른 자들보다 늦었는데

통과한 것을 보면 자질만은 굉장한 아이인 것은 틀림없는
데……."

현무는 바닥에 쓰러져 있는 철인들을 하나하나 살펴 나갔
다.

"으음, 이럴 수가! 분명 처음 들어올 때는 이렇지가 않았는
데……. 아무리 영약을 복용해 내공이 기하급수적으로 늘었
다고는 하나 이 정도라니?!"

하나하나 바닥에 누워 있는 철인들을 살피는 동안 현무는
토끼처럼 놀란 눈이 되었다. 예상과는 다른 모습을 하고 있는
철인들을 살피고는 이내 자리를 떠 안쪽 문으로 향했다.

심사관은 모두 삼관으로 되어 있어 마지막으로 통관한 삼
관을 빼고 그전의 관문들을 하나하나 살펴보려는 것이다. 마
지막 삼관은 철인지관(鐵人之關), 두 번째 관문은 암혼지관(暗
混之關), 첫 번째 관문은 용력지관(勇力之關)이었다.

두 번째 관문으로 들어선 현무는 일 리에 이르는 암혼지관
의 기관들이 파훼되어 있는 것을 볼 수 있었다. 황제가 기거
하는 황궁의 심처를 보호하기 위해 만들어진 기관보다 최소
한 서너 배는 무서운 기관이었음에도 모두 파괴되어 있었던
것이다.

"으음, 역시 도법이로군."

잘려진 암전과 암기들에는 예리한 상흔이 남아 있었다. 모
두 도에 의해 만들어진 흔적이었다. 시간을 차등해 날아오거

나 순서 없이 무작정 쏘아지는 암전과 암기들을 모두 도법으로 쳐내 관문을 통과한 것이다.

"그놈은 전주의 탄생을 바라는 것인가? 지난 오백여 년 동안 공석으로 남아 있는 전주를……."

알 수 없는 말을 흘리며 현무는 일관으로 향했다. 일관으로 향하는 동안 이관을 파괴한 상황이 어떠했는지 살피는 것을 잊지 않았다.

일관은 용력지관이었다. 내공과 외공을 겸비해야 하는 관문이다. 일관의 벽면에는 원래 구멍이 숭숭 뚫려 있어야 정상이다. 하지만 일관의 벽면은 지금 틈새 하나 없이 모두 막혀 있었다.

"그 계집애가 나름대로 수련을 하고 들어온 것은 알고 있었지만… 이 정도 수준이라니? 뱃속에서부터 무공을 배운 것도 아닐 터인데……."

처음 들어왔을 때는 그저 삼류고수 정도의 수준에도 못 미칠 지경이었다. 영약을 복용한 후 내공은 절정고수에 육박할 정도로 높아졌지만, 내공만으로 고수가 되는 것은 아니었다. 부단한 수련과 노력으로 내공과 외공이 합일되어야만 진정한 고수라 할 수 있는 것이기에 통과할지조차 의문시되는 수련이었다.

그런데 놀랍게도 관문을 통과한 것이다. 다른 입전자들과 마찬가지로 비슷한 시간이 걸렸지만 현무가 놀라는 것은 통과하면서 보여준 내용에 있었다. 용력지관부터 철인지관까지 세 관문을 통과하면서 수린이 남겨놓은 흔적은 그에게 무척이나 놀라운 것이었다.

일관인 용력지관은 내공의 운용을 시험하는 관문이다. 내공을 이용해 백 근이 넘는 철괴를 사방 벽에 뚫려 있는 구멍에 집어넣어야 하는 것이다. 자신의 손이 닿는 거리는 순수한 힘만으로도 구멍에 넣을 수 있겠지만 높은 곳이나 천장의 경우에는 내공을 이용해 던져 넣어야 했다.

내, 외공이 조화가 되지 않는 한 통과하기가 쉽지 않은 관문이었다. 대부분의 입전자들이 상당한 수준의 무공을 익히고 들어오는지라 일관에서 자신의 내, 외공을 수발이 자유로울 때까지 닦으라는 의미에서 만들어진 관문이었다.

일관에서는 상당한 시간이 소요된 것으로 보였다. 한곳에 보관되어 있는 벽곡단이 거의 떨어질 정도였다. 벽곡단이 소모된 양으로 봐서는 석 달여가 넘게 걸린 것이 분명했다.

두 번째 관문은 암전이나 암기의 촉과 날을 없애 살상력을 낮추고 보신경을 시험하는 관문이었다. 수린이 통과한 시간은 다른 입전자들과 같은 수준이었다. 벽곡단이 소모된 수준으로 보아 보름여 만에 통과한 것이다. 여기까지만으로도 놀라운 수준이었다. 짧은 시간에 내, 외공을 조화시켜 몸에 붙인 것이 보였기 때문이다.

하지만 더 놀라운 것은 삼관의 통과였다. 앞선 두 개의 관문이 수련을 위한 예비 관문인 것에 비해 진정한 입전자를 가리는 마지막 삼관의 통과 속도는 놀라울 정도로 빨랐기 때문이다.

철혈무전 입전자들 중 최고일 것이라 칭해지는 천위현도 보여주지 못한 속도였다. 미친놈이라 불릴 정도로 상당한 실력을 쌓아 도전했던 천위현조차 삼관을 통과하는 데 반 시진이 걸렸건만, 수린은 불과 이각 만에 해낸 것이다.

"이 정도면 일류고수를 상회하는 수준이다. 짧은 시간에 이 정도의 성장을 하다니. 그놈이 무리를 한 것도 이해가 가긴 하지만 아직은…… 으음, 수련을 시켜보면 알게 되겠지. 그 계집아이가 전주로서의 자격이 될 수 있을지."

모든 것을 확인한 현무는 관문을 나가기 전 자신이 확인한 사실이 맞는지 일관부터 삼관까지 다시 한 번 살피는 것을 잊지 않았다. 오랫동안 공석으로 남아 있는 철혈무전의 주인이 나타난 것일 수도 있었기 때문이다.

"왔냐?"

"상태는?"

현무는 수린이 누워 있는 석실로 들어오자마자 청룡에게 상태를 물었다.

"지친 것뿐이지 별다른 이상은 없다."

"어느 정도 수준이냐?"

이미 신체를 살폈을 것이기에 내공이 어느 정도 수준이 되는지 물었다.

"대략 이 갑자 정도 되는 것 같다."

"이 갑자라면 내공으로는 이미 절정고수의 반열이로군."

"그렇겠지. 하지만 아직 영약이 모두 흡수된 것이 아니니 더 늘어날 수도 있을 거다. 그런데 살펴본 결과는 어때 보이냐?"

"예상외다."

"예상외?"

삼관을 이각 만에 통과해 어느 정도 예상은 했지만 평가에 있어서는 누구보다도 인색한 현무인 것을 알기에 모두의 눈이 현무에게 쏠렸다.

"어쩌면 오백 년 만에 우리 철혈사신이 오체투지할 일이 생길 수도 있을 것 같다."

"헉!"

"정말?"

"에이!"

세 사람 모두 현무의 말에 불신의 빛을 보였다.

"이 자식들이 내 눈을 썩은 생선 눈깔로 아나!! 정 못 믿겠으면 네놈들이 직접 가서 확인해 봐!"

내기에 진 것 때문에 자신의 말을 불신하는 것으로 생각한 현무가 버럭 소리를 질렀다.

"진짜야?"

"그럼 내가 흰소리하겠냐? 나도 믿기지가 않으니 네놈들이 가서 한번 확인해 봐라!"

타타타!

현무의 말이 사실일 수도 있다는 생각이 든 것인지 세 사람은 부리나케 석실을 빠져나갔다. 심사관에 남아 있는 흔적을 확인하러 간 것이다.

"네놈들은 아마 놀라서 턱이 빠질 것이다. 자식들, 사람을 뭘로 보고."

심사관으로 향하는 세 사람을 보며 눈을 붉힌 현무는 수린에게 다가갔다. 청룡의 말을 못 믿어서기라기보다는 자신도 상태를 확인해 보고 싶었기에. 손을 잡고 맥문을 짚은 현무는 조심스럽게 수린에게 진기를 흘려 넣었다.

'지렁이 말대로 이 갑자 정도 되는구나.'

단전에 가득 차 있는 기운의 양은 대략 이 갑자 정도 되는 내공이었다. 만년화리의 내단과 빙정을 복용했다고는 하지만 최대한 내공을 쌓을 수 있는 것은 대략 일 갑자가 조금 넘었다. 아마도 나머지 부분은 치료하는 과정에서 자신들이 흘려 넣은 내력의 영향인 것 같았다.

'영약을 먹는다고 무작정 내력이 높아지는 것도 아닌데 이 아인 비정상적일 정도구나. 경맥이 모두 뚫려 있었고, 혈도에 불순물이 많이 끼지 않았기에 가능했을 것이다. 이 계집아이의 가문이 백가장이라고 했던가? 대문파에서도 하기 어려운 일을 해낸 것을 보면 백가장은 비밀이 많은 문파가 분명하다.'

수린의 신체는 이미 벌모세수가 되어 있는 듯 순수했다. 덕분에 영약의 기운과 사신의 내력을 온전히 받아들인 것이다. 하지만 영약의 기운이 모두 흡수된 것은 아니었다. 영약의 기운이 과다하여 사신이 어느 정도 통제를 한 것이다. 자신들의 내력을 이용해 영약의 기운을 수린의 단전을 채우고 남는 약기는 모두 전신 세혈로 스며들게 한 것이다. 그렇기에 향후 수련 정도에 따라 내공이 더 늘어날 수 있는 것이다.

'전신에 있는 세혈에 잘 갈무리되어 있으니 어쩌면 임독양맥을 뚫어 단시간 내에 초절정고수로 성장할 수도 있을 것이다. 무공에 대한 자질이 철혈무전을 세우신 철혈무제와 비견될 정도로 특출한 아이니……'

수린의 신체를 살피는 것이 끝나자 현무는 조심스럽게 손을 내려놓았다. 눈알이 동그래져 돌아올 세 사람을 보기 위해서였다.

투타탁!

얼마 후, 역시나 세 사람은 노란 얼굴로 수린이 누워 있는 석실로 뛰어들었다. 홍분한 모습이 역력했다.

"내 말이 맞지?"

끄덕끄덕!

세 사람은 동시에 머리를 끄덕거렸다.

"이제부터 정해야겠지?"

"그래. 아직 깨어나려면 먼 것 같으니 한번 의논해 보는 것이 좋을 것 같다."

청룡은 심사관을 통과하는 동안 지쳐 버린 수린이 아직 깨어나려면 시간이 있어야 했기에 앞으로의 일을 의논할 것을 제의했다.

"가자!"

우르르르!

네 사람은 석실 밖으로 몰려나갔다. 자신들의 거처에서 앞으로 수린의 거취에 대해 심각한 의논이 있어야 한다는 것을 공감한 때문이었다.

휘이익!

타타타탁!

바닥으로부터 사람들이 올라왔다. 석실의 가운데에 뚫려 있는 구멍에서 사신이 올라온 것이다. 평소 그들이 거처하는 곳이었다. 석실 사방에는 마치 침상처럼 생긴 자그마한 공간이 있는데, 그 안에는 사방신이 선명하게 조각되어 있었다.

"거북아, 이제 어떻게 할지 의견을 내놔봐라."

청룡은 현무에게 수린에 대해 어떻게 할지 의견을 물었다.

"지렁아, 아무래도 모든 것을 개방해야 하지 않을까? 참새,

넌 어떻게 생각하나?"

"나야 모든 것을 개방하는 것이 좋다고 생각하지. 그 계집 아이가 전주의 재목이라면 말이야. 이게 얼마 만에 나타난 재목인데 말이야."

"그럼 고양이, 넌?"

"난 모든 것을 개방하는 데 한 표!"

"그럼 결정난 거네, 삼 대 일이니."

현무는 과반수가 넘자 철혈무전의 모든 것을 수린에게 개방하는 것으로 일을 확정 지으려 했다.

"흥! 내 의견은 반영하지도 않고 네 마음대로 결정하면 끝나는 거냐?"

현무의 말에 청룡이 쌍지팡이를 짚고 나섰다.

"그럼 넌 어떻게 생각하는데?"

현무는 눈에 불을 켜고 자신을 보고 있는 청룡의 의견을 구했다.

"나도 찬성!"

청룡은 자신도 당당히 의견을 말한다는 듯 찬성을 표시했다.

"좋아, 만장일치다. 그럼 준비해라. 이제 철혈무후의 탄생을 위해 진정한 철혈무전이 열리는 거다."

내기의 결과로 임시 우두머리 역할을 맡은 현무는 수린에게 철혈무전의 모든 것을 개방하기로 결정을 보았다. 지난 시간 동안 수많은 입전자들에게는 한 번도 개방하지 않은 곳까지 개방하려는 것이었다. 그곳은 오백여 년 전 암중에 천하를 호령했던 철혈무제의 유진이 잠들어 있는 곳이었다.

"으음!"

삼관에서 전력을 다한 탓인지 심신이 기진맥진해 기절했던 수린은 사신이 자신의 거취에 대해 의논하러 떠나고 얼마 안 있어 깨어날 수 있었다. 내공은 물론 체력까지 바닥을 드러낼 정도로 사용한 수린은 전신 세혈에 남아 있던 약기가 발동한 까닭으로 사신의 예상보다 빨리 깨어난 것이다.

"관문을 깨고 나선 후 기절했는데 그분들이 옮겨놓았나 보구나."

자신이 사신에 의해 옮겨졌음을 확인한 수린은 체력과 내공을 회복하기 위해 일어나 운기조식에 들었다. 운기조식을 하면서 수린은 자신의 몸이 관문을 깨기 전보다 많이 달라진 것을 알 수 있었다. 거세게 단전으로 쌓이고 있는 내공의 힘이 전과는 달랐던 것이다. 수린은 반 시진 가까이 운기조식을 하자 몸이 회복된 것을 느끼고는 눈을 떴다.

'전보다 반 갑자 정도 내공이 증진됐다. 약력이 다시금 녹아든 것 같구나. 그런데 그분들은 어디 가신 것이지?'

사신의 모습이 보이지 않자 수린은 자리에서 일어나 석실을 나섰다. 관문을 통과한 이상 철혈무전에 입전한 것이기에 자신이 있는 곳을 살펴보기 위해서였다.

"처음 들어온 곳이나 여기나 별반 다르지 않구나."

어둠을 밝히는 야명주만이 전부인 지하 석실을 거닐며 수린은 이곳저곳을 기웃거렸다. 하지만 관문을 통과하기 전에 보았던 곳과 별반 다르지 않음을 확인하고는 이내 실망할 수밖에 없었다.

수린은 천천히 지하 석실을 거닐다 통로를 볼 수 있었다. 그곳에서 석실을 돌아볼 때나 들어올 때에는 보지 못한 다른 것들을 발견할 수 있었다.

"저건 뭐지?"

벽면마다 새겨져 있는 부조였다.

"저건 사방신이라는 신수들이잖아?"

동청룡, 서백호, 남주작, 북현무로 대변되는 사방신이 석실 벽에 연이어 새겨져 있는 것이다. 현기를 간직하고 있는 사방신의 움직임은 제각각이었다. 움직이는 모습이 각 동작마다 달라 보였다.

"이야! 이토록 생생하게 새겨 넣을 수 있다니, 의부님과 천오라버님은 이런 말씀을 안해주셨는데……."

분명 뭔가를 암시하는 것 같은 부조들을 보면서 수린은 이곳에 들어오기 전에 주수명과 천위현이 해준 이야기를 기억해 내었다.

"철혈무전에는 세상 모든 것에 미쳐 버린 존재들이 있다. 그들에 대해서는 들어가 보면 알 것이다. 그곳에는 네 개의 연공관이 있는데, 그분들은 각기 하나씩의 연공관을 담당하고 있다. 넌 그분들에게서 지금까지 중원에서 존재하는 것과는 다른 무공들을 익힐 것이다. 결코 쉽지만은 않을 것이다. 그분들은 정상적인 사람들과는 다른 분들이니 말이다."

연공관에서 각자의 무공을 배우게 된다고 했는데 사방에 그려진 부조는 무공이 분명했다. 사방신의 동작들이 모두 무공을 도식화해 그림 속에 숨겨놓은 것이 분명해 보였던 것이다.

어떻게 자신에게 그런 것이 느껴지는지는 수린도 몰랐다. 그저 보일 뿐이었다. 생생히 살아 있는 부조 속에 숨겨져 있는 가공할 무공의 뿌리가 보였던 것이다.

"이곳이 연공관인가?"

연공관일 리가 없었다. 수린이 걷고 있는 곳은 길게 이어진 석실의 통로였다. 통로 양쪽에 부조가 새겨져 있었고, 부조에 취해 자신이 어느 곳으로 가는지도 모른 채 계속 걸어가고 있었던 것이다.

그 통로는 주수명이나 천위현이 들어왔을 때는 열린 적이 없는 곳이었다. 사방을 수호하는 네 사람이 모든 것을 개방하기로 하고 수린이 깨어나기 직전에 열어놓은 것이었다. 수린은 연이어지는 부조 속의 무공에 심취해 안으로 깊숙이 걸어 들어가고 있었다.

"기관을 다 해체했으니 이제 본격적으로 그 계집아이를 수련시키면 된다. 어서 나가자."

"그래!"

타타타탁!

수린이 부조가 생겨진 통로를 따라 들어가고 난 뒤 사방신은 수린에게 가기 위해 자신들의 거처를 나섰다. 바닥을 통해 나 있는 통로를 내려온 사방신은 수린의 방으로 향했다.

"후후! 이제 우리도 잘하면 지긋지긋한 이곳에서 나갈 수도 있겠다. 그치, 거북아?"

"그래도 모른다. 전주가 되기 위해서 익혀야 하는 것이 한두 가지가 아니니까. 특히 철혈무정로를 통과하려면 사령천무를 모두 완성해야 하니 쉽지만은 않을 거야."

"한 십 년 걸리지 않을까? 그 계집아이의 재질이라면 말이야."

"글쎄, 그 죽일 놈들에 비해 월등한 재질이기는 하지만 그 놈들도 철혈무정로에 든 뒤 소식이 없지 않느냐?"

"으음."

현무의 말에 나머지 인물들이 침음성을 흘렸다. 철혈무전의 전주 후보로 꼽힌 것이 수린뿐만이 아니었기 때문이다.

비록 수린의 성취 속도가 불가사의할 정도로 빠르다고는 하나 초대 전주 이후 지난 오백여 년간 한 사람도 철혈무정로를 통과한 이가 없다는 사실에 사방신은 풀이 죽은 모습이었다.

"걱정하지 마라. 아직 수련은 시작도 안 했다. 먼저 들어간 놈 중에 우리의 사령천무(四靈天武) 중 네 가지 모두를 대성한 놈은 없었다. 그동안 많아야 세 가지였지. 하지만 이번에 들어온 계집아이의 성취 속도는 상상을 불허하는 것이다. 그러니 미리부터 풀 죽을 필요는 없다."

"좋아, 한번 해보자고. 이번엔 모두 익히지 못하면 강제로라도 익히도록 해보자고. 그 아이의 몸에는 사령진기가 모두 들어 있으니 잘하면 사령천무를 대성할지 모르니 말이야."

"참새야, 네 말이 맞다. 그 아이의 몸에는 우리가 각기 불어넣은 사령진기가 머물고 있으니 성취 속도가 남다른 것이다. 지령이 놈이 말한 대로 십 년이면 모든 것을 끝낼 수도 있을 것이다."

네 사람은 수린에게 가는 동안 여러 가지 의견을 주고받았다. 철혈무전의 전주가 탄생하는 일은 결코 쉽지 않은 일이었기 때문이다.

"어서 들어가자. 그 아이가 깨어났을지도 모르니 말이다. 어?"

석실로 들어서며 현무는 놀라지 않을 수 없었다. 수린의 모습이 보이지 않았기 때문이다.

"이놈의 계집아이가 어디 간 거야?"

청룡은 비어 있는 석실을 보며 수린이 깨어났음을 확인할 수 있었지만 수린의 모습이 보이지 않자 역정을 냈다. 지금의 철혈무전은 함부로 돌아다닐 수 있는 상태가 아니었기 때문이다.

"찾아봐라. 자칫 그곳으로 들어갔다면 모든 것이 물거품이 된다. 어서!"

불길한 생각이 든 현무는 지금까지의 모습과는 다르게 심각한 어조로 세 사람을 다그쳤다.

타타타탁!

네 사람은 석실을 나와 각자 구역을 나누어 석실을 뒤지기 시작했다. 그렇지만 수린의 모습은 발견할 수 없었다.

"있냐?"

"없다."

마지막 주작이 도착했을 때 세 사람은 그 어느 곳에서도 수린이 없다는 것을 확인할 수 있었다. 그들이 들어갈 수 없는 한곳만을 제외하고는 모든 곳을 뒤져 본 것이다.

"설마?!"

"가보자!"

타타타탁!

네 사람은 한곳으로 향했다. 철혈무제의 유진이 잠들어 있는 곳으로 가는 철혈무정로의 입구로 간 것이다.

"발자국이다!!"

청룡이 소리를 질렀다. 양옆으로 부조가 새겨져 있는 통로 입구에 자그마한 발자국이 찍혀 있었던 것이다.

휘이익!

척!

통로로 뛰어들려는 청룡을 다급하게 현무가 잡아챘다.

"임마! 죽으려고 환장했어?"

발이 바닥에 닿기 직전 현무에 의해 입구로 되돌아온 청룡은 식은땀을 흘렸다.

"고맙다."

청룡은 자신을 제지한 현무에게 진심으로 고마워하는 표정을 지었다. 자신이 들어서는 순간 어떻게 될지 너무도 잘 알고 있었기 때문이다. 들어서는 순간 사령진기가 흐트러져 육체가 붕괴해 무조건 죽음뿐이라는 것을 알고 있었던 것이다.

사람이 들어서는 순간 철혈무극진이 발동해 끝없는 윤회로를 돌도록 만들어진 철혈무정로는 오로지 죽음만이 기다리고 있는 무서운 곳이었다.

특히 사령천무를 익힌 자에게는 지옥이나 마찬가지인 곳이 바로 철혈무정로였다. 자신들이 익힌 사령천무의 기운으로 인해 철혈무극진의 진정한 위력이 발동되기에 윤회로를 헤매는 것 말고도 끝없는 환상에 시달려야 하는 것이다.

"제길! 현무야, 이제는 어떻게 하면 좋으냐? 그 계집아이가 사령천무를 대성하지 않고 들어갔으니 전주의 탄생은 날아간 것이나 마찬가지지 않느냐?"

거북이라 비하하며 부르는 것도 멈추었다. 그만큼 상황이 심각해진 것이다. 오랜 염원이 한순간 물거품으로 사라질지도 모른다는 두려움이 철용의 마음에 엄습한 것이다. 그것은 다른 이도 마찬가지다. 네 사람 중 가장 냉철한 현무였기에 나머지 사람들의 눈이 현무에게 쏠렸다.

"기다려 봐라."

현무는 심유한 눈빛으로 철혈무정로를 바라보았다. 자신의 예상과는 다른 무엇인가를 발견한 것이다.

"으음!"

현무는 철혈무정로를 바라보다 철혈무극진이 완전히 발동하지 않았다는 것을 알 수 있었다. 사람이 들어가면 당연히 발동하고 있어야 할 사극진기가 움직이지 않고 있었던 것이다. 현무는 손가락을 들어 철혈무정로를 가리켰다.

"왜?"

말은 하지 않고 난데없이 손을 들어 철혈무정로를 가리키자 백호가 물었다.

"사극진기가 움직이지 않고 있다."

"사극진기가?"

세 사람의 시선이 일제히 철혈무정로로 향했다.

“진짜 움직이지 않잖아!!”

“그래, 진짜 움직이지 않는다!”

“정말이잖아!”

현무의 말대로 당연히 움직이고 있어야 할 사극의 기운이 움직이지 않고 있었다.

“어쩌면 우리에게 기회가 생길지도 모른다. 그 아이에게 철혈무제님과의 인연이 있다면, 그 아이는 오백여 년 만에 처음으로 전주의 위에 오를 수도 있을 것이다.”

현무의 말에 공감하는지 모두 고개를 끄덕였다. 철혈무극진이 발동하지 않는 경우는 단 두 가지뿐이었다. 사령천무를 모두 극성으로 익히거나, 오래전부터 이어진 인연의 끈을 이어온 인연 자이거나.

‘철혈무정로로 들어갔는 데도 아무런 변화가 없는 것을 보면 그 아인 오랫동안 기다려 온 인연자일 수도 있다.’

철혈무극진이 움직이지 않는 것을 보면서 현무는 안으로 들어간 수린이 진정한 철혈무제의 후계자일 수도 있다는 생각이 들었다. 천하를 뒤집어놨던 철혈의 후인이 드디어 지금 인연을 맺으러 온 것일지도 모르는 것이다.

第五章

영물을 친구로 얻다

九劈雷雲

묘강은 중원인들에겐 악몽의 대지다. 중원과는 다른 기후와 사람, 그리고 무시무시한 전설을 간직한 밀림.

그중 밀림은 죽음을 각오하지 않는 한 들어서서는 안 되는 곳으로 인식되고 있었다. 무공을 익힌 무림인들 또한 웬만하면 들어서기를 꺼려하는 곳이 바로 묘강의 밀림이었다.

수만 년 원시림을 간직하고 있는 묘강의 밀림에 전과는 다른 이질적인 소리가 들리고 있었다. 가만히 듣고 있자면 몹시 기분이 나빠지는 피리 소리였다.

삐이이이!

"아니, 저놈은 애들 밥 먹이러 나가서는 뭔 일이 있기에 저리 삑삑 불어싸!"

암연독노(暗淵毒奴)는 밀림 속을 울리는 사밀소 소리에 머리가 아플 지경이었다.

"아무래도 뭔가 벌어진 것 같다."

투덜거리는 암연독노의 말을 뒤로하고 밀독천의 대장로인 밀광독노(密爌毒奴)는 사밀소의 소리가 평소와는 다르다는 것을 알 수 있었다.

"뭐가 벌어지긴 벌어졌다는 겁니까? 막내 놈 성질 알잖습니까. 아무래도 먹잇감이 나타나지 않으니 신경질 나서 저러는 거겠지요. 근처에 있는 짐승들을 제놈 아이들 밥으로 준다고 씨를 말렸으니 말입니다. 읍!"

투덜거리는 암연의 입을 막은 것은 밀광의 손이었다. 조용히 하라는 듯 다른 손으로는 자신의 입을 막은 채 그는 밀림에 울려 퍼지는 피리 소리에 귀를 기울였다.

"으음, 그런 것이 아닌 것 같다. 사밀소에 담긴 음색이 전과는 다르다. 어서 가보자. 막내가 저렇게 사밀소를 불고 있다면 심각한 일이 일어난 것일 수도 있다."

다급한 안색의 밀광을 보며 그의 말대로 일이 벌어졌음을 느낀 암연은 자신의 입을 가린 손을 뗐다.

"그런 것 같군요."

밀광이 앞장서서 밖으로 나간 후 소리가 나는 곳으로 달리기 시작했다. 암연 또한 자신들이 쉬고 있던 나뭇등걸에서 일어나 밀광독노의 뒤를 따라나섰다. 이제는 대가 끊겨 밀독천의 수장이나 다름없는 밀광독노였기에 그의 말을 무시할 수 없어서였다.

'이놈의 새끼! 정말 아무 일도 아니면 넌 죽었어!'

밀광을 따르는 암연의 눈이 번득거렸다. 간만에 혈충(頓虫)을 발견해 포식하고 있는 중이었는데 방해를 받은 때문이었다.

두 사람이 사천독노의 피리 소리가 울리는 곳에 도착한 것은 일각이 조금 넘긴 뒤였다.

"무슨 일이냐? 이 냄새는 무엇이고?"

밀광은 장내에 퍼져 있는 독향과 비린내를 맡으며 자신의 예상대로 사단이 벌어졌음을 알 수 있었다.

"으어어형! 대형!"

"무슨 일이냐니까?!"

말은 안 하고 보자마자 대성통곡을 하는 사천을 보며 암연이 소리를 지르며 물었다. 밀독천의 삼장로이면서 언제나 덜떨어진 행동만 하는 사천에게 화가 났던 것이다.

"크어어! 어떤 미친놈이 내 아이들을… 내 아이들을……!"

"글쎄, 무슨 일이냐고?! 제대로 말을 해야 알아들을 거 아냐?!"

"그만 해라!"

밀광은 암연의 계속되는 다그침에 조용히 소리를 질렀다.

"진정하고 무슨 일인지 말해보아라."

"크으으! 어떤 미친놈이 내 아이들을 때려죽이고는 아이들 시체를 가지고 냅다 튀었소. 거기다 홍아까지 말이오. 으허헝!"

"응?"

"뭐라고 했냐? 네가 애지중지하는 녹린천아사를 죽이고, 시체를 가지고 도망을 쳤다고? 거기다 홍아까지?"

"예, 대형!"

눈물을 뚝뚝 떨구며 이야기하는 사천의 모습은 동네 친구들에게 장난감을 빼앗기고 형에게 이르는 어린아이와 다를 바 없었다.

딱!

"이놈아, 말이 되는 소리를 해라!"

암연이 사천의 뒷머리를 치며 거짓말하지 말라는 듯 눈을 부라렸다.

"정말이란 말이에요!"

속에 천불이 나고 있던 사천독노는 평소에는 상상도 할 수 없는 짓을 저질렀다. 자신의 둘째 형에게 소리를 지른 것이다.

"이놈이 이제 대들기까지……."

"조용히 해라. 막내의 말이 사실인 것 같다."

“대형······.”

비릿한 냄새와 여기저기 묻어 있는 녹색 피가 사천독노가 키우고 있는 녹린천아사의 것이었다.

“어떻게 된 것이냐?”

“그러니까······.”

사천은 백무와의 사이에서 벌어졌던 어이없는 일을 설명했다. 아직도 눈물을 찔끔거리는 것이 무척이나 원통해하는 표정이었다.

“네 아이들이 그놈을 물었는 데도 쓰러지지 않았다는 말이지?”

“무쇠도 아닌 것이, 피부가 피처럼 붉은 게 장난이 아니었다고요!”

“피부가 피처럼 붉게 변해? 그 말이 사실이냐?”

밀광은 사천을 향해 다그쳐 물었다. 사천의 말이 사실이라면 그건 보통 일이 아니었기 때문이다.

“예··· 예.”

사천은 얼떨결에 대답했다. 밀광이 왜 이러는지 어리둥절할 뿐이었다.

“왜 그걸 이제야 이야기하는 것이냐? 둘째는 어서 그놈을 쫓아라! 어서!”

“왜 그러세요, 형님?”

“말해줄 시간이 없다! 어서! 빨리 놈을 잡아라! 빨리!”

암연은 평소의 성정과는 달리 바쁘게 재촉하는 밀광을 이해할 수 없었지만, 그가 이토록 서두르는 것에는 다 그만한 이유가 있을 것이기에 자리를 박찼다.

"대형, 왜 그러시는 거예요?"

사천은 다급히 서두르는 밀광을 보며 궁금하지 않을 수 없었다. 고질병을 제외하곤 상황을 판단할 때 밀광만큼 침착하고 예리한 사람이 없다는 것을 잘 알기 때문이었다.

"아무래도 네가 만났다는 그놈은 천주와 관련이 있는 것이 분명하다."

"천주와요? 하지만 천주가 사라진 지가 벌써 십 년이 넘었잖아요?"

자신들이 무엇을 그리 잘못했는지 간다는 말 한마디 없이 아무도 모르게 사라진 천주와 관련있다는 말이 의아스러울 뿐인 사천이었다.

"네 아이들의 독에도 끄떡없고, 몸이 피처럼 붉게 변했다면 한 가지밖에는 없다. 적혈잠원대법밖에는 말이다."

"에이, 설마요? 그건 불가능한 거잖아요."

긴 시간 동안 연구되어 오고 자신들에 의해 완성되기는 했지만, 적혈잠원대법을 시술한다는 것 자체가 불가능한 것이었다. 그 까다로움으로 인해 효과가 떨어지기는 하지만 죽은 자에게나 시전해 독강시를 만드는 방편으로 쓰일 수 있는 것이었다. 시술을 받는 동안 일어나는 고통으로 인해 인간에게 시술한다는 것은 불가능했기 때문이었다.

무엇보다도 적혈잠원대법을 시전하려면 온몸이 부서지는 고통 속에서도 웃을 수 있는 의지를 가진 자가 필요하다. 그런 자만이 시술을 받는 동안의 고통을 이길 수 있기 때문이다.

또한 천여 년의 밀독천의 정화라고 할 수 있는 것들이 필요했다.

하지만 그것들은 십 년 전 천주가 가지고 사라져 버렸다. 또한 세상에서 제일 위험한 독물과 구하기 까다로운 영약이 있어야 했기에 불가능한 것임을 사천은 잘 알고 있었다.

"일단은 천주와 관련이 있는지 없는지 놈을 잡아 확인해 보는 수밖에는 없다. 우선 네 아이들을 모두 풀어라. 빨리 그 놈을 찾아야 한다. 어서!"

완성을 코앞에 두고 사라져 버린 천 년 숙원의 결정체를 얼마 안 있으면 볼 수 있다는 생각에 밀광의 눈에는 광기가 흘렀다. 두 사람은 암연이 남긴 표시를 보며 백무를 쫓기 시작했다. 그들의 앞에는 날개를 파닥이는 녹린천아사들이 앞장서고 있었다.

묘강을 지배하는 밀독천의 장로들이 자신을 쫓고 있는 줄은 까맣게 모르는 백무는 동굴 안에서 붉은 불길을 토해내며 타오르는 모닥불을 바라보며 무엇인가를 손질하고 있었다.

타타타탁!

치이이익!

모닥불 사이로 무엇인가 떨어져 타오르자 백무는 손길을 멈추었다. 백무의 손에는 껍질이 벗겨진 녹린천아사가 나무 꼬챙이에 끼워져 있었다.

사천과의 실랑이를 끝내고 한참을 달리던 백무는 동굴 하나를 발견하곤 그 안에서 후 녹린천아사를 구워 먹고 있었던 것이다.

"어디, 다 익은 것 같은데 맛 좀 볼까?"

모닥불 속에서 기름을 흘리며 구워지고 있는 고기를 쳐다보며 입맛을 다셨다. 사천독노의 귀염둥이들인 녹린천아사가 이제 다 익은 것이다.

"으, 뜨거!"

불길에 구워진 고기가 백무의 입 안으로 들어갔다. 생각보다 질긴 고기를 질겅질겅 씹으며 백무는 다시금 바쁘게 손을 놀리기 시작했다. 무척이나 질긴 녹린천아사의 가죽을 검흔비를 이용해 벗기고 있었던 것이다.

"스읍! 다 구워놓으려면 시간이 꽤 걸리겠군."

입가로 흘러내린 육즙을 혀로 다시며 잔 나뭇가지에 가죽을 벗긴 뱀을 하나씩 꽂아 불가에 세워 늘어놓았다. 아직도 손질할 것이 많이 남아 있기에 백무는 익은 고기를 먹어가며 다시 뱀을 손질하기 바빴다.

"꺼억! 쯔쯔! 고놈들! 모양은 그래도 맛은 제법이네?"

트림을 한 후 이 사이에 끼인 고기들을 혀로 훑어낸 백무는 등짐을 뒤졌다.

투투툭!

등짐을 뒤집자 무엇인가 떨어져 내렸다. 나머지 녹린천아사를 모두 꺼낸 것이다. 자신의 손에 터지고 찢겨 죽은 놈들의 손질이 끝났기에 이번에는 기절해 있는 놈들을 손질할 차례였다.

키이이이!

기절해 있는 놈들 중 한 마리를 잡고 검흔비를 가져다 대자 괴이한 소리가 들렸다. 녹색의 뱀 가죽으로 머리가 졸린 채 나뭇가지에 걸려 있던 혈관홍사의 입에서 나는 소리였다.

"왜?"

백무는 혈관홍사를 바라보며 눈빛을 빛냈다. 사람 말을 알아듣는 영물이라 뭔가 뜻하는 것이 있어서인 것 같았기 때문이다.

혈관홍사는 지금 공포에 질려 있었다. 지금까지 껍질이 벗겨진 채 불에 구워진 녹린천아사들 중에는 죽은 놈도 있었지만 아직 살아 있는 놈도 있었다.

비록 상처를 입었다고는 하지만 자신의 수하들이라고 할 수 있는 녹린천아사가 산 채로 껍질이 벗겨지고, 이젠 온전한 놈들마저 화장을 당하게 생기자 혈관홍사가 다급하게 살려달라고 애원한 것이다.

"이놈들은 안 되는 거냐?"

펄럭펄럭!

홍아는 백무의 말이 맞다는 듯 날개를 퍼덕였다.

"쩝! 운남까지 가려면 비상 식량이 있어야 하는데……."

푸르르르!

백무의 중얼거림에 홍아는 미친 듯이 머리를 가로저었다. 머리를 묶은 가죽에 목이 졸리는 아픔을 감수하고서라도 부하들을 살려야 했던 것이다.

"이놈들을 살려주면 넌 어떻게 해줄 건데? 난 손해보고 싶지 않거든?"

백무는 사람의 말귀를 알아듣는 영물을 놓치고 싶지 않았다. 비록 훔치듯 빼앗아오기는 했지만 홍아가 마음에 들었던 것이다.

홍아는 백무의 말에 어찌할 바를 몰라 안절부절못했다. 그러다 결심을 굳힌 듯 아래위로 머리를 흔들며 목을 조이고 있는 뱀 가죽을 잡아챘다.

"뭐, 풀어달라고?"

끄덕끄덕!

머리를 흔들며 긍정의 표시를 보이자 백무는 홍아를 묶고 있는 뱀 가죽을 풀어주었다.

카아아아!

머리를 묶었던 가죽이 풀리자 홍아는 입을 벌리며 소리를 지르기 시작했다.

"이 자식! 왜 그래?"

갑작스러운 일에 긴장하며 홍아를 노려보았다. 자신은 호의를 가졌건만 덤벼들려고 하는 것 같아 괘씸한 생각이 들었다.

<u>스르르르!</u>

하지만 백무의 생각은 오해였다. 홍아의 입에서 검은색의 물체가 빠져나오고 있었던 것이다. 거래의 대가로 백무에게 주기 위해 홍아는 천여 년을 수련해 몸 안에 쌓아놓은 자신의 내단을 토해내고 있었던 것이다.

"호오! 그걸 나에게 주겠다고? 참 웃긴 놈이네? 큭큭!"

사람보다 낫다는 생각이 들었다. 녹린천아사를 살리기 위해 자신의 생명이나 다름없는 내단을 내놓는 것을 보게 되자 홍아가 더욱 마음에 들었다.

"이름이 홍아라고 했냐?"

끄덕끄덕.

"그거, 도로 집어넣어."

홍아의 머리가 갸우뚱했다. 홍아는 자신의 제의가 마음에 들지 않는 것은 아닌지 불안한 듯 백무를 빤히 바라보고 있었다.

"살려줄 테니까 그거 집어넣으라고!! 마음 변하기 전에!!"

쏙!

행여 다시 말을 번복하지나 않을까 하는 노파심에서인지 나올 때와는 다르게 내단은 번개같이 홍아의 입속으로 사라졌다.

"그럼 이놈들을 어떻게 한다? 으음, 고민이로군."

살려주기로 했지만 함부로 놓아줄 수는 없었다. 자신에게는 해가 되지 않겠지만 자연의 이치를 벗어난 독물들이기에 잘못하면 다른 이나 밀림 속의 동물들에게 큰 해를 입힐 수도 있었기 때문이다.

츠으으으!

백무가 처리에 고민하고 있을 때 홍아의 입에서 소리가 흘러나왔다. 그 소리에 녹린천아사들이 꿈틀거리며 깨어나기 시작했다.

이십여 마리나 되는 녹색 뱀들이 깨어나며 혀를 날름거리자 거처로 마련한 동굴 안에 이내 독향이 퍼지기 시작했다. 낯선 곳에서 깨어나자 위기감을 느낀 녹린천아사들이 독향을 내뿜었던 것이다. 삐죽하게 역린을 세운 녹린천아사의 몸에서 진녹색의 독향이 풍겨 나오고 있었던 것이다.

"크으! 냄새 한번 지독하군."

밀폐된 공간에서 독향을 맡자 상당히 지독했다.

츠으!

홍아가 다시 소리를 질렀다. 그러자 녹린천아사들은 재빨리 독향을 뿜어내는 것을 멈추었다.

"잘했다. 네 말을 알아듣는 것을 보니 이놈들도 꽤나 영리한가 보구나. 그럼 돌려보내라, 마음 변하기 전에."

치이이!

백무의 말이 떨어지자 홍아의 입에서 다시금 소리가 들렸다. 그러자 녹린천아사들이 동굴에서 빠져나가기 시작했다. 나가면서도 멈칫거리는 것이 몹시 불안해 보였다.

"너도 가라. 아까 그 노인장이 네 주인인 것 같은데 빨리 돌아가 봐야 되지 않겠니?"

백무는 홍아도 돌려보내려 했다. 십만대산까지 가는 동안 동무로 삼을 생각이었지만, 방금 전 홍아의 행동을 보고 생각을 접은 것이다.

절레절레.

허공에 떠서 날고 있는 홍아는 고개를 저었다.

"가고 싶지 않은 거냐?"

끄덕끄덕.

자신의 말에 기쁜 듯 홍아가 고개를 끄덕이는 것을 보자 기분이 묘했다. 하는 행동을 보니 진정으로 가고 싶지 않은 듯했다.

"으음, 좋다. 그럼 네 마음대로 해라."

백무의 허락이 떨어지자 홍아는 기쁜 듯 몸을 외로 꼬았다.

"후후. 홍아야, 한 가지 부탁 좀 하자."

자신에게 갑작스럽게 부탁을 한다고 하자 홍아는 날개를 파닥거리며 백무에게 다가왔다.

"난 이제 좀 자야 한다. 그런데 잠이 들면 완전히 정신을 잃어버리거든. 그러니 잠을 잘 동안 네가 나 좀 지켜주겠니? 귀찮은 것은 질색이라서 말이야."

끄덕끄덕.

"후후, 좋아!"

백무는 홍아가 믿을 만하다고 생각했다. 지금부터 연근을 먹고 또다시 정신을 잃어야 하기에 자신의 안위를 부탁한 것이다.

백무는 홍아의 대답에 등짐에서 상자를 꺼냈다. 그리고 혈수련의 연근이 들어 있는 상자를 열고 푸른색의 연근을 꺼내 씹어 삼키기 시작했다.

파르르르!

백무가 연근을 씹기 시작하자 홍아의 날갯짓이 부산해졌다. 뭔가 두려워하는 모습이 역력했다.

꿀떡!

털썩!

파르르르!

연근을 먹고 그대로 쓰러져 버리는 백무를 보고 홍아가 다급히 날아 내렸다. 그러더니 백무의 입가에 흘러내린 푸른색의 즙액을 자신의 혀로 날름거리며 맛을 보았다.

부르르르!

놀란 듯 홍아의 몸이 떨렸다. 홍아는 가만히 백무의 얼굴을 지켜보았다. 붉게 물들어가는 얼굴을 보며 무엇인가 곰곰이 생각하던 홍아는 머리를 끄덕이더니 허공으로 날아올랐다.

치이이이!

백무의 머리맡에서 날아오른 홍아는 기이한 소리를 내기 시작했다. 녹린천아사를 부르는 소리였다.

스르르르!

홍아의 소리에 밖으로 나갔던 녹린천아사들이 동굴 안으로 날아들어 왔다.

치치치!

마치 명령하듯 홍아의 입에서 소리가 흘러나왔다. 그러자 녹린천아사들은 몸을 움직여 쓰러진 백무의 몸 위로 내려앉기 시작했다. 몸 위로 올라선 녹린천아사들은 각자 맡은 자리가 있는 듯 백무의 전신에 나뉘어 똬리를 틀었다.

치이이익!

다시금 홍아가 소리를 냈다. 그러자 똬리를 튼 녹린천아사의 몸에서 변화가 일어났다. 다시금 비늘이 솟아오르고, 그 사이로 녹색의 독연이 솟아오르기 시작한 것이다. 조금 전에 보여줬던 것과는 달리 무척이나 짙은 녹색이었다.

녹린천아사들의 그런 행동은 백무가 깨어나기 전까지 계

속되었다. 계속해서 피어오르는 녹무로 동굴 안이 가득 찰 만
하건만 녹린천아사가 뿜어내는 독무는 오직 백무의 몸 주위
에만 머물고 있었다.

얼마 후 짙어가던 녹색의 독무가 서서히 옅어지기 시작했
다. 녹린천아사들에게서 흘러나온 독무가 백무의 몸으로 스
며들고 있었기 때문이다.

치이이이!

아침이 밝아오기 시작하자 홍아가 다시금 소리를 냈다. 백
무가 깨어나고 있다는 것을 느낀 홍아가 녹린천아사들을 내
보내려는 것이었다.

녹린천아사들이 백무의 몸 위에서 내려왔다. 들어올 때와
는 달리 날지 못하고 있었다. 몹시 지친 듯 기어가는 녹린천
아사들의 움직임은 무척이나 느렸다. 녹린천아사들은 반 각
이나 걸려서야 동굴 밖으로 나갈 수 있었다. 홍아는 바삐 그
들의 뒤를 따랐다.

녹린천아사들을 쫓아갔던 홍아가 얼마 지나지 않아 동굴
안으로 들어왔다. 홍아의 몸이 변해 있었다. 오색으로 빛나던
몸이 흐릿해지고, 몹시 지쳐 보이는 모습이었다. 백무에게 독
기를 주입한 녹린천아사를 위해 자신의 독기를 나누어준 탓
이었다.

"으음!"

미명이 동굴 안으로 스며들자 백무는 신음 소리를 내며 정

신을 차렸다.

"간만에 기분 좋은 아침이군."

약을 먹고 잠들면 무의식 속에서도 무한한 고통을 느껴야 했던 백무는 다른 날과는 달리 별반 고통 없이 자신이 달게 잠을 잤다는 것을 알 수 있었다.

"음!"

자신을 바라보는 홍아의 시선을 느낀 백무는 홍아가 밤새 자신을 지켰다는 것을 알 수 있었다. 몸 색깔이 탁해져 보이는 것이 몹시 지쳐 보였다. 자신을 지키느라 그런 것 같아 미안한 마음이 들었다.

"너, 밤새 지키고 있었니?"

끄덕끄덕.

"고맙다. 아침을 먹고 바로 출발할 거니까 너도 어디 가서 요기 좀 해라."

파르르르!

홍아는 백무의 말을 듣고 날갯짓을 하며 동굴 밖으로 나섰다. 독기가 떨어진 탓에 빨리 나가서 독기를 흡입해야 했기 때문이다.

홍아가 나가자 백무는 등짐 속에서 말린 육포를 꺼내 씹기 시작했다. 반 시진이 지나지 않아 홍아가 돌아왔다. 상당한 독물을 섭취했는지 몸 색깔이 다시 밝아져 있었다.

"이제 길을 나서야겠다. 네가 돌아가지 않겠다고 하니 이

제부터 우리는 친구다. 너도 따라올 테면 따라와라. 난 괜찮
으니까.”

백무는 홍아에게 동행을 제의했다.

끄덕끄덕.

홍아는 망설이지 않고 머리를 끄덕였다. 자신의 제의를 수
락한 홍아를 보며 백무는 기분 좋은 마음으로 동굴을 나섰다.
하루 종일 달려야 하는 길이었지만 이제 동무가 생겼다는 생
각에 발걸음이 가벼웠다.

“자, 가자!”

파파파팟!

동이 채 트지 않은 밀림에 다시금 정적을 깨는 소리가 울려
퍼졌다.

휘이익!

백무가 달리기 시작하자 홍아가 어느새 앞장서기 시작했
다. 길을 안내하는 안내자처럼 앞장서서 백무를 인도하기 시
작했다.

“응?”

날아가는 홍아의 주변으로 녹색 빛이 언듯언듯 비쳤다.

‘저놈들이 도망가지 않았었나? 홍아의 수하들인 것 같은데
어쩔 수 없지, 뭐.’

녹린천아사들이었다. 암중으로 홍아를 호위하는 것처럼
홍아의 주변을 따르고 있었던 것이다. 백무는 홍아를 따르는

녹린천아사들을 그냥 내버려 두기로 했다. 보내도 돌아갈 것
같지 않았기 때문이다.

　홍아를 길잡이로 삼아 백무가 십만대산으로 향하고 있을
때, 당민은 잠을 줄여가며 백무의 흔적을 쫓아 빠르게 추적하
고 있었다.
　파파파팟!
　나무와 나무 사이를 경공으로 뛰어넘으며 타고 넘는 당민
의 모습은 비호를 방불케 했다.
　턱!
　빠른 속도로 전진하던 당민의 신형이 멈춰 섰다. 코를 스치
는 비릿한 사향이 그녀의 발길을 잡은 것이다.
　"이런!!"
　휘이익!
　지상으로 내려온 당민은 발치에서 풍기는 사향을 맡으며
인상을 찌푸렸다. 그곳에는 백무의 흔적과 함께 자신이 가장
꺼려 하는 자들의 흔적 또한 남아 있었던 것이다.
　"흔적에 시간 차이가 있구나. 분명 사노하고 조우한 뒤에
무아가 도망을 친 것이 분명하다."
　흔적은 겹쳐져 있었기에 나머지 흔적은 나중에 난 것이 틀
림없음을 확인할 수 있었던 것이다.
　"으음, 그들이 녹린천아사를 대량으로 길러내는 것에 성공

한 모양이로구나. 불가능한 일이거늘……. 역시 독에 미친 자들인가? 삼노가 무아를 추적해 간 것 같으니 빨리 가야겠다.”

간간이 남아 있는 사향과 녹색의 독기를 통해 상황을 어느 정도 추론한 당민은 길을 서둘렀다. 지금은 무사히 도망쳤지만, 세 사람이 함께 뭉친다면 백무가 도망가는 것은 불가능하다는 것을 잘 알고 있기에 더욱 빨라진 발걸음이었다.

당민이 추적해 오는 줄도 모르고 십만대산을 향해 맹렬히 달리고 있는 백무는 홍아를 따르는 녹린천아사를 보고 놀라고 있었다.

휘이이익!

홍아의 날아가는 속도는 가히 매를 방불케 했다. 여기저기 나무가 들어차 있고 풀이 사람의 키만큼 자라 있는 곳에서도 날쌔게 장애물을 피하며 길을 뚫고 있었다. 그것은 녹린천아사도 마찬가지였다.

‘후후, 잡아먹지 않은 것이 다행이다.’

홍아를 친구로 삼은 백무는 기뻤다. 비록 말은 못하지만 자신의 말을 잘 듣는 홍아를 보며 세상에 다시없는 영물임을 알 수 있었다.

하지만 고민이 없는 것은 아니었다. 녹린천아사가 백무의 주변을 떠나지 않는 것이었다. 이십여 마리가 넘는 뱀 떼가 몰려 있는 것을 사람들이 본다면 놀랄 일이 틀림없었다. 지금은 괜찮겠지만 나중에 운남으로 들어서면 문제가 될 수도 있기 때문이었다.

'후후, 그래도 저놈들, 홍아의 곁을 지키려는 것 같은데 홍아가 영물은 영물이구나. 저놈들도 그렇고. 일단 그 문제는 나중에 생각해 보도록 하자.'

홍아가 장군이라면 녹린천아사는 장군 곁을 지키는 날랜 병사들이었다. 홍아가 먼저 앞서 나가며 앞을 살피면 녹린천아사는 홍아를 호위하듯 하며 주변을 살피고 있었다.

'아무래도 뒤처지겠다. 힘을 내야지.'

파파파팍!

비록 자신에 대해서는 아직도 공포감을 가지고 있는 것 같지만 그런 것은 아무래도 상관없었다. 십만대산까지 먼 길을 심심하지 않게 갈 수 있다는 생각에 백무도 빠르게 그 뒤를 쫓았다.

파파파팟!

백무가 떠나고 얼마 후 검은빛의 인영이 백무가 떠난 자리에 나타났다. 밀광의 말에 따라 백무를 추적해 온 암연독노였다.

"이상하군. 분명 홍아의 독향이 풍기는데……. 이놈은 정말 아무렇지 않은 건가? 이렇게 뒤를 따르는 것을 보면 홍아가 그놈에게 굴복한 것인가? 절대 그럴 리가 없는데……."

주변에 남겨진 독향으로 보아 홍아의 것이 틀림없었다. 암연이 보기에 지금의 상황은 이해가 가지 않았다. 홍아의 독기에 죽지 않는 것은 둘째 치고라도, 지나간 흔적으로 보아 홍아가 길 안내를 하는 것이 틀림없었기 때문이다.

"이상하기는 하지만 대형이 쫓으라고 했으니 일단 쫓아야겠다. 우선 표식부터 남기고."

뚝!

옆에 있는 나뭇가지를 꺾었다. 자신의 뒤를 따라오는 두 사람을 위해서였다. 백무가 향한 방향으로 나뭇가지를 꺾은 암연은 빠르게 뒤를 쫓기 시작했다.

"호오! 누군지 모르지만 꽤나 빠른데?"

백무는 누군가 자신을 쫓고 있다는 것을 알 수 있었다. 암연의 기운을 느낀 것이다.

"귀찮은 것은 질색이니까 속도를 좀 내자, 홍아야."

멀리 뒤쪽에서 자신이 지나온 길을 따라 암연이 빠르게 쫓아오고 있는 것을 느낀 백무는 홍아를 재촉했다.

치치치치!

홍아의 입에서 알 수 없는 괴음이 흘러나왔다. 그러자 녹린천아사가 속도를 내기 시작했다. 지금까지도 빠른 속도였지만 비교가 되지 않을 만큼의 빠른 속도를 내었다. 홍아 또한 녹린천아사는 저리 가라 할 정도로 빠르게 날기 시작했다.

"같이 가자!"

파파팟!

백무의 속도도 빨라졌다. 경공을 시전하는 무림인들이 본다면 한탄할 만큼 빠른 속도로 치달리기 시작한 것이다. 온몸에 활력이 넘쳤다. 녹린천아사를 먹고 난 후 신체적 능력이 더해진 것 같았다.

'내 몸이 어디까지 변할 것인지……'

묘강의 밀림을 가로지르며 한결 몸이 빨라진 백무였기에 그리 힘들지는 않았지만, 믿기 힘들 정도로 변해가는 자신의 몸에 대해 한편 두려운 마음이 들기도 했다.

휘이이익!

'최대한 거리를 벌린 후 한번 살펴봐야겠구나.'

바람 소리가 귓가를 가로지르는 가운데 점점 더 암연과의 거리를 벌리고 있는 백무는 최대한 거리를 벌린 후 자신의 몸에 대해 한번 살펴야겠다고 생각했다. 녹린천아사를 구워 먹었던 동굴에서 무슨 일인가 일어난 것이 틀림없었다. 아니면 자신이 먹은 녹린천아사로 인해 그런 것일지도 모른다는 생각이 들기도 했기 때문이다.

"이 새끼, 사람이야, 괴물이야?"

길고도 지루한 추격전이 시작된 지 벌써 사 일째였다. 입에서 터져 나오는 투덜거림을 멈출 수가 없었다. 흔적은 확실하게 남아 누가 보더라도 추적할 수 있을 정도였다.

하지만 그 속도가 문제였다. 경공을 시전하는 것도 한계가 있는 것이다. 아무리 고수라도 쉴 때는 쉬어야 했다. 자신이 전속력으로 쫓아도 차이는 언제나 반나절 거리였다. 자신은 밤새 쉬지 않고 쫓았지만 쉴 거 다 쉬고 길을 떠나는 백무를 잡을 수가 없었던 것이다.

"홍아가 앞장서고 난 뒤에는 더 빨라진 것 같으니……."

꼬르르륵!

"에잇! 배고파 죽겠네."

먹을 것이라면 자다가도 벌떡 일어나는 암연이었지만 지난 나흘간 거의 먹은 것이 없었다. 지나가는 길에 간간이 보이는 열매를 따서 먹기는 했지만 그것으로는 간에 기별도 가지 않았다. 어느 정도 따라붙으면 먹을 것이라도 찾아보겠는데, 백무의 달리는 속도는 그런 것을 허용하지 않았다.

또한 백무가 가는 길에는 이틀 전부터 열매가 보이지 않았다. 앞장서서 가는 백무가 싹 쓸어갔기 때문이다. 자신이 좋아하는 독과는 물론 평범한 과일조차 하나 없었기에 처음 이틀을 제외한 나머지 기간 동안 아무것도 먹지 못한 암연은 눈이 돌 지경이었다.

휘이이익!

나무가 자신을 스쳐 지나가는 것인지, 자신이 나무를 스치고 지나가는 것인지 모를 정도로 정신이 어지러워지는 것을 느낀 암연은 천천히 속력을 줄였다. 더 이상 쫓아갔다가는 자신의 생명이 단축될 수도 있다는 심각한 위협 때문이었다.

"에라, 모르겠다. 흔적은 확실히 남기고 가고 있으니 일단은 내 배부터 채워야겠다."

뱃속을 요동치는 허기에 암연은 경공을 멈추고 주변을 뒤지기 시작했다. 얼마 안 있어 주변을 뒤지던 암연은 독과가 열린 나무 하나를 발견할 수 있었다.

백무가 지나간 자리에서 이십여 장이나 떨어져 있었지만, 사실 백무도 이 독과를 발견했었다. 하지만 만류하는 홍아로 인해 자신이 먹을 것과 기회가 되면 나중에 당민에게 주려고 단 두 개만 취한 후 한옥으로 만든 상자에 보관한 채 곧바로 이동했다.

"저건……?"

짙은 자색이 나는 독과를 보며 암연의 입이 벌어졌다. 평생을 찾아 헤매던 것이 눈앞에 나타났기 때문이다.

후다다닥!

"으적으적!"

암연은 독과를 보자마자 따서 통째로 씹기 시작했다. 사람 주먹만 한 자주색의 과일이 커다란 그의 입에 들어가 몇 번

씹지도 않았는데 그의 뱃속으로 떨어졌다.

뚝뚝!

연이어 입 안으로 들어가는 자주색 과일의 즙액이 바닥으로 떨어졌다.

치이익!

즙액이 떨어진 자리에서 독과의 독성을 짐작할 수 있을 매캐한 연기가 피어올랐다.

"끄억! 독밀자령과(毒蜜紫靈果)라 그런가? 맛이 일품이란 말이야? 그런데 어째서 그놈이 이건 남겨두고 간 거지?"

독밀자령과는 독문에서도 알아주는 독과였다. 독인에게는 영약임과 동시에 극독인 과일이었다. 그런데 백무가 그것을 남겨놓은 것이 의아했던 것이다. 하지만 의문도 잠시, 암연은 독밀자령과로 배를 채우기에 바빴다. 이틀 동안 아무것도 먹지 못한 만큼 허기가 졌던 것이다.

"에라, 모르겠다. 일단 먹고 보자. 그토록 찾아 헤매도 보이지 않던 것인데. 으적으적!"

이십여 개가 달려 있던 독밀자령과가 없어지는 것은 순식간이었다. 대부분 암연의 뱃속으로 들어갔고, 몇 개는 나중에 먹으려는지 품에 집어넣었다.

"끄억! 잘 먹었다! 으아아함! 졸리네. 어차피 흔적이 확실히 남아 있으니 한숨 잔 다음에 쫓아가야겠다."

나무 위에 달려 있던 과일을 다 먹은 암연은 자리를 털고 일어났다. 한숨 자두기 위해서였다. 어차피 거리를 좁히기는 불가능한 터이니 좀 쉰 뒤에 전력을 다해 쫓기로 한 것이다. 지난 나흘간 한숨도 자지 못한 피로가 독밀자령과를 먹은 포만감에 서서히 밀려들고 있었던 것이다.

"으아아아! 밥 잘 먹고 난 뒤에는 오침만 한 보약이 없으니까."

휘이익!

밀려오는 졸음을 이기며 암연은 거대한 나무 위로 올라섰다. 잠잘 자리를 챙기기 위해서였다.

휴식을 취하기 위해 암연이 나무 위에서 잠자리를 손보고 있을 무렵, 사천과 밀광은 어렵게 암연이 남겨놓은 흔적을 쫓고 있었다. 그들의 사정도 암연과 마찬가지였다. 오히려 사천이 내공이 없는 관계로 더 힘든 추적이었다. 비록 수많은 녹린천아사에 묶여 날아오고 있기에 속도는 밀광에 뒤지지 않았지만 나흘간의 추적으로 인해 많이 지쳐 있었다.

"대형, 좀 쉬었다가 가요."

"쉴 시간 없다. 네놈 아이들이 끌고 가고 있는데 쉬기는……."

"아이들을 조종해야 하니 더 힘들다고요. 그리고 제 아이들도 많이 지쳤고요."

"빨리 추적해야 한다. 그렇지 않으면 지금 속도로 봐서는 놈을 놓치고 만단 말이다."

"쳇, 알았어요."

삐리리리!

눈을 부라리는 밀광의 모습에 사천은 불만스러운 목소리를 토한 후 사밀소를 이용해 녹린천아사를 재촉했다. 추적은 다시금 계속됐다. 사실 밀광 또한 지쳐 있기는 마찬가지 였다. 나흘 내내 아무것도 먹지 않고 계속해서 경공을 발휘해 추적해 왔기 때문이다. 사문의 염원만 아니라면 벌써 포기했을 만큼 힘든 추적이었다. 이를 악물고 추적하는 밀광의 눈은 무섭게 빛나고 있었다. 두 사람은 어둠이 짙어갈 무렵, 암연이 쉬고 있는 인근에 당도할 수 있었다. 밀광은 암연이 남겨 놓은 표식이 없자 멈춰 섰다.

"대형, 왜 그러세요?"

"표식이 없다."

"표식이요?"

"그래. 둘째가 남기지 않은 것인지 모르겠지만, 사방 십여 장 내에 표식이 없다."

십 장마다 표시를 남겼건만 보이지 않자 밀광은 당혹스러 웠다. 나흘간 이런 일이 한 번도 없었기 때문이다.

"둘째 형이 어디로 간 거죠?"

"일단 찾아봐야지. 네 아이들보고 한번 찾아보라고 해라."

“알았어요.”

사천은 사밀소를 이용해 녹린천아사들로 하여금 암연을 찾도록 했다. 암연을 찾는 데는 촌각도 걸리지 않았다. 근처 나무 위에서 암연이 잠에 취해 있었기 때문이다.

“이 새끼가!!”

얼마 떨어지지 않은 나무 위에서 녹린천아사들이 맴돌고 있자 밀광은 암연이 백무는 추적하지 않고 잠을 자고 있음을 알 수 있었다. 아무런 기척이나 흔적을 남기지 않는 암연이었지만, 나무 위에서 잠자는 것이 그만의 버릇임을 잘 알고 있었기 때문에 금세 상황을 알 수 있었다.

휘이익!

밀광이 나무 위로 날아올랐다. 사천 또한 녹린천아사를 타고 날아올랐다. 녹린천아사들이 빙빙 돌고 있는 나무 위에는 보호색으로 위장된 암연이 단잠에 취해 있었다. 보통 사람의 눈에는 보이지 않게 나무와 나뭇잎으로 위장된 암연의 모습을 확인한 밀광의 눈이 불처럼 타올랐다.

퍽!

“으헉!”

밀광의 손이 여지없이 배에 꽂히자 암연은 고통스러운 비명을 지르며 잠에서 깨어났다. 보호색으로 위장되어 있던 그의 몸이 나무 위에 나타났다.

“이 자식이 추적을 하라니까 여기서 자빠져 자? 너 한번 죽어볼 텨!"

"형님, 왜 그러세요? 예?!"

"이놈이! 아직도 정신을 못 차리고……!"

퍼퍼퍼퍽!

"으아아악! 아이고! 사천아, 나 좀 살려줘라! 형님이 왜 그러시냐? 으아악!"

번개처럼 자신의 몸을 구타하는 밀광의 손속에 암연은 연신 비명을 지르며 사천에게 구조를 요청했다. 하지만 사천은 멀거니 지켜만 보고 있을 뿐이었다. 밀광이 왜 저렇게 암연을 구타하는지 잘 알고 있었기 때문이다.

'저렇게 터져도 싸지. 그래, 큰형과 나는 쫄쫄 굶어가며 쫓아왔는데 독밀자령과(毒蜜紫靈果)를 혼자서 날름해? 그게 있으면 우리 모두 독력이 더 증가하는데 말이야. 이 지긋지긋한 곳에서 빠져나갈 수도 있고. 한두 개 남겨놨으면 또 몰라. 거기다가 그 어린 놈을 추적할 생각을 안 하고 여기서 자빠져 자고 있으니 맞아도 싸다.'

그랬다. 밀광은 백무에 대한 추적도 추적이지만 암연의 몸에서 풍기는 독밀자령과의 냄새에 더욱 열 받았던 것이다. 풍기는 향기로 봐서는 평생이 한두 번 볼까 말까 한 독밀자령과를 암연이 혼자 먹어버린 것이 분명했기 때문이다.

독밀자령과를 복용했다면 인가가 있는 곳도 돌아다닐 수 있었기에 더욱 열이 받는 것이었다. 지긋지긋한 묘강을 벗어날 수 있는 방법 중 하나였기에 밀광의 손속은 더욱 강해지고 있었다.

퍼퍼퍽!

"끄으윽! 꺼억! 사, 살려주세요, 큰형!"

연이어 벌어지는 타격에 사시나무 떨 듯 전신을 떨고 있던 암연은 손을 싹싹 비비며 밀광에게 용서를 구했다.

"이제 네 잘못을 알겠냐?"

"죄, 죄송해요, 큰형! 끄으! 그놈이 워낙 빨라서 대형이 오시면 같이 쫓아가려고 했어요. 그놈이 홍아를 어떻게 했는지……."

전신이 시퍼렇게 멍이 든 암연은 밀광을 보며 저간의 사정을 이야기하기 시작했다.

"그리고……."

설명을 다 마친 암연은 자신의 품을 뒤지기 시작했다.

"에잇! 곤죽이 됐네."

암연이 꺼낸 것은 독밀자령과였다. 자신들의 독공을 완성시켜 줄 마지막 독물이 밀광의 구타로 곤죽이 된 것이었다.

"이거, 독밀자령과예요. 형님하고 막내 주려고 했는데 이렇게 됐네요. 헤헤!"

아부하듯 자신들에게 내미는 독밀자령과를 본 순간 두 사람은 머쓱해지지 않을 수 없었다. 먹을 것이라면 형이나 동생은 안중에도 없는 암연이었기에 독밀자령과를 남겨놓았을 줄은 상상도 못했기 때문이다.

"이렇게 됐지만 어서 드세요, 약효 떨어지기 전에. 막내야, 너도 어서 먹어라."

"으음!"

"고, 고마워요, 작은형."

두 사람은 말없이 독밀자령과를 받아 들었다. 하나를 먹나 두 개를 먹나 약효는 똑같았기에 그들은 서둘러 반쯤 부서진 독밀자령과를 씹어 삼켰다.

'자식이 진작 이야기를 하지…….'

밀광은 자신의 급한 성격보다는 암연이 빨리 이야기하지 않은 것을 탓했다.

"그러니까 네 말은 그놈의 달리는 속도가 점점 빨라진다는 말이냐? 그리고 홍아가 그놈을 도와주는 것 같고?"

독밀자령과를 다 먹은 밀광은 암연이 한 말을 다시금 되새겼다. 이제는 급할 이유가 하나도 없기에 천천히 생각해 보기로 한 것이다.

"그런 것 같아요, 형님. 홍아가 누굽니까? 사중지왕이라고 할 수 있는 놈이잖아요. 그런데 그놈에게 굴복한 것을 보면 그놈에게 뭔가 있지 않을까요?"

"아무래도 그놈이 도망간 천주와 연관이 있는 것 같다. 그래서 내가 너에게 그놈을 쫓으라고 한 것이다. 그놈이 그렇게 빨라질 수 있는 것도 적혈잠원대법을 시술받은 때문인 것 같다."

"적혈잠원대법이요?"

"그래, 이제는 민가로 나가도 되니 서서히 쫓자. 그놈이 계속 그렇게 달리지도 않을 것이고, 또 홍아와 함께 있으니 놓칠 염려도 없고 하니 말이다."

"그렇게 하는 것이 좋을 것 같네요. 이렇게 무작정 쫓기만 한다면 우리가 먼저 지쳐 쓰러질 테니까요."

"그래, 일단 우리는 한숨 자야겠다. 둘째는 호법을 좀 서도록 해라."

"알았어요, 형님."

두 사람은 암연이 마련해 놓은 곳에서 쓰러지듯 잠을 청했다. 독밀자령과의 약효를 흡수하기 위해서였다. 운기조식을 통해 흡수해도 되지만, 보다 자연스럽게 흡수하기 위해 잠을 청한 것이다.

잠이 든 두 사람의 몸에서 자색의 기운이 조금씩 흘러나오기 시작했다. 고치가 비단실로 자신의 몸을 에워싸듯 자색의 기운이 그들의 몸을 감쌌다. 암연은 행여나 무슨 일이 있을세라 잔뜩 긴장한 채 주변을 경계하기 시작했다. 암연도 자신이 저런 상태였다는 것을 알 수 있었다. 독밀자령과의 약효가 돌고 있다면 상당히 약해지기에 경계의 눈초리로 사방을 둘러보기 시작했다. 녹린천아사도 자신들의 주인을 위해 나무 주위를 돌며 경계하고 있었다.

하지만 암연과 녹린천아사들은 자신들을 지켜보고 있는 눈이 있다는 것을 알지 못했다. 그 눈의 주인이 자신들이 그토록 찾아 헤맸던 사람임을.

다른 편 나무 위에서 신형을 감춘 채 밀독천의 삼독노를 지켜보고 있는 눈의 주인공은 바로 당민이었다.

'독밀자령과를 얻다니 운이 좋군. 이곳에서도 구하기 가장 어려웠던 것 중 하나인데. 이제 저들이 강호로 나설 수가 있게 되었으니 한바탕 회오리가 치는 것은 피할 수 없겠구나. 그나저나 아직 무아가 저들에게 잡히지 않은 것 같으니 빨리 쫓아야겠다. 달리는 속도가 갑자기 빨라진 것을 보면 무아의 몸에 이상이 발생한 것이 틀림없으니 말이다. 저들이야 무아를 추적하려면 적어도 반나절 후에나 가능하니 그동안 최대한 거리를 줄여야 한다. 잘못하면 무아의 흔적을 놓칠 수도 있으니 말이다.'

얼마나 빨리 달려왔는지 이제 밀림의 끝이었다. 얼마 안 있으면 묘강을 벗어날 것이다. 운남성 쪽으로 방향을 잡고 있는 백무의 흔적이 만약 인가로 들어선다면 추적이 용이하지 않기에 당민은 조심스럽게 나무 위를 빠져나와 백무를 쫓기 시작했다.

타타타탓!

나무 위를 박차고 솟구치는 속도는 가히 시위를 떠난 화살
을 방불케 했다. 이리저리 자리를 바꿔가며 추적해 가는 당
민은 초조한 마음으로 점차 백무와의 거리를 줄이기 시작했
다.

잠도 자지 않은 채 계속 추적해 온 당민의 체력은 떨어질
대로 떨어져 있었다. 무리한 일정이었지만 점점 변해가는 백
무의 변화에 가만히 있을 수가 없었던 것이다.

파파팍!

조급해진 당민의 마음을 알지 못하는 백무의 신형은 빠르
게 밀림을 가로지르고 있었다.

턱!

달리던 것을 멈춘 백무는 주변을 둘러보았다. 앞서가던 홍
아와 녹린천아사의 모습이 분주했기 때문이다.

"언젠간 끝나겠지만, 진짜 먼 거리다."

고산지대를 제외하고는 완전히 밀림의 연속이었다. 자신
의 몸이 변화한 것에 미처 의식하지는 못했지만 한 달 가까이
밀림 속에서만 생활한 백무는 굳은 결심에도 질리지 않을 수
없었다.

치치치!

"뭔가가 있는 모양이구나."

앞서가던 홍아가 경계하는 소리를 냈다. 앞에 무엇인가 나

타난 것이 분명했다.

"우와!!"

홍아의 경고에 앞으로 나간 백무는 자신이 말로만 들어본 동물들을 볼 수 있었다. 상서로운 동물로 여겨져 황제만이 가질 수 있다는 코끼리 떼가 눈앞에 나타난 것이다.

뿌오오오!

경계하는 듯 일제히 코를 앞으로 치켜들며 코끼리들이 소리를 질렀다. 눈앞에 나타난 홍아로 인해 혼비백산한 것이었다.

쿵! 쿵! 쿵!

무리의 우두머리로 보이는 코끼리가 홍아와 백무를 향해 달려오기 시작했다. 삼 장여가 넘는 커다란 덩치의 코끼리가 달려들자 커다란 몸무게로 인한 진동으로 지축이 울리는 듯했다.

"어? 타앗!"

자신 앞으로 짓쳐 들자 백무는 신형을 띄웠다. 한 번 도약하면 이 장여까지 뛸 수 있기에 달려오는 거상을 뛰어넘으려 한 것이다.

뿌오오!

달려가던 거상은 백무가 있던 곳을 지나친 후 다시금 돌아섰다. 눈앞의 적이 사라지자 몹시 흥분한 듯 적의가 가득한 눈빛으로 백무를 쳐다보았다.

"왜 그러지? 난 아무 짓도 안 했는데……."

갑작스러운 거상의 공격에 백무는 의아하지 않을 수 없었다. 아무런 도발도 하지 않았는데 거상이 무작정 달려들고 있는 것이다.

하지만 그것은 백무만의 생각이었다. 무리의 우두머리인 거상은 지금 공포에 질려 있었다. 백무를 따라 옆에서 날고 있는 조그마한 홍아에게서 느껴지는 기세로 인한 것이었다.

본능적으로 느껴지는 공포였다. 거상은 홍아가 자신이 우두머리로 있는 무리 모두를 죽일 수 있다는 것을 느낀 것이다.

홍아가 무섭다는 것은 알지만 거상은 무리를 이끄는 수장으로서 책임감이 강한 놈이었다. 자신이 백무와 홍아를 공격하는 동안 무리가 도망가기를 바랐던 것이다.

"저놈이 왜 그러는지는 모르겠지만, 저 상아 정도면 중원으로 들어가서 노잣돈 정도는 되겠다."

자신을 향해 달려드는 코끼리는 상당히 훌륭한 상아를 가지고 있었다. 삼 척이 넘는 기다란 두 개의 상아가 코끼리의 입에서 흰빛을 뿜어내고 있었던 것이다.

백무는 코끼리를 잡을 궁리를 하기 시작했다. 무일푼이나 다름없는 신세였기에 코끼리를 잡은 다음 상아를 팔아 중원을 여행할 노잣돈을 만들기로 한 것이다.

또한 그동안 수련했던 것을 거상을 통해 시험해 보고자 하는 뜻도 있었다.

"타앗!"

백무의 신형이 뛰어올랐다.

퍼퍼퍽!

백무의 발이 비쾌하게 거상의 머리에 작렬했다.

뿌오오오!

거상의 살갗이 찢어지며 피가 흘렀다. 통증을 느낀 거상은 코를 들어 노성을 터뜨렸다. 몹시 화가 난 모습이었다.

하지만 백무의 공격에도 별로 타격을 받지 않은 듯 거상의 코가 말려졌다 펴지며 백무를 향해 날아들었다.

휘이익!

팍!

자신을 향해 날아드는 거상의 코를 호장파풍(虎掌破風)의 수법으로 쳐냈으나 강력한 힘에 의해 백무의 신형이 뒤로 밀려났다. 허공에 떠 있는 상태였기에 아무리 힘이 있어도 지지데 삼을 곳이 없기에 밀려날 수밖에 없었던 것이다.

"차앗!"

뒤로 밀려 이 장 정도 날아간 백무는 나무를 박차며 다시금 거상을 향해 달려들었다. 이번에는 거상의 코를 조심하며 최대한 힘을 실은 각법으로 거상의 귀를 가격했다.

퍽!

백무의 공격은 거상을 자극하기만 할 뿐이었다. 두꺼운 가죽과 뼈로 인해 큰 타격은 받지 않았지만 상당한 고통을 거상에게 주었기 때문이다.

파파팍!

거상도 코로 연신 공격을 해댔으나 백무는 영활하게 공격을 피하며 연이어 거상을 공격해 댔다.

뿌오오오!

고통이 밀려왔지만 머리를 흔들며 거상은 계속해서 백무에게 달려들었다. 느릿한 움직임이었지만 그 하나하나에 거력이 담겨 있었다.

"이거 만만한 상대가 아니군. 차앗!"

계속되는 공격에도 거상이 끄떡없자 백무는 멀찌감치 뒤로 물러섰다. 그런 후 거상의 움직임을 눈여겨봤다. 내공이 있다면 모를까 두꺼운 뼈를 뚫고 타격을 가한다는 것은 어려워 보였다.

"여기서 물러설 수는 없지. 저놈조차 상대하지 못한다면 누님을 찾는다는 것은 만용에 불과하다."

한번 붙어보기로 했다. 내공이 없어도 거상을 쓰러뜨릴 수 있어야만이 당민을 구해낼 수 있을 것 같았기 때문이다. 백무의 몸이 붉게 변하기 시작했다.

"차앗!"

팍!

백무의 몸이 허공을 날았다. 삼 장여를 뛰어오른 백무의 몸이 거상의 머리 위에 나타났다.

퍼퍼퍼퍽!

연이어 내질러진 발길질이 한곳에 집중되었다. 거상의 머리 위는 어느새 피투성이가 되었다. 백무의 공격에 살갗이 패인 탓이었다. 두텁던 뼈도 어느새 금이 가기 시작했다.

뿌우우우!

고통스러운 듯 울부짖는 거상의 눈이 붉게 물들었다.

휘이익!

퍽!

고통스러움에 몸부림치며 고개를 휘젓던 거상의 코가 백무를 강타했다. 거상을 공격하느라 미처 피하지 못한 것이다. 바닥으로 떨어진 백무를 향해 거상의 발이 들어 올려졌다. 육중한 체구로 눌러 죽이려는 것이다.

쿵!

간발의 차이로 몸을 굴려 백무가 피하고 난 뒤 거상의 발이 대지를 강타했다.

뿌우웅!

자신의 공격을 피하는 것을 본 거상은 분노에 찬 소리를 질렀다. 거상은 고통으로 이성을 잃고 있었다. 이번 공격은 상당한 타격을 주었던 듯 거상은 몸을 비틀거리며 백무를 향해 다가왔다.

"좋아! 조금만 더하면 되겠다!"

치이이!

백무가 다시 거상을 공격하려 하자 홍아의 입에서 괴음이 흘러나왔다.

"왜 그래?"

치이이이!

날카로운 소리였다. 그것은 경고의 의미가 강했다. 이성을 잃어버린 거상의 공격은 아무리 고수라도 실수하는 날에는 죽음을 부르기에 홍아가 백무를 제지한 것이다.

홍아는 이제 주인으로 섬기기로 한 백무가 거상의 무서움을 모르고 있는 듯 보이자 직접 나선 것이다. 거상들은 한번 목표로 삼으면 죽을 때까지 끝까지 공격한다. 거기다 웬만한 공격으로는 단숨에 쓰러뜨릴 수도 없다.

방금 전의 백무의 공격은 괜찮은 편이었다. 계속해서 공격한다면 거상을 쓰러뜨릴 수도 있어 보였다. 그러나 단숨에 죽인다면 몰라도 그렇지 않을 경우 백무가 다칠 것이다. 백무의 안위를 우려한 나머지 홍아는 자신이 나서기로 한 것이다.

치이이익!

백무를 제지한 홍아는 거상을 향해 경고음을 내뱉었다. 덤빈다면 용서하지 않겠다는 의미였다.

하지만 백무에게 상처를 입어 이성을 잃어버린 듯 거상은 홍아의 경고에도 아랑곳하지 않고 계속해서 달려들었다.

치치치!!

물러만 난다면 공격할 의사가 없었던 홍아는 거상이 이미 제정신이 아니라는 것을 알 수 있었다. 백무의 공격에 광분하기도 했지만 진정한 이유는 자기 때문이라는 것을 알고 있었던 것이다.

휘이익!

홍아는 달려드는 거상을 향해 비쾌하게 날아갔다. 자신을 향해 날아오는 홍아를 보고 위협을 느낀 거상이 코를 맹렬히 휘둘렀다.

휘리리릭!

홍아는 몸을 비틀어 거상의 공격을 교묘히 피한 후 귀를 물었다. 가장 약한 부분이자 피의 흐름이 제일 많은 곳을 본능적으로 문 것이었다.

뿌우우!

참담한 울음이 거상의 입에서 흘러나왔다.

쿵! 쿵!

물린 지 얼마 되지 않아 거상은 비틀거리기 시작했다. 독기가 순식간에 퍼져 몸이 마비되어 가고 있는 것이다.

우르르르르!

거상이 비틀거리자 한쪽에서 우두머리의 승리를 기원하던 다른 코끼리들이 부리나케 장내를 떠나기 시작했다. 이제야 우두머리가 어째서 미친 듯이 달려들었는지, 홍아의 진정한 무서움을 알게 된 것이다.

지축이 울리는 굉음이 밀림 속에 울려 퍼졌다. 십여 마리의 코끼리 떼가 몰려가느라 지축이 흔들렸다. 웬만한 잡목은 뿌리째 뽑혀 나가고 중간 크기의 나무도 허리가 꺾여 버렸다. 공포에 질려 도망치는 코끼리 떼를 그 무엇도 막지 못했다.

"우와! 대단한데! 너, 다시 봤다!"

한 방에 거대한 코끼리를 쓰러뜨리는 홍아를 보며 백무가 엄지를 치켜 올렸다. 그러자 쑥스러운 듯 홍아가 머리를 외로 꼬았다.

"하지만 앞으로는 함부로 나서지 마. 좋은 상대가 될 수도 있었는데, 쩝, 아깝게 됐군."

거상을 상대로 실전 연습을 할 생각이었는데 홍아가 나서는 바람에 기회를 잃어버린 백무가 입맛을 다셨다. 몇 번의 공격이면 거상을 쓰러뜨릴 수도 있었기 때문이다.

백무는 쓰러진 거상에게로 다가갔다. 올려다봤을 때도 컸지만 쓰러진 동체는 더욱 컸다.

"이거 무척이나 큰 놈이군. 이놈의 상아를 뽑아내려면 애 좀 먹겠는걸."

푹!

서걱!

허리에서 검혼비를 꺼내 상아가 박혀 있는 입 주변에 칼집을 내고는 상아를 흔들기 시작했다.

뿌드드득!

어느 정도 흔들리자 백무는 힘을 가해 상아를 뽑아냈다. 그렇게 상아를 뽑아낸 백무는 검흔비를 이용해 뿌리에 달려 있는 핏줄기와 살점을 발라내고 나뭇잎으로 핏기를 닦아 등짐에 넣었다. 대나무로 만들어진 등짐은 상당히 큰 크기였지만 상아를 다 담을 수 없어 뾰족한 끝이 바깥으로 튀어나왔다.

"어디, 코끼리 고기는 어떤가 한번 맛 좀 볼까?"

파르르르!

치이이익!

코끼리 고기를 자르려 하는 백무를 홍아가 제지했다. 절대로 안 된다는 듯 홍아의 기세가 단호했다.

"쩝! 아까운데……. 하지만 할 수 없지, 뭐. 네가 먹지 말라니 먹지 말아야겠지. 이 정도 상아면 어디 가서 굶지는 않을 것 같으니 빨리 밀림을 벗어나야겠다."

홍아의 독에 중독되어 죽은 탓에 먹을 수 없음을 아쉬워하는 백무였으나 이내 미련을 접었다. 그동안 밀림을 헤쳐오며 홍아가 알려준 과일이나 동물들을 먹어왔기 때문이다.

홍아가 알려준 과일과 동물들은 대부분 독물들 같았으나 먹고 나면 활력이 솟았다. 그것 때문인지 연근을 먹고 의식을 잃은 뒤에 느끼는 고통도 많이 줄었다. 거기다 며칠 전부터는 연근을 먹어도 더 이상 의식을 잃지 않았다.

"홍아야, 이제 얼마 남지 않은 것 같으니 빨리 가자."

백무는 등짐을 지고 다시금 뛰기 시작했다. 하루 정도 뒤의 거리에 당민이 자신을 쫓아오는 것도 모른 채 전속력으로 운남을 향해 달려가기 시작했다.

운남으로 들어가는 접경. 밀림이 끝나고 고산지대로 넘어가는 길목에 백무가 홍아를 앞세우고 나타났다.

"히야! 이제야 밀림을 벗어났다! 다 너희들 덕분이다!"

지루했던 밀림이 끝이 났다. 장장 한 달이 넘게 걸리는 길이었지만 드디어 끝난 것이다. 높은 산야가 앞에 놓여 있지만 이제는 밀림을 벗어났다는 성취감에 백무는 발걸음을 멈추고 자신의 눈앞에 펼쳐진 경치를 구경했다.

"이제는 저놈들을 처리해야 하는데 떠나갈 생각을 하지 않으니 걱정이군."

어느덧 운남성에 도착했다는 것을 알 수 있었기에 백무는 고민되지 않을 수 없었다. 자신에게는 별 탈이 없지만 다른 사람들에게 녹린천아사의 독은 매우 위험했기 때문이다. 자칫 독기라도 흘리는 날이면 근방에 참사가 일어날 것이기에 걱정되지 않을 수 없었던 것이다.

"좋은 방법이 없을까?"

백무는 생각다 못해 홍아를 쳐다보며 물었다.

치이이이!

백무의 말에 홍아의 입에서 기음이 흘러나왔다. 그러자 녹린천아사들이 냉큼 백무가 등에 지고 있는 등짐 속으로 들어갔다.

"이렇게 하면 탈이 없을 거란 말이지?"

끄덕끄덕.

백무의 말에 홍아가 고개를 끄덕였다. 사람들이 있는 곳에서는 등짐 속으로 들어가 있으면 된다는 뜻 같았다.

"홍아야, 그렇지만 이놈들이 독기를 함부로 풍기면 곤란하니까 특별한 일이 아니면 그런 일이 없도록 주의를 줘라. 알았지?"

끄덕끄덕.

백무의 염려를 아는 듯 홍아는 고개를 끄덕였다.

치이이이!

백무의 뜻을 알리려는 듯 홍아가 다시 기음을 흘려냈다.

"좋아, 네 수하들 문제는 이것으로 해결됐고, 이제는 인가를 찾아야겠다. 사람들이 놀랄 수도 있으니 인가가 나타나면 너도 내 품으로 들어와 있어라. 너도 독기를 함부로 내뿜지 말고. 알았지?"

끄덕끄덕.

"자, 이제 가자. 생각보다 일찍 도착한 것 같으니 오랜만에 맛있는 것도 먹자. 돈이야 상아가 있으니 어느 정도 마련할 수 있을 것 같으니까, 이번에 한번 배 터지게 먹어보자.”

어느 정도 밀림이 끝났다고는 하지만 인가가 나타난 것은 아니었다. 백무는 방향을 북쪽으로 잡고 다시금 달리기 시작했다.

기온도 확연히 달라진 것이 완연히 운남성에 접어들었기에 인가를 찾으려는 것이었다. 백무의 기분을 아는지 홍아가 앞장서서 다시금 길을 열고 있었다.

나무가 많지 않았기에 달리는 속도는 더욱 빨라졌다. 그렇게 하루가 넘게 달리자 백무는 사람의 흔적이 있는 곳을 발견할 수 있었다. 그것은 사람들이 지나다니기 위해 닦아놓은 관도였다.

“이제 진짜 도착했나 보다. 멀지 않은 곳에 객잔이 있을지도 모르니 얼른 가자.”

관도와 마주친 백무는 관도를 따라 북쪽으로 달리기 시작했다. 백무가 밀림을 벗어나 도착한 곳은 운현(云縣)으로 가는 길목이었다. 운현은 북쪽으로 대리가 가까운 곳에 위치한 현이었다.

第六章

점창파(點蒼派)에서 하산해라!

九劈雷雲

운남은 예로부터 복속시킬 수 없는 대지
라 불리는 곳이다. 중원과는 멀리 떨어져 있는 지리적 여건과
천혜의 환경 때문이다. 중원을 명멸해 갔던 수많은 황조들이
운남을 정복하려 군대를 파견했지만 운남을 지배한 것은 잠
시뿐이었다. 계속되는 저항으로 인해 얼마 안 있어 물러나야
했던 것이다.

　하지만 운남도 중원의 황조에게 복속되었다. 서역까지 휩
쓸었던 원에 의해서였다. 운남에 있던 여섯 개 부족이 세운
대리국이란 왕조가 있었지만 거세게 밀어닥친 원군에 의해
멸망했다. 그렇다고 완전히 멸망한 것은 아니었다. 원에 의해

총관으로 세워진 단가(段家)에 의해 다스려졌던 것이다. 원이 멸망하고 명의 태조인 주원장에 의해 파견된 군대에 의해 대리의 단가마저 무너진 후로 운남은 중원으로 완전히 복속되었다 할 수 있었다.

운남에는 대리석이 유명했다. 점창산 인근에 대리국이 있었고, 그곳에서 질 좋은 돌이 많이 나왔기 때문이다. 돌 속에 산수화 문양이 나타났기에 예로부터 문인들이 대리의 돌을 좋아했다.

운남에는 이런 대리석과 함께 유명한 것이 하나 더 있었다. 바로 점창파였다. 과거 대리국이 멸망하고 그 유족들이 천룡사(天龍寺)가 있었던 점창산(點蒼山)을 중심으로 하여 원에 저항하던 자들에 의해 만들어진 문파가 바로 점창파였다.

원래부터 불교의 색채가 짙었던 자신들의 무공에 도가(道家)의 무공과 보다 실전적인 무학을 가미하여 형성된 문파로 구파일방 중 가장 호전적인 무예를 가지고 있는 곳이었다.

산세가 줄기차게 이어지며 점창파의 위세를 간직하고 있는 점창산은 늦여름으로 접어 들어가는 길목이었다. 산 정상에 흰색 구름이 띠[玉帶雲]를 이루고 있었다. 옥대운으로 인한 산 안개로 시야가 가려 아무것도 보이지 않는 설인봉(雪人峯)의 정상 부근에는 조그마한 초옥이 있었다.

초옥 안에는 침중한 안색을 한 두 사람이 앉아 있었는데,

언뜻 보기에도 두 사람은 사제지간으로 보였다. 머리숱이 거의 보이지 않는 초로인은 자신의 앞에 단정히 무릎을 꿇고 있는 사나이를 향해 입을 열었다.

"곤아."

자못 심각한 어조로 이야기하고는 있지만 자신의 유일한 제자를 바라보고 있는 수인자(守仁子)의 시선은 따사롭기 그지없었다.

"말씀하세요, 사부."

"그놈, 싸가지없기는 예나 지금이나 변함이 없구나."

자신이 기대한 대로 성장하기는 했지만 말투는 여전히 어릴 적 버릇을 버리지 못하고 있었다.

"그렇게 생겨먹은 걸 어떻게 합니까?"

사나이는 이제 갓 약관을 벗어난 듯 어려 보였으나 산만 한 덩치에 굴강해 보이는 안색이 매우 다부져 보였다. 하지만 공손히 앉아 있는 모습과는 달리 말투는 상당히 되바라져 있었다.

"에휴! 이제는 이 사부도 포기했다. 네놈 성격을 어떻게 고치겠느냐? 오늘 너를 부른 것은 이제 그만 본 파에서 드잡이질하는 것은 그만두고 하산시키려는 것 때문이다."

머리를 절레절레 저으며 제자의 성정에 대해 포기한 수인자는 제자인 곤(崑)이 그토록 원하던 하산에 대해 이야기했다.

"정말이요?"

곤은 믿을 수가 없었다. 점창파에 끌려오다시피 한 후 무공을 배운 지 어언 칠 년. 이미 이 년 전에 수인자로부터 배울 수 있는 무공은 이미 다 배웠다. 거기다 격체전력(隔體傳力)을 통해 수인자의 내공까지 거의 다 물려받은 상태였다.

그러나 지난 이 년 동안 수인자는 무림에 나가는 것을 허락하지 않았다. 그리고 점창파의 무공과는 상관없는 것을 가르쳤다. 자신의 무공 수련에 도움이 되기는 했지만 지루함을 참지 못한 곤은 점창파 내에서 크고 작은 사고를 쳤다.

워낙 배분이 높아 문인들이 뭐라고 하지는 않지만, 괴로운 것은 항렬이 낮은 제자들이었다. 방금 전까지만 해도 하산시켜 주지 않는 사부 때문에 점창파 본산에 내려가 한바탕 몸을 풀다 불려온 곤이었다.

'어째서지? 지금 가르쳐 주시는 것도 완전히 연성하지 못했는데…….'

이 년 전 사부의 무공을 대성했음에도 하산시키지 않고 다른 것을 가르치는 것은 다 뜻이 있어서일 것이라 생각하고 있는 곤이었다. 언제나처럼 하산하지 못해 속에 쌓인 내화를 점창파의 본산으로 가 풀다가 끌려온 길이었다.

자주 되풀이되는 일이건만 오늘 자신의 사부인 수인자가 하는 뜻밖의 말에 곤은 곤혹스러움을 감추지 못하고 있었다.

"그래, 이놈아! 이제 이 사부 속 좀 그만 썩히고 하산하라는 말이다. 네놈이 만날 본산으로 내려가 사고를 치는 통에 장문인의 잔소리가 귀에 딱지가 앉을 지경이다.”

“정말이죠? 정말 하산해도 되는 거죠?”

분명 그 이유는 아닐 터이다. 그런 이유라면 사단이 나도 벌써 났을 테니까. 그런데 갑자기 하산하라니 믿을 수가 없는 곤이었다.

“이놈이 속고만 살았나?”

“허참!”

불안전한 무공을 익혔다고 평생 하산시키지 않을 것 같았던 사부의 말이 진정임을 깨달은 곤은 허탈하지 않을 수 없었다.

“사부, 지난 이 년 동안 배운 것은 어떻게 하고요? 지금 그것은 완성된 것이 아니잖아요.”

“맞다. 북명신공을 보완하기 위해 네놈에게 다른 것을 가르치기는 했다만, 원래 본 문의 무예가 아니라서 내가 너를 더 이상 가르친다는 것은 한계가 있다. 네놈이 익힌 본 문의 북명신공(北冥神功)은 네놈도 알다시피 불완전한 무공이다. 비록 이 사부가 여기저기서 얻어들은 것으로 끼워 맞추기는 해서 어느 정도 무공 구실은 하게 됐지만, 엄밀히 말하면 아직도 불완전하다. 네놈이 불완전한 것이나마 대성하기는 했다지만, 반쪽짜리 무공을 완성한 것이기에 아직도 불완전한 것은 마찬가지다. 혹시나 하는 마음에 내가 벗으로부터 얻은 것을 네게 가르치기는 했다. 하지만 내가 익힌 적이 없으니 올바르게 가르쳤다고는 할 수 없을 것이다. 그러니 이번 하산 길에 불완전한 북명신공을 완성해 보거라.”

“에이! 사부도 평생을 매달렸지만 성공하지 못한 것을 제가 어떻게 해요?”

“어허, 이놈이 그래도!”

그동안 무던히 잡으려 아직까지 애를 썼지만 자신의 말에 토를 다는 곤을 보며 안 되는 것이 사람의 본성임을 다시 한 번 깨닫는 수인자였다.

“한 가지 실마리를 잡은 것이 있다. 이 사부가 그동안 연구해 본 바에 의하면 북명신공은 절대로 중원의 무공이 아니다. 이 사부가 서고에서 찾은 원본을 토대로 살펴보면, 그것은 아마도 저 멀리 북방이나 동쪽 지방의 무공이 틀림없다. 연대를 추정해 보면 흉노나 고구려의 무공일 가능성이 크다는 말이다. 그러니 너는 그쪽을 한번 살펴보도록 해라. 인연이 닿으면 진정한 북명신공을 볼 수도 있을 테니 말이다. 내가 지난 이 년 동안 본 파에 비밀로 하고 가르친 것 또한 조선에서 유래된 무예다. 그것이 이제 어느 정도 네놈의 북명신공과 조화를 이루는 것을 보면 내 생각이 틀림없을 것이다.”

“알았어요, 사부.”

말투는 되바라졌지만 곤의 음성은 차분했다. 자신을 가르친 수인자의 오랜 염원을 아는 까닭이었다. 그리고 수인자가 하는 말뜻을 알아들은 것이다.

북명신공이 불완전한 무공이기에 보완을 위하여 무공을 처음 배울 때부터 여러 가지를 가르치는 사부였지만 지난 이 년 동안 배웠던 것이 성과가 제일 컸다. 자신이 지난 이 년 동안 익힌 무공으로 북명신공은 어느 정도 안정을 찾았다는 것을 곤 자신도 잘 알고 있었다.

타 문파의 무공을 익히는 것을 금하는 것이 점창파의 법임에도 수인자가 조선이라 불리는 곳의 무공을 가르친 이유를 알고 있었던 것이다.

"그래, 이제 그만 내려가거라."

수인자는 곤에게 가보도록 했다. 하지만 무엇이 더 남았는지 곤은 미적거렸다.

"왜 가지 않는 것이냐?"

방을 나서지 않는 곤에게 이유를 묻자 곤은 손을 내밀었다.

"노자는 주서야죠."

"이, 이놈이! 내 수중에 어디 한 푼이라도 있는 것을 본 적이 있느냐, 이놈아!"

휘이익!

노성과 함께 수인자의 손이 곤의 머리를 행해 쾌속하게 뻗어졌다. 하산하는 마당에 노화를 지르는 곤의 머리에 혹을 하나 만들어줄 심산이었다. 하지만 수인자의 손은 허공만을 맴

돌았다. 무릎을 꿇고 있던 곤이 어느새 자리를 피한 것이다.

"없으면 말지 왜 때리는 거예요? 가뜩이나 어려서부터 맞아놔서 머리가 돌이 됐는데."

"헛소리 그만 하고 빨리 하산하지 못해!"

"알았어요! 간다니까요!"

수인자의 노성에 뒤로 피하며 문고리를 잡았다.

벌컹!

곤은 방문을 열고 밖으로 나섰다.

휘이잉!

점창산을 감싼 옥대운의 구름 안개가 시야를 가렸다. 하지만 곤은 이러한 옥대운에 기분이 좋아졌다.

"후우!"

숨을 고른 곤은 밖으로 나와 초옥을 향하여 큰절을 올렸다. 지난 칠 년 동안 자신을 가르친 사부에 대한 인사였다.

'사부님의 염원은 제가 꼭 풀어드리겠습니다. 그자에게 당한 수치는 꼭 제가 씻을 것입니다.'

절을 하고 일어선 곤은 뒤돌아 구름 안개 속으로 걸어 들어갔다. 이제야 비로소 사부인 수인자의 숙원을 풀어줄 수 있다는 생각에 묵묵히 설인봉을 내려가기 시작했다.

'사부, 건강해야 합니다.'

파파팟!

곤의 눈에 언뜻 눈물이 비쳤다. 하지만 그것도 잠시, 곤은 경공을 시전해 빠르게 설인봉 밑으로 사라졌다.

곤이 떠나자 방 안에 남아 있던 수인자는 손을 짚어 몸을 끌며 방문 쪽으로 향했다. 보통 사람과는 달리 수인자는 두 다리가 없었다. 지금까지 기다란 장포에 가려져 있었던 것이다. 수인자는 문지방을 잡고는 안개 속으로 사라져 가는 곤의 뒷모습을 바라보고 있었다.

"저놈이 잘해야 할 텐데. 심중에 능구렁이가 수백 마리는 들어앉은 놈이니 잘하겠지. 그자는 섣불리 상대할 자가 아니라는 것을 잘 알 테니 조심은 하겠지만 괜히 복수를 한다고 나섰다간 내 꼴을 면치 못할 테고. 아이고, 모르겠다. 이미 떠난 놈이니 신경 쓰지 말자. 이제는 모두 제 놈이 할 몫이니……."

애써 잊으려 돌아서는 수인자의 눈에도 언뜻 눈물이 비쳤다. 비무에 패하고 다리를 잃으면서도 흘리지 않았던 눈물이다.

"이제 늙었나? 후후! 저놈이 돌아올 동안 아무것이나 해야겠다. 제자 놈 기르는 것은 저놈 하나로 충분하니 이제는 다른 것을 찾아봐야겠다. 그나저나 본 파에 있는 장문인이 날 반겨줄지 모르겠구먼."

탁!

방문이 닫히고, 두 사제의 이별 속에 감추어진 슬픔을 감추려는 듯 설인봉의 정상에는 안개만이 자욱했다.

타타탁!

반 시진도 못 되어 설인봉을 내려온 곤은 따사로운 햇빛을 만끽하며 북으로 노정을 잡았다. 자신의 사부가 알면 기겁할 일이지만, 일단 자신이 상대해야 할 자가 어떤지 살펴보고 싶은 심정에서였다.

"젠장, 노자도 없이 어떻게 거기까지 가지? 일단 운현 쪽으로 가봐야겠다. 얼마간 노자를 구할 수 있을 테니……."

곤은 자신이 어릴 적 놀던 곳인 운현으로 방향을 틀었다. 아직까지 자신이 데리고 있던 수하들이 있다면 노자깨나 얻을 수 있을 것 같아서였다.

피피핏!

곤은 운현을 향해 비쾌하게 움직이기 시작했다. 부드러우면서도 간결한 움직임이었지만 나아가는 속도는 매우 빨랐다. 한 걸음에 이 장여를 건너뛰는 그의 경공은 점창파의 절기라는 비운축영(飛雲逐影)이었다. 날아가는 구름을 쫓는다는 경신법답게 보이지 않는 속도로 관도를 치달렸다.

*　　　*　　　*

"으아! 이제 운남에 다 왔구나. 이제는 옷을 갈아입어야겠지?"

먼 길을 오느라 누더기나 다름없는 행색이었다. 백무는 등
짐 밑에 매어놓은 자그마한 봇짐을 풀었다. 지옥도의 마을에
있을 때 소령으로부터 받은 옷가지였다.

"후후, 잘 있으려나 모르겠군. 한 대인과 같이 있으니 별일
이야 없겠지만……"

소령의 손길이 스친 옷을 입으며 아쉬운 눈빛으로 헤어지
던 얼굴이 떠올랐다. 소식이 끊겼다곤 하지만 별다른 걱정이
들지는 않았다. 한규민의 어떤 실력을 지닌 사람인지 잘 아는
까닭이다.

"홍아야, 어서 이 안으로 들어와라."

새옷으로 갈아입은 백무는 홍아를 자신의 품으로 들어오
게 했다. 날개 달린 무지갯빛 뱀은 사람들의 호기심을 자극할
것이 분명했기 때문이다.

"후후, 오랜만이군."

운현으로 들어선 백무는 좀 낯설기는 하지만 중원의 풍취
가 약간이나마 살아 있는 정경을 보고 무척이나 설레었다. 근
이 년 만에 보는 것이었기 때문이다.

꼬르르륵!

"이놈이 냄새를 맡았나? 벌써부터 신호를 보내네?"

객잔 앞을 지나자 오랜만에 맡아보는 기름 냄새에 뱃속이
요동을 쳤다. 지옥도의 마을에서 머물 때에도 그곳 토속 음식
만 맛보았지 중원의 음식은 거의 먹지 못했기 때문이다. 한

달여간 밀림을 헤쳐 오며 독과나 독물로만 배를 채웠기에 더욱 그랬다.

"이거, 돈이 없는데 어떻게 하지?"

돈이 될 만한 상아가 있지만 팔 수 있을 만한 장소를 알지 못하는 백무는 객잔 앞을 서성였다.

"에라, 모르겠다. 먹고 상아로 셈을 하면 되겠지, 뭐."

회가 동할 정도로 구수하게 풍기는 냄새를 참지 못하고 백무는 객잔으로 들어섰다.

"우와! 사람 많네!"

점심때가 되어서인지 객잔 안에는 사람들로 가득했다. 앉을 자리가 없을 정도였다.

"이거, 나가야 하나?"

"어서 옵쇼!"

빈자리가 없자 백무는 나가야 할지 계속 있어야 할지 망설이고 있다가 자신을 반기는 점소이의 목소리를 들을 수 있었다.

"자리가 없는 것 같은데……."

"아닙니다. 이층에 자리가 있습니다."

"저……."

"왜 그러십니까?"

"돈이 없는데……."

"이 사람이 미쳤나?! 돈이 없는데 이곳에는 왜 들어온 거요?! 누군 흙 파서 장사하는 줄 아나!"

점소이가 고함을 지르며 백무를 윽박질렀다. 당연한 냉대였다. 기분이 좀 나쁘기는 했지만 백무는 점소이의 냉대를 무시하고 등짐을 풀어 내렸다.

"돈은 없고, 이것으로 셈을 하면 어떨지……."

등짐 위로 뾰족하게 솟아오른 것은 상아가 틀림없었다. 그것도 최상급의 상아로 보였다. 크기로 보아 최소로 잡아도 넉넉히 은자 사오백 냥은 너끈히 받을 만한 가치가 있어 보였다.

"상아 아닙니까?"

대번에 점소이의 말투가 바뀌었다.

"식사를 하고 이것으로 셈을 치렀으면 하는데……. 이걸 살 만한 곳이 있으면 알려주는 것도 괜찮고."

"으음, 이건 제가 뭐라고 할 것이 아니군요. 주인 어르신이 나오셔야겠는데요."

점소이는 빠르게 회계대 쪽으로 사라졌다. 운현 쪽에서 이만한 물건을 살 수 있는 사람은 서래객잔(西來客棧)의 주인인 우노대밖에는 없었기 때문이다.

나이만큼이나 아랫배가 나온 우노대가 점소이의 말을 듣고 헐레벌떡 입구로 달려왔다.

"헉! 헉! 후유, 숨차다. 자, 자네가 가지고 있는 상아 좀 보세."

삼 장이 채 못 되는 거리를 달려왔는 데도 우노대는 숨을 헐떡거렸다. 그의 눈은 백무의 등짐을 향해 있었다. 백무는 그의 눈에서 탐욕을 읽을 수 있었지만 아무 말 없이 등짐에서 상아 한 개를 꺼냈다.

"호오!"

상아를 꺼내자 우노대의 입에서 감탄성이 튀어나왔다. 그도 이처럼 잘빠진 상아를 본 적이 없었기 때문이다. 반월형으로 잘 휘어진 삼 척이 넘는 상아는 부르는 것이 값이었다. 거기다 유백색의 빛깔을 띠는 것은 가치가 더했다.

"자자, 여기서 이럴 것이 아니라 이층으로 올라가세."

객잔에 머물고 있는 손님들의 시선이 일제히 자신을 향해 있는 것을 보고 우노대는 백무를 이층으로 이끌었다.

"흥! 우노대가 횡재했군. 저런 상아는 좀처럼 나오기 힘든 것인데 말이야."

"그러게. 또 그 자식들을 부르겠지. 쯔쯔쯔! 저 청년만 안 됐군."

이층으로 올라서는 백무를 보며 몇몇 사람들이 혀를 찼다. 우노대가 어떻게 해서 돈을 벌고 있는지 잘 알고 있는 자들이었다.

'이 작자가 어떤 위인인지 대충 알겠군.'

우노대에게 끌려 이층으로 올라가는 백무는 사람들이 속삭이는 소리를 모두 들을 수 있었다. 또한 이층으로 오르며 우노대가 점소이에게 눈짓하는 것도 놓치지 않았다.

혹산에 있을 때도 몇 번 겪어본 일이다. 하지만 잘하면 제 값을 받을 수도 있겠다는 생각에 아무런 내색 않고 우노대의 뒤를 따라갔다.

'크크! 재미있겠어. 아주 말이야.'

이층에는 손님이 별반 없었다. 몇몇 부유해 보이는 자들이 손님의 전부였다. 우노대는 한쪽으로 백무를 이끌어 비어 있는 탁자에 앉혔다.

"자네가 가지고 온 상아는 아주 훌륭한 것이라네. 보기 드물게 말이야. 하지만 아삼의 말을 들어보니 상아를 팔아야 한다고 그러던데, 내 말이 맞는가?"

"그렇습니다."

"사실 운현 쪽에서는 그만한 상아를 살 만한 사람이 흔치 않네. 몇몇 사람을 제외하면 말이야. 그중 하나가 바로 나라네. 어떤가, 상아를 나에게 팔지 않겠나?"

"얼마 정도 주실 수 있습니까?"

"대략 은자 이십 냥이면 충분하다고 보는데, 어떤가?"

'이 작자가 아주 날로 먹으려고 작정을 했군.'

백무의 가문인 요녕의 백가장은 단순한 무가가 아니었다. 상단 또한 거느리고 있었던 터라 백무는 자신이 가지고 있는 상아의 가치를 충분히 알고 있었다.

백무는 상아를 날로 먹으려 하는 우노대가 어떻게 할 심산
인지 지켜보기로 했다.

'십분지 일도 되지 않는 가격으로 가질 심산이니 아주 날
도둑놈이로군.'

"상아 한 개가 그렇습니까?"

"아니네. 두 개 다 합쳐서라네. 대리 쪽으로 간다면 그나마
조금 더 받을 수 있겠지만, 길도 멀고 하니 여기서 팔고 가는
것이 나을 걸세. 대리에서 판다면 아마도 은자 스물두 냥은
받을 걸세."

거저 먹겠다는 소리나 다름없었다. 되지도 않는 소리를 하
는 우노대를 보며 어떻게 할 것인지 백무는 다시 한 번 떠보
기로 했다.

"좀 싼 거 같군요. 어차피 대리까지 가는 길이었으니 내친
김에 그냥 대리에 가서 파는 것이 낫겠네요."

백무는 말을 마치고 일어서려 했다. 하지만 그보다 빨리 우
노대가 백무의 손을 잡았다.

"허허, 왜 그러나? 내 스물세 냥 쳐줌세. 그거면 대리에서
파는 것보다 훨씬 나을 걸세."

마음에는 조바심이 일었지만 태연한 척 백무를 만류하는
우노대였다.

"으음, 글쎄요."

"그럼 스물다섯 냥 주겠네. 이 정도 가격은 대리에서도 받

을 수 없는 거라네. 어떤가?"

스물세 냥을 주겠다는 데도 고개를 가로젓는 백무에게 우노대는 선심을 쓰듯 두 냥을 더 얹었다.

"아무래도 이곳보다는 대리가 더 큰 곳이니 더 많이 받을 수 있을 것도 같네요. 배가 고프기는 하지만, 그건 가다가 사냥을 해서 해결하면 되니 전 이만 가보겠습니다."

백무는 우노대의 제의를 일언지하에 거절하고 자리를 털고 일어섰다.

"이보게! 어이! 이보게!"

자신을 붙잡으려는 우노대를 뒤로하고 백무는 빠르게 일층으로 내려왔다. 일층으로 내려오자 방금 전까지 시끄러웠던 곳이 조용했다. 입구 쪽에 인상이 험악하게 생긴 자들이 서 있었는데 모두 그들 때문인 것 같았다.

'패거리들을 불렀나 보군. 아주 전형적인 수법이지만 한번 놀아주기로 할까? 후후!'

뒷골목에서 벌어질 법한 상황에 웃음이 나왔지만 참았다. 간만에 느껴보는 것이라 흑산괴룡(黑山怪龍)이라 불렸던 지난날의 추억을 회상하면서 이런 상황을 즐기고 싶었던 것이다.

*　　　*　　　*

"후후, 이제 다 왔군."

설인봉을 내려온 곤은 멀리 운현이 보이자 경공을 멈추었다. 거의 이 년여를 들르지 않은 터라 의제들의 근황이 궁금했던 곤은 발걸음을 빨리했다.

"응?"

운현을 빠져나오는 관도 위로 누군가가 걸어오고 있었다. 무엇을 먹고 있는지 연신 손을 입으로 가져가며 터덜터덜 걸어오고 있었다. 운현을 빠져나와 대리로 향하고 있는 백무였다.

'팔자가 좋은 친구로군.'

대나무로 만든 등짐을 지고 있었다. 허리에서부터 머리까지 기다랗게 생긴 등짐이었는데, 등짐 위로 뾰족이 솟은 것이 인상적이었다.

'저건 상아로군. 노자도 없는데 저거라도 털까? 에이! 그래도 명색이 명문정파에 입문했는데 그럴 수야 없지. 그랬다간 사부 복장이 뒤집어질 텐데…….'

등짐 위로 뾰족하게 튀어나온 것은 상아였다. 색깔로 봐서는 최상의 품질을 가진 것이 틀림없었다. 욕심이 생겼지만 옛날처럼 할 수는 없었다. 이제는 곤 자신도 명문정파의 제자였기 때문이다.

점창파에 대한 애착은 그리 없었지만 무척이나 항렬이 높았기에 자칫 자신의 실수가 사문과 스승의 치욕으로 다가올 수 있다는 것을 알고 있었던 것이다.

"크음!"

지나치는 순간 만두 냄새가 확 풍겨왔다.

'서래객잔 솜씨로군. 빨리 가야겠다.'

지난날 자신의 주식이나 다름없었던 음식 냄새를 잊을 수 없는 곤은 식욕이 당기는 것을 느꼈다. 자신을 지나치는 백무를 멀리하고 운현쪽으로 가는 곤의 발걸음이 빨라졌다.

"이놈들이 잘 있으려나?"

운현으로 들어와 곤이 멈춘 곳은 서래객잔 앞이었다. 자신의 터전이었던 곳이라 감회가 남달랐다.

"여기 왜 이래?"

오랜만에 볼 사람들에 대해 기대를 가지고 객잔 안으로 들어선 곤은 난장판이 벌어진 것을 볼 수 있었다. 일층에 있던 탁자는 거의 다 부서지고 의자도 거의 남아 있는 것이 없었다. 무림인들이 들이닥쳐 난리를 피운 것 같은 모습에 곤의 검미가 꿈틀거렸다.

"감히 점창의 코앞에서 이런 짓을 벌이다니!"

자신의 구역이었던 곳이 난장판으로 변한 모습을 보며 화가 난 곤은 주위를 둘러보았다. 한쪽 구석에서 계란으로 눈주위를 굴리고 있쭌 아삼을 볼 수 있었다.

"아삼! 아삼!!"

"어? 곤 형님!"

아삼은 자신을 부르는 소리에 입구를 쳐다보다 잊을래야

잊을 수 없는 얼굴을 볼 수 있었다. 운현의 붙박이라면 누구나 알고 있어야 할 곤을 보고는 득달같이 달려왔다.

"이것이 어떻게 된 일이냐?"

"그러니까 말이죠, 얼마 전……."

아삼은 곤이 서래객잔에서 벌어진 상황을 묻자 손짓발짓을 섞어가며 설명하기 시작했다.

*　　　*　　　*

뚜벅뚜벅!

백무는 입구를 향해서 걸었다. 두툼해 보이는 날이 시퍼렇게 선 대감도를 들고 서 있는 자들이 입구를 막고 있었지만 아무 일 없다는 듯 걸어갔다.

이층에서 다급하게 백무를 따라 뛰어내려 왔던 우노대는 적패(赤狽)라 불리는 무리가 백무를 막고 있는 모습을 보며 걸음을 멈췄다.

'쯔쯔! 그렇게 그냥 좋게 말할 때 팔고 갈 것이지. 그나저나 저놈들이 왔으니 온전히 나 혼자 먹기는 다 틀렸군.'

수입의 삼분지 일은 줘야 하지만 그래도 많이 남는 장사였다. 우노대는 적패가 앞으로 어떻게 할지 뻔하기에 내려오는 계단 난간 밑에 서서 적패들이 어떻게 할지 지켜보기로 했다.

턱!

“잠깐!”

한쪽 귀가 잘려 나가 없고 칼에 의해 난 상처가 마치 뱀이 기어간 듯 눈가에 남아 있는 자가 지나쳐 나가려는 백무를 붙잡았다.

“왜 그러는 거지?”

“이번에 우리 상단에 도둑이 들어서 말이야. 그놈이 이곳에 머물고 있다는 정보가 들어와서 그러니 잠깐만 조사를 받고 가지? 도둑으로 오해받지 않으려면 말이다.”

이대로 가면 도둑으로 취급해 버리겠다는 듯 상처로 험상궂은 얼굴을 한 자가 인상을 구기며 백무를 위협했다.

“난 지금 무척 바쁜데. 워낙 갈 길이 멀어서 말이야. 그러니 조사할 것이 있으면 빨리 끝내도록.”

동안이지만 상당한 덩치였다. 반말을 하는 것이 조금 걸리기는 했지만 조금 있으면 손이 발이 되도록 빌 터이다.

“좋아, 그렇다면 너부터 조사하도록 하지. 우리도 급하니까 말이야.”

백무는 순순히 등짐을 내려놓았다. 사나이는 대감도의 도면으로 다리춤을 툭툭 치며 등짐에서 상아를 꺼내 들었다.

“이건 어디서 난 거지?”

“거상을 잡아 내가 뽑아온 건데 당신과 무슨 상관이 있는 건가?”

“호오! 거상(巨象)을 잡아? 네가?”

“그런데 왜? 잘못된 거라도 있나?”

“후후, 네놈이 죽으려고 거짓말을 하는구나. 토끼 새끼도 아니고 네놈이 거상을 잡아? 이건 분명 우리 상단에 보관되어 있던 것이 틀림없다. 이실직고하면 용서해 줄 테니 사실대로 말해라. 누구나 한 번쯤은 실수를 할 수 있으니 네가 자백한다면 용서해 주도록 하마.”

사나이는 인상을 쓰며 백무를 노려보았다. 같이 있던 두 명도 에워싸듯 백무를 포위하고는 험악하게 인상을 구겼다. 상단 것이라고 시인하면 그냥 보내주겠다는 뜻이 분명했다.

흉악한 꼴을 당하지 않으려면 알아서 갖다 바치라는 협박이 분명했지만 백무는 순순히 따르고 싶은 생각이 없었다.

“어떻게 하지? 분명 이 상아의 원래 주인인 거상은 내가 잡았거든. 어떻게 잡았는지 한번 보여줄까?”

“이놈이 어디서! 거짓말을 해도 분수가 있지, 죽으려고 환장을 했구나! 어디 한번……!”

퍽!

“큭!”

칼자국이 난 사나이의 말이 끝나기도 전에 그의 턱에 백무의 팔꿈치가 작렬했다. 서 있는 자세 그대로 아무런 기척 없이 올라간 팔꿈치는 정확하게 사나이의 턱을 강타했던 것이다.

콰직!

“커억!”

아래턱뼈가 부서지며 사나이는 허물어지듯 뒤로 쓰러졌다. 골을 뒤흔드는 충격에 일순 정신을 잃은 것이다.

쿵!

"처음엔 이렇게 한 방 먹이고 말이야."

휘이익!

퍼퍽!

사나이를 박살 낸 백무의 신형이 돌며 자신을 포위하고 있는 두 사람의 명치를 양손을 이용해 권으로 쳤다.

"크윽!"

"억!"

두 사람은 배를 부여잡으며 쓰러지듯 앞으로 넘어졌다.

"이렇게 연속으로 패니까 잡을 수 있던데. 이제 알았나, 거상을 어떻게 잡았는지 말이야?"

자신이 잡지는 않았지만 거상을 어떻게 잡았는지 설명하면서 자신을 감싸듯 에워싸고 있던 자들을 모두 쓰러뜨린 백무는 손을 털며 등짐을 지었다.

"저… 저럴 수가!"

세 명이 눈 깜짝할 사이에 바닥에 누웠다. 적패 무리 중에서 인상이 가장 험악한 자들이 왔다. 그렇다고 인상만으로 먹고사는 약한 자들은 아니었다. 무림인은 아니지만 완력과 주먹, 그리고 칼 쓰는 것에 일가견이 있는 자들인 데도 모두 한 방에 쓰러져 버린 것이다.

덩치는 어른처럼 커 보였지만 말하는 것이나 동안인 것으로 봐서는 이제 갓 소년 티를 벗은 것 같은 백무에게 적패 무리가 모두 나가떨어지자 우노대는 놀라지 않을 수 없었다.

쾅!

하지만 놀람도 잠시, 객잔 문이 열리며 누군가 들어오자 우노대의 안색이 활짝 펴졌다. 칠 년 전 운현 일대를 지배하던 괴물이 점창파로 끌려간 후 그 뒤를 이어 적패 우두머리가 된 노삼(魯三)이 들어서고 있었기 때문이다.

어디서 배운 것인지는 모르겠지만 제법 괜찮은 권법을 구사하는 노삼은 흑도 방파들도 함부로 건드릴 수 없을 만큼 운현 일대에선 알아주는 건달패였다.

"이놈의 자식들이!"

우노대의 부탁으로 수하들을 먼저 보냈다. 그러다 오랜만에 나타난 물건이기에 직접 온 노삼은 객잔 바닥에 뒹굴고 있는 수하들을 보자 열이 받았다. 적패의 위신이 떨어지면 운현 일대에서 장사를 해먹기 곤란했기 때문이다.

"네놈이 그랬냐?"

칠 척이 넘는 장신인 노삼이 백무를 내려다보며 입을 열었다. 육 척이 넘는 백무도 올려다보아야 할 정도로 육중한 체구였다.

"그런데 왜? 이자들이 당신 꼬붕이야?"

자신을 빤히 쳐다보며 말하는 백무를 보며 노삼은 자존심이 상했다. 죽으려고 환장했다면 모를까, 운현 일대에서 자신에게 이런 식으로 말할 수 있는 자는 없었기 때문이다.

"죽으려고 환장했군."

"그런 말은 저자들도 하던데……."

"뼈다귀를 자근자근 분질러 놔야 말을 들을 놈이로구나."

"자신있으면 어디 한번 해보시든가?"

무엇을 믿고 저러는지 모를 일이었다. 수하들이 쓰러진 모습으로 봐서는 무공을 배운 듯해 보였으나 그렇다고 해서 기죽을 노삼이 아니었다.

팡!

느닷없이 손이 뻗어 나왔다. 아무런 예고 동작도 없이 백무의 안면을 향해 권을 내지른 것이다. 그러나 노삼의 권은 백무를 맞출 수 없었다. 고개를 젖혀 일 촌 정도 거리만 남기고 피한 것이다.

파파팡!

공기를 압축하는 파공음이 들리자 노삼은 연이어 삼 권을 뻗어냈다. 손끝에 걸리는 감각이 없자 연이어 뻗어낸 것이다. 하지만 두 번째 손속도 무위로 돌아가기는 마찬가지였다.

"제법 하는군. 차앗!"

슈슈숙!

발이 날아왔다. 길게 휘둘러진 장도처럼 발끝으로 내미는 공격은 무림인이라도 피하지 못할 정도로 쾌속했다. 손에 이어 발까지 사용하자 상체만 움직여 피하던 백무는 좌우로 움직이며 노삼의 공격을 피해냈다. 노삼의 빠른 공격만큼이나 쾌속한 움직임이었다.

'제법이네?'

무척이나 잘 닦인 권법이다. 뒷골목에서 굴러먹은 자의 솜씨가 아니다. 소림오권과 탄공신을 수련하면서 어느 정도 권각의 요체를 깨달은 터라 노삼의 움직임이 평범하지 않다는 것을 알 수 있었다. 명가의 숨결이 배어 있는 권법이었던 것이다.

휘이익!

콰직!!

쾅!

콰지지직!

일층 객잔 안의 기물이 부서져 나갔다. 이리저리 피하고 있는 백무를 맞추지 못하자 엄하게도 주변의 기물들이 피해를 입은 것이었다.

"으아아아!"

두 사람의 격돌로 인해 객잔 안에 있던 손님들이 비명을 지르며 모두 바깥으로 피했다. 자칫 부서지는 파편에 맞기라도 하면 중상을 입을 것이 틀림없었기 때문이다.

"차앗!"

자신의 공격을 연이어 피하자 노삼은 기합을 지르며 다가들었다. 권각이 전보다 더 빠르게 난무했다. 비록 백무를 맞추지 못하고는 있었지만 그의 모습은 고수의 풍모를 보이고 있었다.

슈슈슉!

타타탁!

빠른 속도로 다가와 연이어지는 노삼의 발길질에 백무는 손으로 노삼의 발을 쳐냈다. 점점 빨라지는 노삼의 각법을 신형만 움직여 피하기는 힘들었기 때문이다.

'이자, 대단한 자다. 결코 이런 곳에 있을 자가 아니다.'

많은 내공을 쌓은 것 같지는 않았다. 고작해야 이삼십 년 수준이었다.

하지만 명가의 숨결이 배어 있는 노삼의 권법은 다른 무림인들이 가지지 못한 것을 가지고 있었다. 형식에 얽매이지 않고 살아 있는 듯 백무의 움직임에 반응한다는 것이었다. 칠척이 넘는 커다란 덩치로 이 정도까지 움직일 수 있다는 것이 믿을 수 없을 정도였다.

그것은 한규민이 설명해 준 보신경과 권의 요체와도 같았다. 내공은 일천하지만 타격점에 내력을 싣는 것 또한 일품이었다. 이러한 노삼의 공세는 두세 배의 내력을 가지고 있다고 하더라도 쉽게 당해낼 수 있는 것이 아니었다.

쑤우욱!

노삼의 공격을 피하던 백무의 신형이 이층으로 올라가는 계단 쪽으로 날아가듯 옮겨졌다.

"재미있군. 그 정도면 이런 뒷골목에서 썩을 실력은 아닌 것 같은데."

"네놈도 만만한 실력이 아니구나. 저 새끼가 좋은 물건이 왔다고 하더니만, 크크, 이건 좋은 물건이 아니라 골치 아픈 화(禍)가 굴러들어 온 것이었군. 우노대, 끝나고 나 좀 보자."

"후후, 역시 그렇게 된 것이로군."

탁!

백무는 말이 끝남과 동시에 자신의 뒤에서 떨고 있는 우노대의 멱살을 잡았다.

휘이익!

쿵!

우노대의 신형이 그대로 들렸다. 꽤나 몸무게가 나갈 것 같은 우노대의 신형이 가볍게 휘둘러지며 일층 바닥으로 나가떨어졌다.

"으악!! 아이고!"

'이 사람 웃기네. 별반 충격도 없었을 텐데 엄살은. 버릇을 고쳐 놔야지, 안 그랬다가는 큰일 낼 사람이다.'

엄살을 피우는 모습이 닳고닳은 사람이다. 남의 물건을 강탈하는 것을 밥 먹듯이 하려는 것을 보니 버릇을 고쳐 놓을 필요가 있었다.

"엄살은 그만 떨고 이제 일어나지?"

"이, 이놈이 사람 죽인다, 사람 죽여!!"

우노대는 순간적으로 머리를 굴렸다. 노삼도 당하지 못하는 것을 보면 실력자가 틀림없었다. 말하는 것 하며 행동거지로 보아 뒷골목을 굴러먹던 자는 아닌 것 같았기에 엄살을 피우기로 한 것이다.

"참, 이거 안 되겠군."

백무는 우노대의 멱살을 틀어쥐고 들어 올렸다. 커다란 덩치가 순식간에 딸려 올라왔다.

"은자 삼사백 냥이 넘는 물건을 스물다섯 냥에 그냥 날로 먹으려고 했나?"

퍽!

"크윽!"

"그리고 그것도 모자라 사람을 불러들여 강탈하려 하고."

퍽!

"커억!"

"내가 이렇게 조용조용 나오니 물로 보였냐?"

퍽!

"끄윽!"

조용한 목소리로 말하며 우노대의 이마만 집중적으로 가격하는 백무의 모습에 노삼은 등골에 식은땀이 흐르는 것을 느꼈다. 조용한 음색에 싸늘한 눈빛으로 가격하는 모습을 보고 있자니 마치 자신이 우노대가 된 것 같은 기분이 들었던 것이다.

'이런, 어떤 놈이란 말인가? 정말 오늘 똥 밟은 것인가? 제길! 재수도 우라질나게 없군.'

자신의 공세를 막아내는 것이 보통이 아니었다. 마지막에 자신의 공세를 손으로 쳐낼 때는 다리가 저려올 정도였다. 내공을 실은 것 같지도 않았는데 손 부분이 붉게 변하면서 자신에게 충격을 준 것이다.

공격도 하지 않고 방어만 했음에도 지금 다리가 저려 움직이기 불편할 정도니, 정식으로 대결하면 자신이 박살나는 것은 시간문제였다. 백무의 공격을 감당할 자신이 없었던 것이다.

"에이! 벌써 기절했네."

쿵!

백무가 손을 놓아버리자 주먹에 맞아 이마가 전설의 삼봉(三峰)처럼 시퍼렇게 툭 튀어나온 우노대가 바닥에 쓰러졌다.

"거기!"

백무가 손가락으로 노삼을 가리켰다. 뜨끔하는 마음이 들었지만 애써 모른 척 주위를 둘러보는 노삼이었다.

"어이! 나랑 한판 붙은 아저씨!"

"나?"

"내 상아를 날로 먹으려고 했으니까 이제는 그 대가를 받아야겠지?"

휘이익!

말이 끝남과 동시에 백무의 신형이 날았다. 단번의 도약으로 노삼 앞에 이른 백무의 손이 산을 밀어내듯 뻗어갔다.

팡!

"크음!"

엉겁결에 손을 들어 올렸지만 평소와 같이 내력을 손에 집중했음에도 밀려오는 충격을 해소치 못한 노삼은 신음을 삼켰다. 백무가 밀어낸 백호추산(白虎推山)의 초식은 그로서는 감당하기 힘든 것이었다.

비록 내력이 깃들어 있지 않았지만 강력한 각력에 의해 앞으로 튕겨지듯 날아온 몸의 무게와 허리부터 타고 올라온 전사(纏絲)의 힘이 충격을 준 것이다.

자신과의 거리가 삼 장.

그리 길지 않은 거리였지만 한 번의 도약으로 이 같은 충격을 주는 백무의 공격을 보며 노삼은 자신이 오늘 실수했다는 것을 절실히 느낄 수 있었다.

휘이익!

퍼퍼퍽!

"헉!"

자신을 가격하고 뒤로 물러나는 백무의 발이 턱을 향해 날아오자 위험을 느낀 노삼은 손을 뻗어 그것을 막아냈다.

“으… 으으!”

손이 저려왔다.

‘으… 으… 저 무공은 혹시… 대형이 말하던…….’

방금 전에도 단삼 자락 속의 다리가 붉게 변하는 것을 본 것 같았다. 비록 내력이 실려 있는 것 같지는 않지만 정확하게 맞는다면 죽음을 면치 못할 위력이었다. 이러한 위력을 낼 수 있는 무공은 자신이 알고 있는 한 단 하나밖에 없었다.

파팡!

뒤로 물러서며 바닥을 짚은 백무가 다시 달려들었다. 노삼은 공격을 방어하느라 얼얼해진 자신의 손에 내력을 주입해 막아야 했다.

펙!

이번에는 권이나 각이 아니었다. 어깨로 들이치는 강력한 충격이 팔을 타고 몸 안으로 밀려들었다.

“크… 어억!”

휘이익!

쿵!

콰지지직!

양손으로 막았지만 견디지 못한 노삼이 허공을 날아 벽면에 부딪쳤다. 목재로 만들어진 객잔의 벽이 부서져 나가며 노삼은 바닥을 뒹굴었다. 바닥으로 쓰러진 노삼은 이미 충격으로 정신을 잃은 듯 움직이지 않았다.

"후후, 주범들은 됐고, 이제 종범들 차례인가?"

백무가 장내를 둘러보았다. 노삼을 따라온 적패 패거리들 십여 명과 계산대 뒤에 숨어 도망갈 눈치만 보고 있는 점소이까지 모두 손봐줄 자들이었다.

저벅저벅!

웬만한 무림인을 상대로도 그리 쉽게 지지 않는 노삼이 쓰러졌다. 적패 무리는 백무가 자신들을 향해 오자 사신이 오는 것 같은 기분을 느꼈다. 대호를 만난 늑대들처럼 오금을 펴지 못했다. 백무의 몸이 붉게 변하기 시작하자 더욱 두려워진 그들은 주춤주춤 물러나기 시작했다.

팡!

진각을 밟는 소리가 경쾌하게 울려 퍼졌다.

퍼퍼퍼퍽!

연이어지는 타격음. 사방으로 날아오르는 인영들. 붉은 빛줄기처럼 허공을 뛰어오른 백무의 발길질에 적패 무리는 객잔 여기저기로 나동그라졌다.

"다음!"

점소이를 불러냈지만 검에 질린 듯 아삼은 계산대 뒤에서 나오지 않았다.

"안 나오면 두 대다."

그때서야 머리를 내미는 아삼의 눈은 공포로 질려 있었다.

붉게 변한 몸을 하고 있는 백무가 마치 마신처럼 보였다.

퍽!

백무의 주먹이 아삼의 오른쪽 눈을 가격했다.

꼬르르륵!

쿵!

비명 소리조차 없이 뒤로 넘어가는 아삼은 계산대에 부딪친 뒤 바닥으로 떨어졌다.

"후후, 이제 끝났군."

자신의 상아를 탐낸 자들을 모두 쓰러뜨린 뒤에야 백무는 등짐을 지고 객잔을 나섰다. 나오는 길에 다른 손님이 미처 먹지 못하고 남겨놓은 만두 몇 개를 들고 나오는 것을 잊지 않았다. 자신에게 힘을 쓰게 만든 대가라 생각한 것이다.

*　　　*　　　*

곤은 장황한 아삼의 설명을 통해 서래객잔이 난장판이 된 사연을 알 수 있었다. 그리고 자신이 운현 쪽으로 오면서 본 사람이 범인이라는 것도 확인할 수 있었다.

바로 쫓아가고 싶었지만 해야 할 일이 있기에 자신의 의제들부터 찾아가야만 했다. 언제든지 쫓을 수 있다는 자부심의 발로였다.

"정말 마신(魔神) 같았다니까요. 피처럼 붉게 물든 몸하며 붉은 눈동자. 노삼 두목이 그렇게 쓰러질 줄 어떻게 알았겠어요."

"삼이는 어디 있느냐?"

"어디 있긴요, 의방에 데려다 눕혀놨지. 주인 어르신도 거기 있을 거예요."

"알았다."

"거기 가시게요?"

"그래. 넌 소홍주 몇 병만 가지고 오너라. 그놈을 쫓아가려면 갈 길이 멀 것 같으니……."

"알았어요, 대형!"

곤은 아삼이 소홍주를 가지고 오자 받아 들고는 서래객잔을 나서서 의원으로 향했다. 운현의 유일한 의원인 장이(張二)의 집은 서래객잔에서 걸어가면 반 각 정도 걸리는 곳이었다.

얼마 시간이 지나지 않아 곤은 장이의 의방에 당도했다. 의방이라기에는 초라할 정도로 작은 집 마당에는 건장한 사나이들이 바닥에 누운 채 신음을 흘리고 있었다. 백무에게 얻어맞은 적패 무리였다.

의방으로 들어선 곤은 대청마루에서 치료를 하고 있는 장이에게로 다가갔다. 대청에는 두 사람이 누운 채 정신을 잃고 있었다.

"괜찮은 거냐?"

"어, 대형 오셨소?"

장이는 곤을 반갑게 맞았다. 오랜만에 오는 것이지만 오는 날이 장날이라고, 노삼이 맞아 누워 있는 꼴을 보면 날뛸 것이 분명하기에 장이는 곤혹스러웠다.

"그래, 삼이가 당했다며?"

"벌써 알고 오신 것이오?"

"아니다. 오는 길에 서래객잔에 들렀다."

"그랬군요. 당해도 더럽게 당했소. 이대로라면 한 여섯 달은 꼬박 누워 있어야 할 팔자 같소."

점창파에서 어느 정도 성질을 고친 것인지 날뛰지 않는 곤을 보며 장이는 남몰래 안도의 한숨을 내쉬었다. 누가 뭐라해도 이번 일은 노삼의 잘못이었기 때문이다.

곤이 명문정파에 든 이상 전과 같은 행동을 해서는 안 된다는 것을 잘 알고 있기에 이전처럼 성질을 낸다면 골치 아파지기 때문이다.

"그래, 아삼에게 모두 들었다. 한 놈이었다며?"

"그런 것 같소. 이놈이 쉽게 당할 놈이 아닌데 이 정도로 깨진 것을 보면 예사 고수가 아닌 것은 분명하오, 대형."

"그렇겠지. 삼이가 내공심법을 배운 지 얼마 되지 않지만 귀상문(鬼上門)은 이미 절정고수를 능가하고도 남으니까. 그런데 삼이가 언제쯤 깨어날 것 같으냐?"

아삼에게 들은 말대로라면 궁금한 것이 많았다. 자신이 생각하는 것이 맞는지 알아야겠기에 노삼이 언제쯤 정신을 차릴지 물었다.

"조금 있으며 정신을 차릴 거유. 그런데 웬일이유, 일 년에 한 번 볼까 말까 한 양반이?"

마지막으로 본 지 이 년이 넘어가는지라 운현에 어쩐 일로 온 것인지 장이가 물었다. 마지막에 들렀을 때 자신의 사부에게서 중요한 마지막 수련을 한다고 못 올지도 모른다고 했었던 것이다.

"하산했다."

"하산이요? 대형 사부가 절대로 하산 안 시켜준다면서……. 혹 도망쳐 나온 거요?"

자신들이 있는 곳에 들를 때마다 절대로 하산을 안 시켜준다면서 깽판을 부리고 갔던 곤인지라 장이는 곤의 말이 곧이 들리지 않았다.

"후후, 정말이다. 이제는 힘에 부친다며 사부가 하산하란다. 배울 것도 이젠 다 배웠고."

"하하하! 아무튼 축하하우. 그리 원하던 것이니 말이우."

곤의 말이 사실로 여겨지자 장이는 진심으로 축하해 주었다. 사부가 점창산에서 하산시켰다면, 그만큼의 성취를 얻었음이 분명했기 때문이다.

"그토록 하산을 원하기는 했는데 아직 얼떨떨하다."

"뭘 그러우? 이제 대형의 꿈을 펼칠 수 있게 됐는데."

"하긴."

자신의 말대로 아직 하산한 것에 대해 실감을 하지 못하는 곤이었다.

"끄으웅!"

두 사람이 이야기를 하는 도중 정신이 드는지 노삼이 신음을 흘렸다.

"정신이 드는가 보우."

"삼아, 정신 차려라."

"으… 으… 누… 구… 크으… 대… 대형께도 연락이 간… 거요?"

시간이 얼마 지난 것 같지도 않은데 곤이 눈앞에 보이자 노삼은 조금 놀란 것 같았다.

"아니다. 하산해서 오는 길이었다. 그런데 어떻게 된 일이냐?"

"크으! 저 자… 식이 엄한 물… 건을 물어오는 바람에……."

온몸이 부서질 듯 아픈 가운데도 옆에 정신을 잃고 누워 있는 우노대가 그렇게 얄미울 수가 없었다.

"그 이야기는 들었다. 널 작살 낸 놈 말이다. 아삼 이야기로는 그놈의 몸이 붉게 변했다는데, 사실이냐?"

노삼을 치료할 방법은 이미 가지고 있기에 곤은 백무에 대
해 물었다.

"크… 으… 그… 건 모르겠소, 대형. 으으… 나… 와 대결
할 때는 손하고 발… 만 붉게 변했으니까 말… 이오."

"으음."

'아삼이라는 놈이 허풍을 떤 것인가?'

예전부터 자신이 본 사실을 과장하여 말하기를 좋아하던
아삼이다. 아마도 적패 무리가 당한 사실을 부풀려 말한 것
같다는 생각이 들었다.

"알았다. 상처가 중하니 그만 좀 쉬어라."

"죄… 송해요, 대형."

"후후, 승패는 병가지상사다. 앞으로 그럴 일은 없을 테니
우선 몸조리부터 해라."

"알… 았어요, 대형."

"그리고 너는 나 좀 보자."

곤은 노삼을 미안해하는 뒤로하고 객청 마루를 나섰다. 장
이에게 할 말이 있어서였다. 장이는 굳은 안색으로 자신을 부
른 곤의 뒤를 따랐다. 표정으로 보아 자신을 따로 보자고 한
것을 보면 중요한 애기인 것 같았다.

"붉게 변하는 게 어때서 그러는 것이우?"

장이는 집 뒤로 돌아가는 곤에게 노삼의 말에 실망스러운

표정을 짓던 이유가 무엇인지 물었다. 평소 성격대로라면 그런 표정을 지을 사람이 아니었기 때문이다.

"그럴 일이 있다."

"저놈들이 그러던데, 삼이 녀석을 쓰러뜨리고 난 뒤에 그 자의 몸이 갑자기 피를 칠한 듯 붉게 변했다고 합디. 아삼 녀석 말로는 마치 피를 흠뻑 뒤집어쓴 마신(魔神)이나 다름없었다고 하던데……."

장이는 자신이 치료하며 적패 무리에게 들었던 이야기를 곤에게 말해주었다. 곤의 표정으로 보아 중요한 일인 것 같았기 때문이다.

"그 말이 정말이냐?"

"궁금하면 저놈들에게 물어보시구랴. 틀림없이 그렇게 말했으니 말이오."

"어디."

곤은 장이의 말에 돌아서더니 마당으로 가 적패 무리에게 객잔에서 일어난 일들에 대해 물었다. 장이가 말한 것처럼 노삼을 박살 낸 자가 몸이 붉게 변했다는 것은 사실인 것 같았다.

'혈영마공(血影魔功)! 혈영마공이 틀림없다!'

곤은 자신의 생각이 틀림없다는 것을 확신할 수 있었다. 마교에서도 전설로만 존재하는 신비의 혈영마공이 나타났음을 확신한 것이다.

곤은 사실을 확인한 후 기분 좋은 표정으로 다시 집 뒤편을 향해 걸어갔다. 장이는 무엇인지 모르지만 중요한 일 같아 보였다. 전보다 곤의 표정이 한층 밝아져 있는 것이 그것을 증명했다. 곤이 웃을 때면 뭔가 벌어지고 있는 것이 틀림없었기 때문이다. 도대체 몸이 붉게 변한 것이 무슨 상관인지 장이는 궁금증을 참을 수가 없었다.

"대형, 그자가 붉게 변한 것이 대형과 무슨 상관이 있는 거요?"

"아무래도 그자가 익히고 있는 것이 혈영마공 같다."

"혈영마공이요? 그건 대형이 전에 이야기해 준 것이 아니오? 세상에 다시없을 마공이지만 마교에서도 절전된 것 같다고 하지 않았소?"

혈영마공이라는 소리에 장이는 기겁했다. 혈영마공에 담긴 가공스러운 사연을 잘 알고 있는 까닭이었다.

"그랬지. 하지만 삼이나 적패 무리의 말이 사실이라면 그자가 보여준 것은 틀림없이 혈영마공이다. 갑자기 붉게 변하는 피부는 혈영강기를 끌어올린 것이고, 일수에 노삼을 이렇게 만든 것을 보면 틀림없다. 혈영마공은 익힐 수만 있다면 마교의 교주 위에도 충분히 오를 수 있을 만큼 강한 무공이니까. 으음, 안 되겠다. 그만 가봐야겠다."

"그자를 찾으러 가려는 것이오?"

급히 서두는 것을 보니 노삼을 박살 낸 자를 찾으러 갈 모양이다.

"그래, 어디로 향했는지 행방을 찾아야겠다. 그자를 찾고 나면 돌아올 테니 떠날 준비를 해놓도록 해라."

"떠날 준비요?"

전부터 약속된 일이었지만 장이로서는 너무도 뜻밖의 일이었다. 하산하자마자 자신들이 계획하고 있던 일을 시작하려는 곤의 마음을 알 수 없었다.

"그래. 이제부터 본격적으로 시작해야 하니까."

"삼이가 이 모양인데 그게 가능한 이야기요? 앞으로 여섯 달은 누워 있어야 하는데……."

장이의 말에 곤은 품속을 뒤졌다. 그리고 조그마한 상자 하나를 꺼내 장이에게 내밀었다. 곤이 장이를 부른 진정한 이유는 이 상자를 건네주기 위한 것이었다.

"밀운단(密雲丹)이다. 어렵게 구한 것이니 너와 삼이가 복용해라. 이거면 삼이의 상처도 금방 나을 것이다. 남들 눈에 띄게 하지 않는 것 잊지 말고."

장이의 귀로 곤의 전음이 파고들었다. 장이는 상자를 받아 들며 고개를 끄덕였다. 곤의 말이 무슨 뜻인지 잘 알기 때문이었다.

'얻지 못할 줄 알았는데 대형이 성공했구나.'

상자를 잡은 장이의 손이 가볍게 떨렸다. 앞으로 자신들의 복수는 물론 꿈을 펼칠 기반이었기 때문이다.

밀운단은 점창파의 진산지보였다. 복용하면 일 갑자의 내공을 얻을 수 있는 것으로, 점창파의 수뇌부를 제외하고는 세상에는 전혀 알려지지 않은 물건이다.

밀운단은 사연이 있는 물건이었다. 대리국이 원에 의해 멸망당하자 대리 왕실에서는 왕국을 부활시키기 위해 고수들을 양성하기로 했다. 막대한 돈을 들여 영약을 구하고, 왕실과 인연이 깊은 천룡사와 힘을 합쳐 비밀리에 만든 것이 바로 밀운단이었다.

몇 번의 실패를 거듭하고 밀운단이 완성된 것은 거의 백여 년이 지나서였다. 하지만 대리 왕실에서는 밀운단을 사용할 수 없었다. 명을 건국한 주원장의 군대가 대리 왕가를 완전히 멸망시켜 버렸기 때문이다.

대리 왕실에 전해지지 못한 밀운단은 천룡사의 스님들에 의해 저항 세력으로 흘러들어 갔고, 그것은 다시 점창파로 흘러들었다. 그렇게 흘러든 밀운단은 십여 개였고, 대대로 점창파의 장문인만 복용해 왔던 것이다. 밀운단은 다른 문파의 영단과는 달리 벌모세수의 효과까지 있어 점창파에서는 이 사실을 철저히 비밀에 부쳤다.

그러나 이십여 년 전 점창파가 발칵 뒤집히는 사건이 일어났다. 네 개 남은 밀운단이 장문인의 비밀 처소에서 감쪽같이 사라진 것이다. 점창파의 장문인인 유인자(流仁子)는 너무도 놀랐다. 그렇다고 물건이 물건인지라 대놓고 찾을 수도 없었다. 할 수 없이 장로들과 더불어 수년 동안 비밀리에 찾았지만 찾을 수가 없었던 물건이다.

이제는 유인자의 지병으로 자리 잡은 밀운단의 행방불명은 점창파에서는 잊혀져 가는 사실이었다. 그런데 사라졌던 밀운단이 장이의 손에 놓여진 것이다.

장이는 전대의 인연으로 이러한 사실을 알고 있었다. 장이의 선대가 밀운단을 만드는 일에 참여했고, 밀운단을 복원하려는 점창파 장문인의 의지에 따라 그의 아버지도 복원 작업에 참여했기 때문이다.

장이는 곤이 점창파에 들어가기 전 밀운단에 대해 이야기해 주었다. 밀운단이 점창파를 떠나지 않았을 것이라는 것이 그의 판단이었기 때문이다. 불가능하리라 여겼건만 이십여 년 전에 사라진 밀운단을 곤이 가지고 온 것이다.

"나는 빨리 그놈을 찾으러 가봐야겠다."

"알았소. 몸이나 조심하시오. 삼이 놈은 깨끗하게 치료해 놓을 테니 걱정하지 말고 말이오. 삼이가 다 나으면 대형과의 약속대로 그곳에 가 있겠소. 준비해 놓고 있을 테니 일을 마치는 대로 그리로 오시오."

"알았다. 너만 믿으마."

곤은 의방을 나섰다. 백무를 찾기 위해서였다. 마교로 찾아가는 것에 약간이나마 부담을 느끼고 있는 곤이었기에 반드시 백무를 찾아야 했던 것이다.

혈영마공이라면 마교주인 암천신마(暗天神魔) 혁련추(赫連錘)의 암천신마공(暗天神魔功)과 더불어 마교에서도 수위를 다투는 강기 무공이었다. 그런 혈영마공과 자신의 무공을 비교해 본다면 앞으로의 일을 판단할 수 있었기 때문이다.

하지만 곤은 자신이 진 것에 창피함을 느껴 노삼이 한 가지 사실을 말하지 않았다는 것을 알지 못했다. 막대한 내공이 필요한 혈영마공이건만 백무에게는 내공의 그림자도 찾아볼 수 없었다는 것을 노삼이 말하지 않았던 것이다.

나중에서야 그 사실을 알게 되었지만 이것으로 적혈마신, 또는 흑산괴룡이라 불리게 될 백무와 북명천공(北冥天公)이라는 무명을 드날리게 될 강곤(姜崑)의 인연이 시작된 것이다.

第七章　사해표국(四海鏢局)！

九劈雷雲

타타탁!

왜소해 보이는 인영이 빠른 속도로 경공을 발휘하고 있었
다. 거대한 밀림이 끝나고 난 뒤 산야를 내려온 인영은 백무
의 뒤를 쫓아온 당민이었다.

"하아! 운남으로 들어섰으니 이제는 묘강을 완전히 벗어나
버렸구나. 무아의 흔적이 끊어져 버리다니……."

한 달여 가까이 추적해 온 당민은 끊어져 버린 백무의 흔적
에 당혹감을 감출 수 없었다. 이제는 찾아낼 방법이 전혀 없
었던 것이다.

"그 작자가 한 달만 빨리 만년설련실을 내줬어도 이런 일

은 없었을 텐데. 만약 무아에게 무슨 일이라도 생긴다면 마교고 뭐고 가만두지 않으리라."

바람도 불지 않건만 당민의 옷이 부풀어 올랐다. 백무를 놓친 데 대한 노여움 때문이었다. 백무를 완전하게 치료하기 위해서 필요로 했던 만년설련실을 얻었다.

하지만 만년설련실을 가지고 있던 자가 주는 시기를 뒤로 미루는 바람에 일을 그르치게 되어 화가 난 것이다. 아무리 천하의 마교라 하더라도 일전을 불사할 태세였다.

"으음, 화풀이는 뒤에 해도 충분하다. 지금은 무아를 찾는 일이 급하니. 흔적이 사라진 이상 무아를 찾으려면 도움을 얻는 수밖에……. 어쩔 수 없이 삼노를 만나봐야 하는 것인가?"

운남으로 들어왔지만 백무의 흔적을 완전히 놓쳐 버린 당민은 다시 묘강으로 발걸음을 돌렸다. 자신과 같이 백무를 추적하고 있는 미치광이 삼인방을 찾아가기 위해서였다.

밀독천의 삼노(三奴)라면 분명 백무를 찾을 방법이 있을 것임을 알고 있었기 때문이다. 묘강을 떠나지 못하게 했던 금제가 사라진 이상, 그들의 도움을 얻는 것이 지금으로서는 최선의 방법이었다.

하지만 묘강으로 다시 발걸음을 옮기는 그녀에게서는 주저하는 모습이 역력했다.

당민이 묘강으로 다시 발걸음을 옮기고 있을 무렵, 백무는 관도를 따라 대리로 향하고 있었다. 상아를 팔아 십만대산으로 갈 동안 필요한 노자를 마련하기 위해서였다.

"우걱우걱!"

백무는 입으로 연신 무엇인가를 씹고 있었다. 서래객잔에서 챙겨 가지고 나온 만두였다. 이 년여가 되도록 입에 대보지 못했던 만두 맛은 기가 막힐 정도로 꿀맛이었다.

"끄윽! 잘 먹었다."

흘러나온 트림만큼이나 포만감에 젖은 백무는 관도를 따라 천천히 걷고 있었다. 뱃속에 들어간 만두의 포만감을 만끽하고 있었던 것이다.

"쯧! 그나저나 아까 그 사람, 굉장하던데……."

백무는 입맛을 다시며 운현을 빠져나와 관도 위에 들어선 후 처음 본 곤이 생각났다. 하마터면 자신이 느낀 기운에 목으로 넘어가던 만두가 걸릴 뻔했던 기억을 되새긴 것이다.

적혈신에 대해 알고 난 후 처음 느껴보는 강력한 힘이었다. 조금 불안하기는 했지만 소용돌이치는 거대한 강물처럼 모든 것이 혼돈으로만 보이는 기운이 곤에게서 느껴졌다.

"역시 강호는 겪어봐야 하는 것인가? 나보다 몇 살 더 먹어 보이지도 않던데……. 언제나 나는 그런 힘을 갖게 되는지. 후후, 남의 것에 부러움을 느끼다니 아직도 멀었군. 누님의 행방도 모르는 마당에 말이다."

곤이 가지고 있는 힘은 분명 내공이었다. 그것도 강호에서 보기 드문 특별한 내공을 소유한 것이 틀림없었다. 부러운 마음이 드는 백무였지만 곧 내공에 대한 욕심을 버렸다. 지금은 내공을 얻는 것보다 당민을 찾는 것이 우선이었다.

"으차! 우선 누님을 찾아야겠지. 일단 대리로 가서 상아를 팔고 난 뒤, 마교가 있다는 십만대산을 찾아가야겠다. 그나저나 시간이 지나도록 안 오시는 것을 보면……. 누님에게 별일이 없어야 할 텐데……."

강호에는 십만대산이 둘이었다. 광서성 서북쪽에 위치한 십만대산과 마교가 자리 잡고 있다는 십만대산이었다. 광서성의 십만대산이 십만 개의 봉우리를 이루어 세인들에게 그 이름이 심어졌다면, 마교가 있다는 십만대산은 좀 다른 이유에서 붙여진 이름이다.

정, 사, 마를 포함한 강호의 모든 문파들로부터 경원시되는 마교는 그 이름만큼이나 무수한 고수들이 포진되어 있었다. 그렇게 십만이 넘는 고수들이 즐비하게 포진되어 있다고 해서 일명 십만마교라 불리는 곳이었다.

백무는 중원의 서북쪽에 위치해 천하의 하늘이라는 천산산맥 어느 한 자락에 둥지를 틀고 있는 마교를 향해 발걸음을 재촉했다.

"먹을 것도 다 먹었으니 이제 한번 달려볼까?"

타타타탁!

배가 어느 정도 꺼지자 백무는 관도를 따라 달리기 시작했다. 점점 달라지는 몸으로 인해 내공이 없음에도 그 빠르기는 경공을 시전한 것처럼 무척이나 빨랐다.

이곳까지 오는 동안 백무는 몸을 움직이면서 탄공신과 소림오권의 오의를 잊지 않았다. 근육 하나하나, 움직임 하나하나에 뜻을 담고 마음을 움직였던 것이다. 밀림을 지나오며 한 수련의 성과였다.

고통을 줄이기 위해 행하던 호흡법은 이제 몸이 알아서 할 정도로 완전히 굳어 있었다. 또한 연근을 먹어도 이제는 기절하거나 고통스럽지 않았다. 연근을 먹고는 오히려 그동안 몰랐던 몸의 상태를 확연히 알 수 있었다. 자신의 몸이 완벽하게 다른 것으로 바뀌었음을 느끼고 있었던 것이다.

슈슈슉!

백무가 대리를 향해 달리기 시작하고 반 시진이 안 되어 누군가가 나타났다. 운형을 나서서 백무를 쫓아온 곤이었다. 백무가 대리로 향하는 관도로 갔다는 것을 알기에 바로 쫓아온 것이다. 바람을 타고 흐르는 구름마냥 소리없이 관도를 달리던 곤은 어느 순간 발걸음을 멈추었다.

"여기서부터는 달려갔구나."

대리 쪽으로 향하는 관도는 인적이 그리 많지 않았다. 운현 쪽으로 오며 마주쳤던 짧은 단삼의 백무가 분명 혈영마공을 익힌 이라고 생각했다.

그런데 이상하게도 관도에는 깊은 발자국이 남아 있었다.
마치 진각을 밟은 듯 깊게 파인 발자국의 간격은 거의 사 장
이나 되었다.

슈슈슈슉!!

백무의 흔적을 찾은 곤은 다시금 경공을 시전에 뒤를 쫓았
다.

'특이한 경공을 사용하는 놈이로군. 이렇게 계속해서 자국
을 남겼다는 것은 내공이 이미 신화경에 달했다는 소리인
데……'

점점 더 오해가 깊어지는 곤이었다. 일정한 간격으로 계속
해서 발자국이 찍혀 있었다. 그것도 몇 번은 이해가 가지만
대리로 향하는 동안 계속해서 그런 발자국이 남아 있었던 것
이다.

파파파팟!

"홍아, 너도 기분이 좀 이상하지?"

사람이 없는 터라 품에서 나와 자신의 옆에서 날고 있는
홍아를 보며 자신의 이상한 느낌을 이야기했다. 누군가 자신
을 추적하고 있다는 것을 느낀 것이다. 운현에서 대리로 향
한 지 반나절. 이각 전부터 뒤쪽에서 느껴지는 기운이 점점
더 가까워지고 있었다. 자신이 운현을 나서며 본 곤의 기운

이 분명했다.

"그 사람이 왜 날 쫓아오는 것이지? 쳇! 귀찮은 건 질색이
니 최고 속도다, 홍아."

점점 가까워지는 기운의 주인공이 누구인지 알 것 같았다.
운현을 빠져나오며 처음 만났던 자가 틀림없었다. 혼돈으로
가득 찬 기운을 가지고 있던 곤을 기억해 낼 수 있었다.

무서운 것은 아니지만 그런 자와 맞붙어봤자 손해 볼 것이
분명했다. 분명 피를 볼 것이 분명했기 때문이다. 그것도 자
신의 피를. 당민을 찾아가는 여정에 지장이 있어서는 안 되겠
기에 땅을 박차 발걸음을 빨리했다.

치이이!

쉬이이익!

백무의 물음에 홍아가 대답을 하고는 조금 전보다 빠른 속
도로 날기 시작했다. 홍아 또한 자신들을 뒤따르고 있는 기운
의 정체를 느낀 것 같았다.

파파팟!

백무의 달리는 속도도 더한 층 빨라졌다. 보통 사람이 본다
면 붉은색의 화살을 쫓는 회색의 그림자만 보일 정도로 빠른
속도였다.

슈슈숙!

잠시 후 백무가 속도를 높인 곳에 곤이 나타났다.

'이런, 눈치를 챘나 보군.'

발자국의 간격이 갑자기 오 장여로 늘어나 있었다. 이렇게 갑자기 속도를 높였다는 것은 자신의 추적을 눈치 챘다는 말이다.

'그렇다고 내가 놓칠 줄 아느냐?'

자신의 기척을 알아차릴 정도의 고수라는 생각에 곤은 호기가 일었다. 사부의 비무 금지로 이제까지 제대로 된 비무를 할 수 없었던 곤이다. 이대로 놓칠 수는 없었다.

부아아앙!

곤 또한 자신이 낼 수 있는 최대의 속도를 내기 시작했다. 뒤처지는 공기의 파장이 뽀얀 먼지를 휘날리게 할 정도로 빠른 속도였다.

대리로 가는 관도에 난데없이 추격전이 벌어졌다. 강호에서 경공으로는 제일이라는 개방의 만리추풍개(萬里秋風丐)가 보았다면 입이 벌어질 만큼 빠른 속도였다.

곤과 백무가 추격전을 벌이고 있는 시점에 당민은 묘강의 외곽에서 밀독천의 삼노를 기다리고 있었다.

"지금쯤 올 때가 되었는데……. 꼭 봐야 하나? 휴우! 무아를 찾으려면 어쩔 수 없지."

삼노는 자신과는 뗄래야 뗄 수 없는 인연을 가지고 있었다. 다시는 보고 싶지 않은 자들이었지만 백무를 찾아야 하기에 어쩔 수 없이 기다리고 있는 것이다.

"왔군."

희미하게 느껴지는 기척과 독향, 그리고 비릿한 냄새가 삼노의 기척을 알려왔다.

부스럭!

"엉?"

"왜 그래?"

녹린천아사에게 매달려 앞서가던 사천이 멈추어 서자 뒤를 따르고 있던 암연이 이유를 물었다.

"처, 천주!!"

암연은 놀라 자빠질 지경이었다. 사천이 멈춘 이유를 알았기 때문이다. 십여 년 전 자신을 버리고 도망친 천주가 틀림없었다. 앳된 모습은 사라지고 완숙미가 풍기는 여인으로 자라났지만, 그의 눈에는 어릴 적 당민의 모습이 눈에 들어왔다.

암연은 그대로 자빠지듯 오체투지했다. 극경의 예를 갖추고 있는 것이다. 더할 나위 없이 뚱뚱한 그가 엎어지자 사방으로 낙엽이 비산했다.

"으음!"

밀광 또한 놀라고 있었다. 묘강을 벗어날 수 없는 금제가 있었기에 찾지 못한 천주였다. 그런데 금제가 풀리고 난 첫 행보에서 십여 년 전 사라진 천주가 갑자기 나타나다니 놀라지 않을 수 없었던 것이다.

“으… 허엉! 천주!! 흑흑!!”

녹린천아사에 매달린 사천이 격정을 이기지 못하고 난데없이 눈물을 터뜨렸다. 그로서는 다시는 당민을 보지 못할 줄 알았던 탓이다.

“뚝!!”

다 큰 노인이 어린아이처럼 대성통곡하며 눈물을 흘리는 모습이 좋게 보일 리 없었다. 당민은 아이를 달래듯 사천이 눈물을 그치도록 했다.

“뚝!”

뚝 소리에 마치 어린아이처럼 닭똥 같은 눈물을 그치는 사천을 보며 당민은 머리를 짚었다. 예나 지금이나 변하지 않은 모습 때문이었다.

“암연도 얼른 일어나요.”

“처, 천주!”

감격에 겨운 듯 암연의 눈동자는 기쁨으로 가득 차 있었다.

“세 사람 모두 잘 있었나요?”

“잘 있었습니다.”

천주 자리가 싫다며 도망간 당민이 자신들의 눈앞에 나타나자 의혹이 가득한 밀광이었다. 도망간 이유를 잘 알기에 그녀가 이곳에 나타날 이유가 없었던 것이다.

‘처녀로 늙어 죽을 수 없다며 도망간 천주가 이곳에 나타나다니, 혹시 마음이 바뀌기라도 한 것인가?

"또 쓸데없는 생각을 하는군요. 밀광이 생각하는 그런 이유로 떠났던 것은 아니니 그런 생각은 하지 말아요. 그나저나 이곳까지 온 것을 보면 금제를 푼 것 같군요."

이미 모든 것을 알고 있는 당민이었지만 모르는 척했다. 자신들을 보고도 모른 척했다는 것을 삼노가 알게 된다면 뒷감당을 할 자신이 없었기 때문이다.

"그렇습니다, 천주. 다행히 막내가 독밀자령과를 발견하여 첫 번째 금제를 풀 수 있었습니다."

밀광은 독밀자령과를 복용하여 묘강을 벗어날 수 없다는 금제를 푼 사실을 이야기해 주었다. 독밀자령과를 복용함으로써 독기가 균형을 이루어 몸 밖으로 배출되지 않게 되었다는 사실을 밀광이 침을 튀겨가며 설명했다.

"그토록 구하기 힘들었던 목밀자령과를 찾을 수 있었다니 정말 다행이군요."

당민은 모든 것을 알고 있었지만 밀광의 말에 맞장구를 쳐 주었다.

"천주, 그런데 천주께서는 이곳에 어쩐 일이오?"

"남동생을 찾기 위해 왔어요."

"남동생이요? 혹시 이거?"

밀광이 오른손 약지를 들어 보였다. 애인이 아니냐는 소리였다. 언제나 당민의 이성 문제에 대해서 민감하게 반응하거나 너무 앞질러 나가는 밀광이었다.

'으이그! 저 변태적 기질은 하나도 안 변했군.'

"그게 아니에요. 그 아인 의동생이에요. 그 아이를 찾자면 세 사람의 도움이 필요해서 묘강으로 들어서는 중이었어요."

당민의 능력을 잘 알고 있는 세 사람은 고개를 갸웃거렸다. 그 정도로 자신들을 찾을 천주가 아니었던 것이다.

"우리들의 도움이 필요하다니, 그게 무슨 말입니까?"

"그래요. 그 아이를 찾으려면 삼노의 도움이 필요해요. 왜냐하면 그 아이가 적혈잠원대법을 시전받았기 때문이에요."

"헉!"

"진짜였군."

"사실이네요, 형님!"

세 사람이 놀라고 있었다. 지금까지 자신들이 쫓아왔던 백무의 실체가 진짜 적혈잠원대법을 시전받은 사람이라는 사실에 세 사람은 입을 다물 줄 몰랐던 것이다.

밀독천 역사상 수없는 노력에도 불구하고 실패해 왔던 것이다. 그런데 불가능하리라고 생각했던 것이 마침내 이루어졌기 때문이다.

"처, 천주, 정말 성공한 겁니까?"

대법의 성공 여부를 묻는 밀광의 목소리가 떨렸다. 만약 성공했다면 자신들의 두 번째 금제가 풀리는 것이었기 때문이다.

"반."

"반이요?"

성공이면 성공이지 반이라는 말이 이상했다. 적혈잠원대법의 특성상 그럴 수 없었기 때문이다.

"아직 반반이에요. 처음 적혈잠원대법을 시전하기 전에 그 아이의 상처가 중해서 다른 치료와 병행해서 그런 거예요. 그러니 그 아이를 빨리 찾아야 해요. 잠원이 격발된 것 같으니 빨리 찾지 않는다면 천추의 한을 남길 수도 있어요."

천추의 한이라는 말에 밀광의 눈이 빛을 뿜었다. 절대로 그런 일이 일어나서는 안 되었기 때문이다. 지금까지처럼 한가하게 뒤쫓을 상황이 아니었던 것이다.

"막내야, 서둘러라! 소천주를 빨리 찾아야 한다! 어서!"

잠원이 격발되었다는 말에 밀광은 사천을 다그치며 서둘렀다.

"알았어요, 형님."

사천 또한 상황을 짐작한지라 품에서 사밀소를 꺼내 들었다.

삐이이이!

삐리리!

급한 음색으로 피리 소리가 울려 퍼지자 녹린천아사의 날갯짓이 부산해졌다.

"됐어요. 어서 가시죠, 천주. 헤헤, 제 아이들이 전속력을 낼 테니 놓치지 않도록 해야 할 겁니다.”

어린아이 같은 웃음을 흘리며 사천이 재촉했다. 전속력으로 달리는 녹린천아사의 속도는 제아무리 경공 재간이 뛰어난 자라도 쫓기 힘든 것이었기 때문이다.

“잠깐 기다려라!”

사천의 재촉에 밀광은 잠시 멈추도록 했다. 그리고는 품을 뒤져 작은 자색의 병을 꺼냈다.

“피곤해 보입니다, 천주. 우선 이걸 드십시오.”

왠지 느끼해 보이는 말투를 흘리며 밀광이 자색 병을 내밀었다.

“고마워요.”

속 보이는 짓이었다. 어릴 적부터 자신을 바라보는 끈적끈적한 눈빛이 심상치 않았던 밀광이다. 자신에게 잘 보이려 한다는 것을 알고 있는 당민이었지만 급한 처지였기에 자색의 옥병을 받아 들었다.

꿀꺽!

병을 열고는 통째로 들이켰다. 원기 회복에는 그만이라는 자령천화(紫靈天花)의 수액이었다. 긴 시간 동안 백무를 쫓으며 쌓였던 피로가 조금씩 가시기 시작했다.

“됐어요. 이제 가요.”

파르르르!!

홍아의 냄새를 추적하고 있는 녹린천아사들이 날개를 퍼

득였다. 백무의 흔적을 쫓아 선도하기 위해서였다.

네 마리 녹린천아사가 사천을 끌어올렸다. 그의 몸에 달린 작은 쇠사슬이 마치 개 줄처럼 녹린천아사의 허리에 달려 있었던 것이다. 사천의 앞에는 녹린천아사 한 마리가 방향을 잡으려는 듯 그의 손에 꼬리가 잡혀 있었다.

쉬이익!

네 사람은 빠른 속도로 날기 시작한 녹린천아사의 뒤를 쫓기 시작했다.

'천주도 돌아왔고, 거기다가 소천주까지. 헤헤, 너무 잘됐다.'

자신의 아이들이 백무의 흔적을 쫓자 사천은 옆에서 달리고 있는 당민을 쳐다보았다. 언제나 어머니 같은 당민의 모습을 지켜볼 수 있다는 사실이 너무도 기뻤다.

'역시 아무것도 변하지 않았어. 어린아이 같은 사천, 나만 보면 떨기만 하는 암연, 그리고 느끼한 밀광까지……. 아이고, 머리야! 내가 정말 실수한 것은 아닌지 모르겠다.'

사천의 시선을 느끼며 암울해지는 당민이었다. 나머지 두 사람도 자신을 바라보고 있었기 때문이다. 가진 바 능력도 경천동지할 지경이지만 괴팍한 성격들 때문에 더욱 골치 아픈 사람들이라 머리가 지끈거리는 당민이었다.

네 사람은 빠르게 백무의 흔적을 쫓았다. 마을이 보이기 시작하자 움직임이 빨라졌다. 백무의 흔적을 느낀 듯 부산한 녹린천아사들은 멀리 보이는 객잔을 향해 빠르게 날아갔다.

쾅!

난데없이 문짝이 부서져 나갔다. 얼마 전 곤욕을 치른 우노대는 간이 떨어지지 않았나 자신의 몸 주위를 살폈다.

"헉!"

놀라지 않을 수 없었다. 몸 주위를 살피다 눈앞에서 파르르 날개를 떨며 날고 있는 녹색의 뱀을 본 때문이었다.

'우와! 땡잡았다!'

놀란 것도 잠시, 우노대의 눈이 빛나기 시작했다. 묘강에서도 찾아보기 힘든 영물 중의 영물이 자신의 눈앞에 있다는 것이 뇌리에 인식되자 우노대의 눈이 빛났던 것이다.

묘강에서 나는 특산물을 취급하는 장사꾼답게 먹으면 죽은 자의 거시기도 일으켜 세운다는 전설의 뱀을 알아본 것이다. 거기다 한 마리도 아니고 세 마리나 눈앞에서 날고 있다.

'이게 꿈은 아니겠지. 인간사 새옹지마라더니, 그 미친놈에게 당하고 어떻게 하나 걱정이었는데……'

하지만 그것은 우노대의 착각이었다. 녹린천아사를 남자의 양기를 보하는 데 으뜸으로 치는 전설 속의 녹령사와 착각한 것이다. 눈앞에서 날고 있는 녹린천아사가 자신이 알고 있는 녹령사와는 전혀 다른 극악한 독물이라는 것을 알지 못하고 있는 것이다.

벌써부터 자신에게 들어올 은자를 생각하며 꿈에 부푼 우노대였다. 하지만 가게를 고치기 위해 부산했던 소리가 일시에 잦아들었다는 것은 알지 못했다.

'왜 이렇게 조용하지?'

녹린천아사를 쳐다보다 의아한 생각이 들자 우노대의 눈길이 돌아갔다. 객잔의 문을 거의 절반이나 거덜내고 들어온 네 사람이 보였다. 그리고 퍼덕이며 날고 있는 수많은 녹린천아사도.

'우와! 재신이 굴러들어 왔다, 재신이!'

우노대는 알지 못했다. 오늘이 자신의 평생에 가장 재수없는 날임을. 그리고 자신의 눈앞에 서 있는 네 사람이 얼마나 무서운 존재인지를 모르고 있었다.

"천주, 저놈 몸에서 소천주의 냄새가 난다는데요?"

팟!

사천의 말이 끝나기도 전에 밀광의 신형이 번개같이 움직였다. 당민에게 잘 보이기 위한 몸짓이었다.

"어디로 갔냐?"

"헉!"

우노대는 이번에는 간이 입 밖으로 튀어나왔는지 살펴야 했다. 눈 깜짝할 사이에 자신의 눈앞에 나타난 존재가 누구인

지 생각난 것이다. 줄기줄기 녹광을 뿌리는 밀광의 눈을 보며
절대로 입 밖에 내서는 안 되는 존재들을 떠올린 것이다.

'이, 이자들은 미, 밀… 독천 사람들이다.'

꿀꺽.

마른침이 목으로 넘어가고, 언제나 더운 날씨를 유지하는
운남이었지만 고뿔이 든 것처럼 으슬으슬 떨려왔다. 거기다
가 갑자기 아랫도리가 따뜻해지는 것을 느낄 수 있었다. 공포
에 질려 그만 실례를 한 것이다.

"이놈이!! 내 말이 말 같지 않나!"

당민에게 잘 보이려고 나서기는 했지만 대답은 안 하고 오
줌만 지리는 우노대를 보며 밀광이 노성을 터뜨렸다.

"밀광, 저분은 겁에 질려 있어요."

삼노는 모르겠지만 묘강과 운남에서 밀독천의 위상이 어
느 정도인지 잘 아는 당민이었다. 백무와 만난 적이 있는 것
으로 보이는 우노대는 자신들이 누구인지 아는 것 같았기에
당민이 밀광을 제지한 것이다.

"걱정하지 말아요, 당신을 해치는 일은 없을 테니. 그냥 우
리의 질문에 대답만 해주면 돼요."

'서, 선녀다.'

자신의 귓전으로 들려오는 말이 그렇게 달콤할 수가 없었
다. 악마의 사신이라는 밀독천의 사람을 이렇게 다루는 것을
보면 자신이 살 수도 있다는 생각에 우노대는 급히 머리를 조

아렸다.

"서, 선녀님, 살려주십시오!"

"알았어요. 살려줄 테니 걱정하지 말아요."

"고, 고맙습니다, 선녀님!"

"물어볼 말이 있어요. 얼마 전 이곳에 앳되어 보이는 청년이 오지 않았나요? 몸이 붉어지는 특징이 있는데……."

'그 악마 같은 놈? 설마 저 선녀 같은 분하고 관계가 있으려고. 아마 그 악마 같은 놈을 잡으러 온 것이 틀림없다.'

나름대로 생각을 굴린 우노대는 당민이 악마 같은 백무를 잡으러 온 것이 틀림없다고 생각했다.

"왔었습니다요. 그 핏속에 절은 악마 같은 놈이 우리 객잔을 이렇게 부숴놓았습니다. 그리고 그것도 모자라 제 머리를 이 모양으로 만들어놨습니다."

우노대는 봐달라는 듯 아직도 시퍼렇게 부기가 가라앉지 않은 이마를 가리켰다.

"어디로 갔나요?"

"대리 쪽으로 간 것 같습니다. 두 시진 전에 점창파 사람이 쫓아갔으니 아마도 지금쯤 잡혔을지도 모르겠습니다."

"점창파?"

"예, 여기서……."

우노대는 말을 이을 수가 없었다. 당민이 어느새 밖으로 나가고 있었던 것이다.

"서, 선녀님!"

당민이 나가고 있건만 눈앞의 사신은 나갈 생각을 안 하고 있었다. 갑자기 오한이 든 우노대는 우는 목소리로 당민을 불렀다.

펵!

순간 눈앞에 별똥이 어른거렸다. 백무에게 맞은 자리를 밀광이 다시 주먹으로 친 것이다.

"꼬르르륵!"

고통과 충격 속에 우노대는 정신을 잃었다.

"이놈이 소천주를 악마라고 해? 너, 운 좋은 줄 알아라! 천주만 아니었다면……."

우노대는 정말 오늘 운이 좋은 날이었다. 전음으로 들려온 당민의 당부가 아니었다면 밀광의 손에 한 줌 독수로 사라질 운명이었던 것이다.

밀광은 우노대를 간단히 손봐주고는 당민의 뒤를 따랐다.

"두 시진 전이라고 했으니 빨리 쫓아가면 될 겁니다, 천주."

"그래요. 빨리 쫓아가야겠어요. 점창파의 무인이 쫓고 있다면 무아가 위험할 수도 있어요."

"알겠습니다."

다시 녹린천아사가 앞장을 서고, 네 사람이 그 뒤를 쫓기 시작했다. 점창의 무인이 백무를 쫓는다는 말에 마음이 급해진 당민이었다. 떨고 있는 우노대의 눈빛에서 점창의 무인이 충분히 백무를 잡을 수 있을 것이라는 자신감을 읽은 때문이었다.

'잠원이 격발되었다면 언제 위험한 상황을 맞을지 모른다. 일류고수 수준은 되겠지만, 그자의 눈빛으로 보아 무아를 쫓아간 자는 상당한 실력의 소유자가 분명하다. 만약 그자와 대결하다가 잠원이 완전히 깨어난다면……. 으음, 생각하기도 싫은 일이다.'

추적하면서 살핀 바로는 잠원이 격발되고 난 후 계속해서 깨어나고 있는 중이다. 사람의 원천지기와 영혼의 힘인 잠원이 모두 깨어난다면 백무가 견딜 수 있는 것은 고작해야 한두 달. 그런 후엔 소멸만이 찾아올 뿐이다.

그전에 막아야 했다. 잠원의 힘을 온전히 담을 수 있는 육체의 완성을 이루어야만 불균형이 불러오는 육신의 붕괴를 막을 수 있는 것이다.

당민 일행이 객잔을 떠날 무렵, 곤 또한 백무를 빠르게 쫓고 있었다.

슈슈슉!

탁!

　백무를 쫓으며 비운축영을 극성으로 펼치던 곤은 문득 멈추어 섰다. 멀리 보이는 대리의 외곽을 형성하고 있는 성이 그의 발걸음을 멈추게 한 것이다.

　"후우! 그 자식, 무지하게 빠르네. 역시 전설의 마공을 익혔다는 것인가? 비운축영을 최대한 펼쳤는 데도 잡지를 못하다니 말이야."

　점창산 일대의 옥대운 속을 뚫으며 익힌 경신법이 비운축영이었다. 점창산의 각 봉우리를 덮고 있는 옥대운. 앞을 분간할 수 없는 구름 안개 속을 달리며 익혀온 비운축영으로도 백무를 잡을 수 없음에 곤은 앞서 간 백무의 능력을 인정한 것이다.

　"하지만 그놈의 얼굴을 알고 있으니 그나마 다행이다. 복장도 특이한 놈이니 얼마 지나지 않아 찾을 수 있을 것이다. 크크, 유 사질은 잘 있나 모르겠군. 일단 대리로 들어가면 유 사질에게 부탁해야겠다."

　대리로 들어갔다면 찾은 것이나 마찬가지였다. 그곳은 점창파의 터전이나 마찬가지였기 때문이다.

　"크크, 며칠 전에도 갔었는데 유 사질이 놀라지나 않을는지 모르겠군. 그렇게 경을 쳤으니……."

　곤도 몇 번 와본 곳이었다. 자신이 잘 아는 사람이 대리에 있었기 때문이다. 점창파의 속가제자가 운영하는 운남제일의 표국인 사해표국(四海鏢局)이 대리에 자리 잡고 있었던 것이다.

사해표국은 전장을 겸하고 있는 대리에서는 가장 큰 상단을 보유하고 있기도 했다. 사해표국의 국주가 그에게는 사질이 되기에 빠른 시간 내에 백무를 찾을 수 있음을 상기한 것이다.

호성하(護城河)가 주위에 흐르는 대리는 성곽으로 둘러싸여 있었다. 명의 태조인 홍무제 때 조성된 것으로, 성안에 들어서면 남북으로 갈라진 도로를 따라 청색의 기와를 얹은 집들이 즐비하게 늘어서 있는 곳이었다.

"그놈을 찾으려면 빨리 가봐야겠다."

대리에 들어오자 마음이 급해진 곤은 걸음을 빨리해 사해표국을 찾았다. 커다란 현판이 쓰여 있는 사해표국에는 접객을 위해 마련된 별도의 객청이 있었다.

'헉! 저놈이?'

객청 안으로 들어선 순간 곤은 놀라지 않을 수 없었다. 자신이 힘들게 뒤쫓아온 백무가 안에 있었기 때문이다.

'빨리도 쫓아왔군.'

백무 또한 객청 안으로 들어서는 곤을 보고 놀랐다. 자신을 추적해 올 줄은 알았지만 이렇게 빨리 볼 줄은 몰랐기 때문이다. 백무는 아무런 내색도 하지 않고 앉아 있는 탁자에 놓인 찻잔을 들었다.

“오래 기다리셨습니다.”

백무가 차를 들어 마실 때 안으로부터 누군가 나왔다.

“아이구, 강 사숙님!”

사해표국의 총관을 맡고 있는 전창운(全蒼澐)은 상아를 팔러 온 백무에게 대금을 계산하러 나오다 곤을 보고는 황급히 머리를 조아리며 인사를 했다.

“오랜만이야, 전 총관.”

“네, 네! 오랜만입니다! 하하!”

‘젠장, 오랜만은. 열흘 전에도 다녀갔으면서⋯⋯ ‘

전창운은 속으로 투덜거렸다. 열흘 전 사해표국으로 찾아와 한바탕 뒤집어놓고 간 위인이 누구던가. 바로 자신이면서 시치미를 떼는 곤이 영 못마땅했지만 그의 얼굴에서는 오랜 세월 손님을 접대해 온 관록이 묻어나오고 있었다.

“강 사숙님, 잠시만 기다려 주시겠습니까? 손님이 계셔서 말입니다.”

“그래, 볼일 보게나.”

“그럼 잠시만.”

전창운은 곤의 양해를 구한 후 백무에게 다가왔다.

“오래 기다리셨습니다, 손님. 여기 손님이 가져오신 상아를 계산한 돈입니다. 은자로 사백이십 냥입니다. 사백 냥은 전표로, 이십 냥은 은자로 준비했습니다.”

“고맙군요. 그럼 전 이만.”

백무는 상아를 대금으로 준 돈을 집어 들었다. 그리고는 가볍게 인사를 한 후 객청을 나섰다. 곤이 자신을 직접 찾은 것이 아니라 우연찮게 찾은 것임을 안 백무는 빨리 자리를 벗어나려 했던 것이다.

"이제 됐습니다, 강 사숙님. 그런데 어인 일로 이곳까지 오셨는지요. 국주님은 지금 출타 중이십니다만."

백무가 나가자 사해표국의 총관은 곤을 맞았다. 대접을 잘못했다가는 문제가 발생할 수도 있었기 때문이다.

"됐어. 나중에 다시 오지, 전 총관. 그리고 은자 좀 준비해 둬. 먼 길 떠나야 하니까 말이야."

곤은 급하게 말을 남기고 객청을 나섰다. 백무를 따라가기 위해서였다.

"강 사숙님! 강 사숙님!!"

전창운은 급하게 떠나는 곤을 불렀다. 이런 일은 한 번도 없었기 때문이다.

"젠장! 저 인간이 왔으니 한바탕 난리가 나겠군. 그나저나 조금 있으면 국주님이 돌아오실 텐데 큰일이로군. 저 양반이 온 것을 알면 기겁하실 텐데……. 그런데 먼 길 떠난다고 은자가 필요하다니 무슨 일이지? 본산에서 강 사숙께 뭔가 시키신 것인가?"

다시 온다고 했으니 이어서 벌어질 사태가 걱정이 되는 전창운이었으나 어쩔 수 없는 일이었다. 점창파에 적을 두고 있지 않다면 모를까 점창파 무인 중에 곤에게 안 당한 사람이 없을 지경이니 곧 표국으로 돌아올 국주가 걱정되는 전창운이었다.

밖으로 나온 곤은 사해표국에서 멀어져 가는 백무를 볼 수 있었다. 두리번거리며 거리를 걷는 모양을 보아하니 객잔을 찾고 있는 것이 틀림없었다. 마침내 객잔을 찾은 것인지 커다란 객잔 안으로 들어가는 백무를 보며 곤 또한 그곳으로 들어섰다.

객잔으로 들어서자 자리에 앉은 백무에게 점소이가 주문을 받고 있었다. 음식을 시킨 듯하자 점소이가 굽실거리며 자리를 떠났다.

'모르겠다. 일단 부딪쳐 보자.'

객잔 안으로 들어와 머뭇거리던 곤은 혼자 앉아 있는 백무에게로 다가갔다. 그리고 말없이 의자를 잡아당겨 자리에 앉았다.

'특이한 자로군. 어째서 나를 쫓아온 거지?'

자신을 쫓아온 것이 분명했지만 이유를 알 수 없는 백무는 가만히 곤을 쳐다보았다. 대충 살펴봐도 자신보다 나이가 많아 보였다. 이십대 중반 정도는 될 것 같았다.

'눈빛이 좋은 자다. 그런데 어째서 자꾸 힘을 주는 거지?

눈싸움이라도 하자는 건가?

자신에게 볼일이 무엇인지는 모르지만 좋은 눈빛을 가지고 있었다. 자신의 피부를 자극하는 기운이 따끔따끔하게 느껴지는 것을 보면 생각대로 상당한 고수인 듯했다.

'내 눈빛을 마주하고도 아무렇지 않다? 자식, 삼이를 박살 낸 것이나 이렇듯 태연한 것을 보면 한가락 하는 것은 맞군.'

북명신공의 기운은 혼돈의 기운이다. 내기를 운용하면 혼돈의 기운이 눈빛에도 나타난다. 일부나마 내력을 흩뜨리기에 점창파 내에서도 몇몇을 제외하고는 북명신공의 기운을 실은 자신의 눈빛을 받아내는 자는 드물었다.

운남일룡이라는 사해표국의 국주인 유장문(楡章雯)도 자신의 눈빛을 받으면 은근히 시선을 내리는 터이다. 그런데 아무렇지 않은 듯 자신의 눈빛을 받아내는 백무를 보며 상당한 고수라 생각하는 곤이었다.

"저… 어……."

두 사람이 눈싸움을 하는 동안 어느새 다가왔는지 점소이가 두 사람을 불렀다. 꺼려 하는 빛이 역력한 점소이는 두 사람에게 자신의 존재를 알린 뒤 조용히 음식 접시를 내려놓고는 자리를 빠져나왔다. 계속 있어보았자 좋은 꼴을 보지 못한다는 것을 잘 알기 때문이다.

"저 미친 자식이 웬일이라냐?"

음식을 내려놓고 돌아오는 장칠을 향해 불안한 듯 묻는 자는 주방 보조로 있는 오도였다.

"그러게. 이러다 우리 객잔 박살나는 거 아닌지 모르겠다. 저번에도 아예 박살을 냈는데……."

장칠은 불안한 듯 곤의 눈치를 살폈다. 계속해서 눈싸움에만 열중하는 것이 불안감만 더욱 가중시키고 있었다.

"저번에 사고 친 것 때문에 점창파에서도 단단히 벼르고 있는 것 같았는데 설마 또 그럴려고."

"모르는 일이다. 저 미친 작자의 성격이 워낙 별나야지. 열흘 전에도 그 난리를 쳤으니 설마 또 그러지야 않겠지만, 저 두 사람을 봐라. 어쩐지 분위기가 심상치가 않잖아?"

"그렇긴 하다. 얼른 주인 어르신께 말씀드려라."

점소이들은 그가 대리에서도 위세가 당당한 사해표국의 국주조차 꼼짝 못하는 점창파의 고수라는 것을 이미 알고 있었던 것이다. 열흘 전 미친 듯이 웃으며 술을 마시다가 자신을 말리는 사해표국의 국주를 개 패듯이 박살 내버린 작자였던 것이다.

그 덕분에 객잔의 집기들이 한차례 수난을 당했다. 또다시 그러지 말라는 법이 없었다. 앞으로 벌어질 만약의 사태에 대비해 장칠은 빠르게 자신의 주인을 부르러 간 것이다.

'이상하다. 분명 삼이를 그렇게 만들어놓았다면 상당한 고수여야 할 텐데 이 자식에게서는 내공을 익힌 기운이 조금도 느껴지지 않으니……. 설마 나조차 느끼지 못할 정도로 가공할 고수라는 것인가? 나이로 봐서는 그런 것은 아닐 텐데, 정말 이상하단 말이야.'

눈싸움을 하는 동안 백무에 대해 끊임없이 살폈다. 혈영마공을 익혔다면 상당한 내력을 보유하고 있어야 정상이다. 혈영마공 자체가 막대한 내공을 통해 뿜어내는 강기를 이용한 무공이었기 때문이다.

하지만 자신의 앞에 앉아 있는 백무에게서는 내력의 흔적을 전혀 찾아볼 수가 없었다. 자신보다 더한 고수라면 가능하겠지만 그런 것 같지는 않았다. 덩치와는 달리 나이가 어려 보였기 때문이다. 또한 반노환동한 고수라면 어느 정도 티가 나기 마련인데, 전혀 그런 모습을 찾아볼 수 없자 곤은 당혹스러울 수밖에 없었다.

'재미없군. 음식이나 먹어야겠다.'

눈에 힘을 주고 자신을 바라보는 곤을 무시하고 백무는 젓가락을 집어 요리를 먹기 시작했다. 매운 고추와 돼지고기를 잘게 채 썰어 볶은 요리가 입에 달라붙었다. 뽀얀 속살 같은 화권(花券)을 찢어 싸먹는 맛이 기가 막혔다.

꼬르륵!

‘젠장! 김 빠지는군.’

눈싸움을 하다 말고 태연스럽게 음식을 집어먹고 있는 백무를 보며 곤은 기운이 빠짐을 느꼈다. 북명신공의 기운을 담은 자신의 눈빛을 아무렇지도 않게 생각하는 백무도 그렇지만, 자신의 뱃속에서 울리는 처량한 소리 때문이기도 했다.

‘배고프군.’

그러고 보니 점창산을 내려와서 한 끼도 제대로 된 식사를 할 수 없었다. 창피하게도 눈앞에서 솔솔 풍기는 음식 냄새 때문에 자신의 배가 신호를 보내온 것이다. 하지만 불행하게도 곤의 수중에는 동전 한 푼 없었다.

탁!

백무가 젓가락을 꺼내 곤의 앞에 놓았다. 먹으라는 소리였다. 먹는 것에 인심이 없으면 모든 일이 잘될 리 없다는 것이 평소 백무의 신조였기 때문이다.

‘먹으라는 이야긴가? 아이고, 배고파. 에라, 모르겠다. 먹고 보자. 어차피 시간을 두고 살펴봐야 할 놈 같으니.’

곤은 체면 불구하고 젓가락을 집어 앞에 놓인 음식을 먹기 시작했다. 장정 두 사람이 먹어대자 요리가 금방 동이 났지만 다른 요리가 연이어 나왔다.

점소이들의 말에 객잔에 나온 주인이 곤의 신경을 거스르지 않도록 빠르게 요리를 내오도록 한 때문이었다. 반 시진이

되도록 두 사람은 먹는 것에만 집중했다. 차곡차곡 빈 접시만
이 탁자 위로 쌓여갔다.

탁!
"꺼억!"
젓가락을 놓으며 트림을 하는 백무를 보았지만 아직 음식
이 많이 남아 있었다. 곤은 행여나 백무가 자리를 떠날세라
거의 밀어 넣다시피 남은 음식을 자신의 입으로 쓸어 넣었다.
탁!
"끄윽!"
포만감이 밀려왔다. 한숨 자고 싶을 정도로 노곤한 포만감
이었다. 하지만 자신은 백무에게 볼일이 있어 온 몸이었다.
"덕분에 잘 먹었다. 하지만 볼일은 봐야겠지?"
반 시진 동안 음식을 먹으면서 끝없이 백무를 살폈지만 곤
은 어떤 결론도 내릴 수 없었다. 내공을 가지고 있는 것인지
아닌지 확신할 수 없었던 것이다. 그래서 곤이 내린 결론은
한 가지였다. 그의 지론인 붙어보면 안다는 것이었다.
"나한테 무슨 볼일이 있는 거지?"
"나랑 한판 붙자."
"응?"
"나랑 한판 붙자고."
처음 보는 사람에게 한판 붙자는 말이 의아스러웠다. 아무

런 연관도 없는 사람이 자신과 싸우자고 하니 백무는 영문을 몰라 고개를 갸우뚱거렸다.

"무슨 말이지? 난 싸울 이유가 없는데."

자신보다 나이가 많아 보였지만 존대를 해주고 싶지는 않았다. 흑산에 있을 때도 열 살 안쪽이면 말을 놓던 버릇 때문이기도 했다.

"너와 비무를 해보고 싶다는 말이다."

"나랑 비무를?"

"그래."

"싫은데? 난 가야 할 곳이 있거든."

"싫어도 해야 할걸. 네가 내 동생을 박살 내버렸으니 그에 상응하는 대가를 치러야 하니까."

좀 창피하기는 하지만 노삼의 일로라도 물고늘어져야 했다. 백무의 무공이 어떤 것인지 반드시 알아야 했던 것이다.

"동생이라니?"

"운현의 일을 잊었느냐?"

"아아!"

백무는 이제야 자신을 쫓아온 이유를 짐작할 수 있었다. 자신의 상아를 뺏으려던 자와 관계가 있는 사람임을 알 수 있었던 것이다.

"하지만 그건 그놈들 잘못이지. 내 상아를 빼앗으려 했으

니까. 죽이지 않은 것을 다행으로 여겨야 할걸. 그 정도로 해
둔 걸 감사하게 여겨라.”

맞는 소리였다. 다른 이가 들었다면 날강도나 다름없다고
생각할 것이다. 하지만 명분이 중요한 것이 아니었다. 백무와
의 비무가 곤에게는 그보다 더 중요했다.

“야, 그러지 말고 그냥 한판 붙자.”

말문이 막히자 이제는 사정조였다. 어찌 된 영문인지 모르
겠지만 뭔가 사정이 있는 것 같은 애절한 눈빛이었다.

‘으음, 내 몸이 어떤 상태인지 알아볼 필요는 있다. 비록
내공은 없지만 일류고수나 가능한 동작을 할 수 있다는 것 자
체도 신비하니까. 이자를 통해서 시험해 보는 것도 나쁘지 않
을 것 같다.’

지옥도에서의 수련, 소중백과의 대결, 그리고 묘강을 지나
오며 수련하는 동안 변화하는 자신의 신체를 보며 백무에게
는 모든 것이 의문투성이였다.

내공을 익히지 말라는 당민의 부탁으로 내공심법은 근처
에도 가지 않은 자신이었다. 하지만 지금 자신의 상태만으로
도 어쩌면 생전의 아버지를 능가할지도 모른다는 생각을 가
지고 있는 백무였다.

백무는 자신을 시험해 볼 좋은 기회일지도 모른다는 생각
에 곤의 비무 제안이 솔직히 구미가 당겼다. 곤 같은 고수라
면 자기 자신의 지금 실력에 대해 시험해 볼 수 있는 좋은 기

회였기 때문이다.

"나가."

"뭐?"

"비무하자며? 여기서 하면 이곳에 있는 것들이 다 박살날 것 아니야. 그러니 밖으로 나가자고."

만만치 않은 자였다. 지금까지 상대한 자 중 제일 실력이 강해 보인다. 이곳에서 싸움을 벌인다면 객잔이 피해를 볼 것이 분명했다.

"좋다. 날 따라와라. 내가 비무하기 좋은 곳을 알고 있다."

백무의 승낙에 곤은 자리에서 일어났다. 백무 또한 이미 비무를 하기로 승낙한지라 군말없이 자리에서 일어났다.

"주인장!"

곤이 부르자 객잔의 주인이 부리나케 달려왔다.

"예, 식사는 잘 하셨습니까?"

"덕분에 잘 먹었습니다. 여기 얼마요?"

"아닙니다. 그냥 가십시오. 저분과 함께 오셨는데 돈을 받을 수야 없지요. 헤헤."

난장판이 벌어지지 않은 것만 해도 다행이라고 생각한 객잔 주인은 돈을 받지 않았다. 저번의 사고로 사해표국주에게 받은 보상이 적지 않았기 때문이기도 했다.

"정말 안 받아요? 나야 돈이 굳어서 좋기야 하지만."

"괜찮습니다. 어서 가십시오."

허리를 연신 굽히며 인사를 하는 주인이었다. 공손한 말과는 달리 눈빛을 보니 얼른 나가라는 소리나 다름없었다. 객잔 주인의 어쩔 수 없는 환대를 받으며 곤과 백무는 객잔을 나섰다.

"오도야!"

두 사람이 나가자 그때서야 허리를 편 객잔 주인은 점소이를 불렀다.

"예, 주인 어른!"

"얼른 소금 뿌려라! 어서!"

주인의 마음을 아는지 오도는 주방으로 달려가 소금을 가져오더니 객잔 입구를 향해 뿌렸다.

"어디로 가는 거지?"

밖으로 나온 백무는 곤에게 행선지를 물었다. 비무하기 좋은 장소라면 한가한 공터가 좋을 텐데 곤이 가는 곳은 대리에서 제일 번화한 곳이었기 때문이다.

"네가 상아를 팔았던 표국이다."

"사해표국?"

"그래, 그곳에 좋은 연무장이 있다. 그곳이라면 방해받지 않고 너와 비무를 할 수 있을 거다. 사실 그곳 국주가 내 사질이거든."

'아하! 그래서 그곳으로 온 모양이구나.'

사해표국의 객청에 있을 때 곤이 어떻게 그렇게 빨리 자신을 찾을 수 있었는지 무의 궁금증이 풀리는 순간이었다.

"난 곤이라고 한다. 강곤. 넌?"

"난 무."

"무?"

"그래, 이름이 무다."

가문을 멸문시킨 흉수가 누구인지 모르니 이름을 다 밝힐 수는 없다. 아직 자신이 완전하지 않은 이상 괜히 이름을 밝혔다가 어떤 일을 당할지 몰라서였다.

백가장과는 수천 리 떨어진 운남이었지만 조심해서 나쁠 것이 없다는 것이 백무의 생각이었다. 그래서 성을 뺀 이름만 알려준 것이었다.

사해표국으로 발걸음을 옮긴 곤은 객청으로 들어가 진창원을 찾았다. 나간 지 얼마 되지 않았는데 다시금 돌아온 곤을 맞이한 진창원은 겉으로는 태연한 표정을 지었지만 속으로는 기겁했다. 일각 전 국주가 표국으로 돌아와 있었기 때문이다.

'휴우! 국주께서 기겁하시겠군.'

다른 사람에게는 그토록 당당한 국주가 어째서 곤에게만은 고양이 앞의 쥐 신세가 되는지 알다가도 모를 전창운이었다.

“다시 오신 겁니까?”

“그래, 전 총관. 연무장을 빌릴 수 있을까?”

“연무장이요?”

또 무슨 사고를 치려는지 궁금하지 않을 수가 없었다. 제일 먼저 국주를 찾을 줄 알았던 곤이 난데없이 연무장을 찾았기 때문이다.

하지만 전창운은 곤을 연무장으로 안내할 수가 없었다. 지금 그곳에는 국주와 함께 귀한 사람이 와 있었기 때문이다.

“왜, 안 되는 거야?”

머뭇거리는 전창운을 향해 곤이 다그쳤다. 여차하면 화를 낼 기색이라 전창운은 뜨끔한 마음이 들었다.

“저… 어… 그게 아니라……”

“전 총관, 내가 사용한다고 사질이 뭐라고 그러겠어? 일단 내가 좀 사용해야 하니까 좀 빌려줬으면 좋겠어. 무, 너는 날 따라오고.”

전창운의 대답은 들을 생각도 않고 곤은 성큼 객청을 나섰다. 백무는 말없이 곤의 뒤를 따랐다. 말릴 사이도 없이 연무장으로 향하는 곤을 보며 전창운도 할 수 없다는 듯 그 뒤를 따랐다. 이곳에서 곤을 말릴 수 있는 인물은 아무도 없었기에 제발 사고만 나지 않기를 바랄 뿐이었다.

곧이 향하고 있는 연무장에서는 누군가가 무예를 선보이고 있었다. 이제 갓 방년이 되었을 법한 한 여인이었다.

휘리리릭!

햇빛에 반사되는 연검이 개울을 타고 오르는 은어의 동작처럼 허공을 가르고 있었다. 반짝이는 검날이 허공을 수놓으며 사방으로 검기를 뿌리는 모습은 그녀가 경지에 이른 고수라는 것을 웅변하고도 남았다.

짝! 짝! 짝!

백의를 휘날리며 은어마냥 움직이며 검기를 뿌리던 소녀의 연무가 끝나자 지켜보던 사람들 사이에서 박수가 터져 나왔다. 그녀의 연무를 지켜보는 사람들은 모두 세 명. 사해표국의 국주인 유장문과 그와 함께 사해표국을 이끌고 있는 부국주들이었다.

"연아, 잘했다. 어느새 네가 이 정도 경지에 이르다니 참으로 기쁘기 그지없구나."

자신의 딸인 유비연(楡飛筵)이 검에 조예를 보인 것은 열세 살 무렵이었다. 검에 남다른 재질을 보내자 유장문은 자신의 딸을 점창파로 들여보냈다.

유례가 없는 일이었으나 점창파에서는 속가제자인 유비연에게 회풍무류사십팔검(廻風無流四十八劍)을 전수해 주었다. 그녀의 자질이 남달랐기 때문이다.

"아닙니다, 아버님. 이제 조그만 성취일 뿐인걸요."

“하하하! 아가씨, 그 정도면 일류고수를 훨씬 상회하는 수준입니다.”

유비연의 겸양에 칭찬하고 나선 것은 부국주 중 한 사람인 분광삼검(分光三劍) 등세청(鄧歲淸)이었다.

“아니에요, 등 아저씨. 전 아직 멀었어요. 사부님께서도 제 검법이 완성되려면 아직도 많은 시간이 필요하다고 말씀하셨는걸요.”

“하하하! 그래도 네 성취가 남다른 것은 사실이다.”

칭찬을 받는 자식의 모습에 기분 좋은 유장문이었다. 자신도 점창파에서 몇 수의 무공을 전수받았지만 유비연과 같이 정식으로 무공을 사사한 것은 아니었다. 아무리 재질이 남다르다고는 하지만, 자신의 딸이 본 파의 제자들보다 우대받고 있다는 사실이 기분 좋은 그였다.

그렇게 자식의 모습에 기분 좋던 유장문의 얼굴이 일그러지고 있었다. 멀리서 연무장으로 오는 사람들을 발견했기 때문이다. 그로서는 꿈에서도 보기 싫은 얼굴이 그 사이에 끼어 있었던 것이다.

“아버지, 왜 그러세요?”

유비연은 의아한 표정으로 아버지를 쳐다보았다. 웃다가 얼굴을 굳히는 모습이 심상치 않았기 때문이다. 아버지가 향하는 곳으로 시선을 돌린 그녀는 세 사람을 볼 수 있었다. 전 총관이야 잘 아는 사람이지만 나머지 두 사람은 처음 보는 얼굴이었다.

"어이, 유 사질! 잘 있었나?"

"끙! 네, 사숙! 그간 별래무양하셨습니까?"

반갑지 않은 목소리였지만 대답하지 않을 수 없었다. 어찌 됐거나 그에게는 윗사람이었기 때문이다.

"나야 잘 있었지, 뭐."

"연아야, 인사하거라. 네 소사조시다."

"소사조요?"

유비연은 믿을 수가 없었다. 자신과 비슷한 또래로 보이는 사나이가 소사조라는 것이 못내 믿기지 않았던 것이다.

"수인자 사조님의 하나밖에 없는 제자로, 아비에게는 사숙이 되시는 분이다."

"그럼 그 골통……."

유비연은 말을 하다 말고 입을 손으로 가렸다. 해서는 안 될 말이 무의식적으로 흘러나왔던 것이다. 일명 골통. 점창에서 곤을 부르는 별명이었다.

자신의 사부와 사형제들에게 누누이 들어왔던 이름이 바로 곤이었다. 점창파 내에서는 귀신, 또는 골통이라 불리는 사람이다. 나이는 자신과 동갑. 자신이 열세 살에 점창파의 입문해 비밀 연무관에서 검법을 사사하기 시작해 삼 년이 지날 무렵에 열여섯 살의 나이로 수인자의 제가가 된 곤이었다.

"나, 골통 맞아. 그러고 보니 네가 바로 사질의 딸이로군. 그 얼떨떨한 사질들이 애지중지한다는."

"얼떨떨한 사질들이요?"

"점돌이 삼인방이 네 사부들 아니야?"

"그럼?"

유비연은 곤이 말하는 사람들이 누구인지 알 수 있을 것 같았다. 곤이 말한 사람들은 당금 점창을 이끌어가고 있다고 알려진 점창삼협이 분명했다.

점창삼협은 중년의 나이로 운남은 물론 사천에서도 크게 명성을 떨치고 있는 사람들이었다. 그들의 이마에 한결같이 큰 점이 있어 점창의 제자들 사이에서 비밀리에 전해지는 별명이 점돌이 삼인방이었다.

"네 사부들은 요즘 잘 있냐? 저번에 나한테 한번 터지고는 코빼기도 보이지 않더니."

몇 달 전 자신의 사부인 점창삼협이 한동안 안 보인 적이 있었다. 자신을 연화봉(蓮花峯)에 있는 비밀 연무장에서 연무하도록 시킨 후 한 달간이나 보이지 않았던 것이다. 그러다 본 사부들은 하나같이 어딘가 불편한 모습들이었다. 비연은 그때의 일이 곤 때문이라는 것을 알 수 있었다.

'저분을 만나기 싫어하는 것이 언제나 비무를 요청하기 때문이라는 것이 사실이었군. 그나저나 저분의 무공이 어느 정도이기에 사부님들과 장문인께서 그토록 진저리를 치는 것인

지 모르겠다. 그리 강해 보이지도 않은데…….'

비연도 알고 있었다. 전대 장문인과 전대 장로들을 제외하고 점창의 고수라고 할 만한 사람들은 곤에게 한차례 곤욕을 당했다는 사실을.

장문인이 자신에게 물심양면 지원을 아끼지 않고 관심을 가지고 있는 것도 이유가 있다는 것을 유비연은 알고 있었다. 아직은 안 되겠지만 무공으로 곤을 능가할 수 있는 가능성을 가지고 있는 유일한 사람이 바로 자신이었기 때문이다.

자신의 사부들이 어째서 그토록 애착을 가지고 자신을 가르치는지 그녀 또한 잘 알고 있었던 것이다.

"아닙니다. 제가 하산하고 난 후에 다들 폐관에 드셨습니다."

"하산? 그럼 너도 하산한 거냐?"

"그렇습니다, 소사조."

"그랬었군. 그들이 나를 위해 준비하고 있는 사람이 너라는 것은 알았지만 오늘은 안 되겠는걸. 후후, 선약이 있어서 말이야. 어이, 사질! 여기 비무장 좀 쓰면 안 되겠나?"

곤 또한 유비연에 대해 알고 있었다. 하산하기 전 점창파에 들어가 난리를 피운 것도 유비연 때문이었다. 점창파 내에서 전대 장문인과 전대 장로들을 제외하고 유일하게 맞붙어보지 않은 상대였기 때문이다. 붙어보고 싶지 않은 것은 아니지만 오늘은 달리 중요한 일이 있었다. 백무와의 대결이 우선이었다.

"괘, 괜찮습니다. 사숙께서 쓰겠다는데 누가 말리겠습니까? 그런데 어째서……."

조금 전의 말로 봐서는 자신이 딸과 비무를 하려는 것은 아닌 것 같았기에 일단 허락을 했다.

"여기 있는 무와 비무를 한번 해보려고."

유장문은 곤이 가리키는 백무를 보았다. 이런 일이 한 번도 없었기 때문이다. 비록 곤이 비무를 광적일 정도로 좋아하기는 하지만, 그것은 수인자에 의해 점창파의 무인으로 한정되어 있었다. 그런데 생전 본 적이 없는 백무와 비무를 하겠다고 하니 놀랐던 것이다.

"하지만……."

"방금 전에 못 들었어? 나도 하산했어."

"정말입니까?"

"그래, 사부가 하산하래. 그래서 설인봉을 내려왔어. 하산을 했으니 다른 파와의 비무나 대결도 허락된 것이지. 이제 써도 되는 거야?"

"예, 예."

'이거 큰일이다. 장문인도 알고 계시는 것인지……. 저 양반이 하산한 이상 웬만한 고수들은 다 찾아갈 터인데…….'

유장문은 곤에게 한 가지 금제가 걸려 있다는 것을 알고 있었다. 수인자로 인해 하산하기 전에는 점창파를 제외한 다른 문파나 무림인들과는 절대로 비무나 대결을 벌일 수 없다는 금제였다.

그런데 이제 그 금제가 풀린 것이다. 점창파가 지난날의 수난을 벗어난 것은 좋았으나, 이제 강호에 미칠 폭풍이 걱정되기 시작했다. 점창파에서 골통이라 불리는 곤이 강호로 나선 이상 풍파가 일 것은 분명했기 때문이다.

第八章 첫 비무!

九劈雷電

자신과 비무를 하자고 해놓고 지인들과 이야기하는 곤을 보며 백무는 시간이 급한 탓에 짜증이 일어났다. 곤의 몸에서 느껴지는 기운에 대한 호기심만 아니라면 당장 자리를 뜨고 싶을 정도였다.

"언제 시작하는 거지?"

지루하게 시간이 지나는 것이 못내 못마땅했다. 마교의 본거지를 찾아 십만대산으로 가야 하는데 더 이상 지체하기 싫었던 것이다.

급한 여정임에도 백무가 곤을 따라온 데에는 이유가 있어서였다. 곤이 가진 기운에 대한 호기심도 한몫 했지만 자신의

실력이 어느 정도 되는지 제대로 된 무인과 시험해 보고 싶어
서였다.

자신이 느낀 바로는 곤은 어느 정도 경지를 넘어선 고수였
다. 자신보다 그리 나이가 많지 않음에도 불구하고 세상에 보
기 드문 고수가 분명했던 것이다.

그와 비무를 해보면 당민의 시술로 변해 버린 자신의 한계
를 정확히 알 수 있을 것 같다는 생각 때문에 쫓아왔지만, 뭔
말이 이렇게 긴지 기다리기 따분했던 것이다.

"이거, 미안. 자, 시작하자고."

곤은 미안한 듯 웃음을 지으며 한 손을 들어 올리더니 한쪽
으로 갔다. 연무장 한가운데 선 것이다. 이제야 비무할 시간
이 되었음을 느낀 백무 또한 곤을 따라 연무장 가운데로 가서
섰다.

"아버지, 저 사람은 누굴까요?"

"글쎄다. 사숙이 비무를 청한 것을 보면 예사 사람은 아닌
것 같다만, 내공의 기운을 하나도 느낄 수 없으니 정말로 이
상한 일이다."

유장문은 자신의 딸이 하는 말뜻을 알고 있었다. 백무에게
서는 내공의 기운이라고는 전혀 느껴지지 않았던 것이다.

당금 점창의 장문인도 대결을 꺼려하는 사람이 바로 곤이
었다. 무공의 힘이 익힌 세월에 비례한다지만, 나이와 전혀

상관없는 사람이 바로 곤이었다.

천재!

곤을 단 한 마디로 표현한다면 천재라고밖에는 할 수 없었다. 수인자의 막강한 내력을 물려받았다고는 하지만 칠 년이라는 짧은 시간 동안에 점창의 거의 모든 비기를 십성 익힌 사람이 바로 곤이었다.

점창의 모든 절기를 익혔다는 것은 내공과는 전혀 상관없는 것이었다. 비록 도움이 되기는 하겠지만 타고난 천재성이 없이는 불가능한 일이었다. 그야말로 곤은 무공을 위해 태어난 사람이었던 것이다.

비록 곤으로 인해 많은 점창의 무인들이 수난을 겪고 있기는 하지만 곤을 싫어하는 이는 아무도 없었다. 곤이 그동안의 치욕을 씻고 점창파의 이름을 강호에 진동시킬 것이라 기대하고 있었기 때문이다.

그런 곤이 내력도 없어 보이는 백무와 비무를 하려 한다는 것이 그들에게는 뜻밖이었던 것이다. 곤은 고수가 아니면 도움이 되지 않는다고 생각하는 탓에 비무를 하지 않았다.

"모르지요. 비무에 미쳐 골통이라고 부르는 양반이니 저희가 보지 못하는 것을 보았을 수도 있지 않을까요?"

"그럴지도 모르지만, 내가 보기에 저 청년은 분명 내공이 없는 것이 확실하다. 저기를 보아라. 곤 사숙이 내력을 끌어

올리고 있는 데도 저자는 아무런 변화가 없지 않느⋯⋯."

말을 이어가던 유장문은 도중에 말을 멈추지 않을 수가 없었다. 붉게 변해가고 있는 백무의 변화가 눈에 들어온 까닭이었다.

"저, 저건?!"

"왜요, 아버지?"

"아, 아니다. 으음, 이 아비가 잘못 본 모양이다."

유장문은 백무의 모습을 보며 순간 놀랐다. 변화된 모습이 생각하기도 싫은 전설의 무공을 본 듯한 착각을 불러일으켰기 때문이다.

'그럴 리가 없다. 분명 그 무공은 강기를 사용하는 것이라고 했으니. 거기다 마교에서조차 금지된 마공으로 영영 사장되었다고 하지 않았던가. 그럴 리가 없다.'

몸이 피를 칠한 듯 붉게 변했다. 백무의 모습을 언뜻 본다면 마교에서도 지금까지 치를 떤다는 혈영마공을 익히고 있는 것처럼 보였다.

그렇지만 내력이 전혀 느껴지지 않았다. 마교의 무공 중 강기 무공의 대명사가 바로 혈영마공이었다. 강기라는 것은 내공 없이는 시전할 수 없는 것이다. 내공을 익힌 기운이 느껴지지 않는다는 것은 자신의 사숙과 비무를 하려고 하는 백무가 혈영마공을 익히지 않았음을 뜻했다.

유장문은 자신의 생각이 잘못되었다는 것을 알 수 있었다.

내력도 내력이지만, 결정적으로 백무의 몸에서는 단 한 줌의 마기도 느껴지지 않았다.

'으음, 지나칠 만큼 엄청난 마기로 인해 마교에서도 치를 떠는 무공이라 일컬어지는 것이 혈영마공이다. 오백여 년 전 사라진 이후 몇 가지 특징 이외에는 잘 알려지지 않은 것이라 어쩌면 사숙은 저자가 익힌 것이 혈영마공인 것으로 착각하신 것인지도 모르겠구나.'

세상 사람들은 잘 모르지만 유장문은 점창의 알려지지 않은 고수였다. 그가 고수라는 사실을 알고 있는 사람은 단 두 사람뿐이었다. 눈앞에 있는 곤과 수인자만이 유장문이 고수라는 사실을 알고 있었다.

사일검법과 함께 점창을 대표하는 검법인 유운검법과 육맥신검을 대성에 가깝도록 익힌 이가 바로 유장문이었다. 그런 그의 눈이니 틀릴 리가 없었다.

그의 눈에는 백무가 특이한 무공을 익히기는 했지만 혈영마공을 익힌 것 같아 보이지는 않았다. 내력이 없고 마기를 뿌리지 않는 것으로 보아 확실한 사실이었다.

그는 사숙이 자신이 좀 전에 잠시 착각한 것과 같이 백무가 혈영마공을 익힌 것으로 착각한 것이 분명하다고 생각했다.

마주한 두 사람 사이로 알 수 없는 긴장감이 흘렀다. 백무는 곤의 몸에서 뿜어져 나오는 막강한 내공의 힘이 부담스러웠고, 곤은 백무의 몸에서 느껴지는 알 수 없는 기운에 곤혹스러웠다.

'으음, 분명 내공은 아니다. 하지만 북명신공으로도 상대하기가 만만치 않은 기운이다.'

내력은 전혀 느껴지지 않았다. 하지만 그의 감각에는 내력보다 더 위험한 기운이 느껴졌다. 모든 것을 파괴해 버릴 것 같은 기운이 백무의 전신에서 느껴졌던 것이다.

'저자가 익힌 것이 혈영마공이 아닌 것은 거의 확실하지만, 그래도 모르는 일이다. 마교는 워낙 신비한 곳이니까.'

백무의 몸에서 느껴지는 힘이 전설이 전하는 마교의 혈영마공인지는 아직 불투명했다. 아니, 거의 아닌 것이 확실했다. 마교주의 실력이 어떤지 비교해 싶은 마음에 혈영마공을 익힌 것으로 보이는 백무를 쫓아왔다.

하지만 정식으로 마주 서서 자신에게 전해지는 기운을 느낀 순간, 곤은 백무가 익힌 것이 혈영마공이 아닐 수도 있다는 생각이 들었다.

하지만 곤은 멈출 수 없었다. 자신의 전신에 바늘 끝같이 꽂히는 백무의 기운이 그의 호승심을 자극하고 있었다. 또한 아직은 백무의 무공이 혈영마공인지 아니지는 겪어봐야 알 수 있을 것 같았다.

'으음, 시험해 보면 알게 되겠지. 저자가 익히고 있는 것이

진짜 혈영마공인지 아니면 다른 무공인지…….'

팟!

순간 곤의 신형이 사라졌다. 빛으로 화해 상대의 그림자를 따라잡는다는 분광착영(分光捉影)의 신법이 펼쳐진 것이다. 가공할 빠르기였다. 사라졌다 싶은 순간 곤의 신형은 어느새 백무의 앞에 나타나 있었다.

"아!!"

"으음!"

가공할 빠르기에 비무를 지켜보는 사람들의 입에서 탄성이 터져 나왔다. 유장문을 비롯해 모든 이들이 점창에서 골머리를 앓는 곤의 신위가 어떠한 것인지를 실재로 느낀 것이다. 자신들이라면 저런 식으로 나타난 곤의 공세를 피할 엄두조차 내지 못했을 것이다.

파팟!!

백무 앞에 나타난 곤은 손을 뻗어냈다. 무거운 힘을 담아 일곱 번 겹쳐 상대에게 타격을 입힌다는 점창의 칠절중수(七絶重手)였다.

이십여 년을 넘게 칠절중수만 익혀온 사해표국의 부국주인 칠절권(七絶拳) 모인수(毛仁壽)조차 감탄성을 흘릴 만큼 깨끗하고 적절한 한 수였다.

칠방을 동시에 점하며 백무의 몸으로 날아든 곤의 손 그림자는 어떤 방법으로든 피하지 못할 듯 보였다.

사사삭!

백무의 신형이 미끄러지듯 뒤로 빠지고 있었다. 유룡퇴보(柔龍退步)였다. 꿈틀거리는 움직임과 함께 미끄러지듯 빠지는 움직임에 어느새 곤의 칠절중수를 피하고 있었다. 내력이 없는 자라 믿어지지 않을 만큼 쾌속하고 빠른 움직임이었다.

'으음, 이건?'

마치 절정고수의 움직임과 흡사했다. 가장 단순하면서도 명료하게 자신의 공세를 피한 것은 아무나 할 수 있는 일이 아니었다. 점창의 무인들과 숱한 비무를 해온 곤이었지만 이렇듯 매끄럽게 자신의 공격을 피한 이는 드물었던 것이다.

'그렇다면……'

피이잉!

마치 잘 당겨진 활처럼 곤의 신형이 튕기듯 곤을 따라붙었다. 간격을 주지 않으려는 것이다. 칠정중수로 쏘아가던 그의 손이 어느새 투로를 바꾸고 있었다. 곤의 손이 어느새 둥그렇게 말려 있었던 것이다.

"귀상문(鬼上門)이다."

유장문의 입에서 짧게 경탄성이 일었다. 촌각 만에 투로를 바꿨다. 칠절중수에 이어 귀상문이 펼쳐진 것이다. 점창이 보유하고 있는 권각법 중 가장 살상력이 높고 상대하기 까다로운 무공이 펼쳐진 것이다.

분광착영에 이어 칠절중수, 그리고 귀상문까지. 너무도 빠른 움직임으로 인해 눈이 어지러웠다. 백무를 향해 가공할 속도로 공세를 취하는 곤의 움직임에 비무를 지켜보는 네 사람의 눈은 더할 나위 없이 커져 있었다.

귀상문은 귀문(鬼門)의 살인 권법이라 칭해지는 것이었다. 언제 어디서 뻗어 나올지 모르는 권세는 강호의 암권 중에서도 수위를 다투는 것이라 유장문의 입에서도 부지불식간에 경탄성이 흘러나왔던 것이다.

점창의 다른 이들이 익히고 있는 것과는 전혀 다른 귀상문이었다. 다른 이들은 모르지만, 그러한 곤의 귀상문에 무참히 패배했던 유장문만은 지금 곤이 펼치는 귀상문이 얼마나 무서운지 잘 알고 있었다.

암경만을 사용하는 본래의 귀상문과는 달리 명경과 암경을 동시에 사용하는 곤의 귀상문은 걸려드는 순간 막을 방도가 거의 없었다.

하지만 곤의 움직임을 지켜보던 유장문의 눈은 더할 나위없이 커지고 있었다. 그것은 곤의 공격에 대한 백무의 반응때문이었다. 그는 자신의 눈으로 보고서도 믿을 수가 없었다.

파파팡!

전신이 붉게 변한 무의 손바닥이 곤의 공세를 막았다. 마치 내공이 부딪치듯 강렬한 음향이 연무장에 울려 퍼졌다. 곤의 공세를 막아낸 백무의 신형은 귀상문에서 발해진 권세를 줄이기 위해 뒤로 튕기듯 물러났다. 곤이 장기로 삼고 있는 분광착영만큼이나 빠른 움직임이었다.

콰직!

날아가듯 뒤로 물러난 백무의 발이 연무장 바닥을 찍었다. 단단한 암석으로 된 연무장 바닥이 백무의 발끝에 부서지며 비명을 토했다.

쉐애액!

백무의 신형이 곧장 앞으로 튕겨 나왔다. 물러났다 튕기듯 다가오는 백무의 신형이 공처럼 말렸다.

"이것은?"

충격에 뒤로 물러났다면 이런 움직임을 보일 리가 없었다. 하지만 충격은 있었다. 막기는 했지만 자신의 손에 전해진 충격은 상당한 것이었다. 무가의 상식과는 전혀 다른 동작에 곤의 움직임이 일순 주춤했다.

피피픽!

벡무의 말렸던 신형이 펴지며 날카로운 파공음이 들렸다. 강력한 힘을 실은 백무의 각법이 시전된 것이다. 공처럼 말린 몸이 허공에서 한 바퀴 돌며 펴지는 가운데 세 번의 발길질이 곤을 향해 몰아쳤다.

그냥 해대는 발길질이 아니었다. 공중에서 몸이 펴지는 순

간 허공에서 방향을 전환한다는 곤륜의 운룡대팔식처럼 반
장 정도 앞으로 튀어나오며 곤의 박자를 빼앗았다.

퍼퍼퍽!

"크으… 으!! 제기랄!!"

타타탁!

백무의 발이 곤의 가슴을 가격했다. 평소의 움직임이라면
충분히 막을 수 있는 공격이었다. 하지만 자신의 생각보다 반
박자 빠른 움직임에 일격을 허용한 곤은 뒤로 빠지듯 물러났
다.

내공이 실리지 않은 것이라 내상을 입지는 않았지만 상당
히 큰 타격이었다. 순간적으로 호신강기를 이용해 공격을 막
아냈지만 진기가 흔들릴 정도의 강한 충격이었다.

가슴으로부터 전해진 충격에 뻐근함을 느끼며 곤은 가슴
을 쓸어내렸다. 만약 내공이 실려 있었다면 아무리 북명신공
을 이용해 강기를 두르고 있었더라도 어디 하나 단단히 부러
졌을 강력한 공격이었던 것이다.

'으음, 북명신공이 흔들리다니 만만히 봐서는 안 되겠군.
그나저나 혈영마공은 아닌 것 같은데 아쉽군.'

방금 전의 일격으로 혈영마공이 아니라는 것은 확실히 알
수 있었다. 만약 자신에게 가해진 공격이 혈영마공이었다면,
마교 무공의 특성상 강력한 마기가 진기를 타고 자신의 침습
했을 것이기 때문이다.

‘내력이 실려 있지 않은 각법이었는 데도 순간적이나마 북명신공의 기운이 흔들렸다. 도대체 어떤 무공이기에…….’

혈영마공이 아님을 확인한 곤은 백무를 처음부터 다시 봐야 했다. 처음 자신의 공세를 막아낸 것은 소림의 권법이 분명했다. 구대문파의 웬만한 무공에 대해서는 수인자로부터 강론을 들어 알고 있기에 칠절중수를 막아낸 것이 소림 오권 중 하나인 사권의 독사수동(毒蛇守洞)이라는 것은 알 수 있었던 것이다. 그래서 백무가 소림의 문하라고 생각했다.

그러나 이어지는 움직임은 자신의 예상과는 전혀 다른 것이었다. 소림의 무공이 보여주는 움직임이 전혀 아니었던 것이다. 소림오권의 권로에 더해진 특이한 보신경은 소림 문하의 것이 아니었다.

내공도 없이 보여주는 움직임은 불가사의한 것이었다. 자신이 잘못 보지 않았다면 연무장에 발을 찍고 날아오는 속도에 더해 허공에서 백무의 몸이 반 장 정도 튕기듯 자신에게 다가왔다.

칠정중수를 막아낸 것이나 허공에서 움직인 것은 내공이 없는 자에게는 불가능한 움직임이었던 것이다.

‘후후, 이 정도라면 어느 정도 힘을 써서 한번 해도 되겠군. 북명신공은 상대의 내력을 흩뜨리고 반탄의 힘을 통해 타격을 입힐 수 있는 것인데, 저자에게는 별다른 이상이 없는 것 같으니 말이야. 정말 오랜만에 제대로 된 상대를 만난 것 같다.'

내공이 없다는 것에 어느 정도 방심하던 곤은 자신의 눈앞에 있는 백무가 그리 호락호락하지 않은 실력을 가지고 있다는 것을 느끼곤 어느 정도 진심을 가지고 상대하기로 마음먹었다.

북명신공을 담아 공격을 했음에도 아무런 이상을 보이지 않는 백무라면 점창파의 무인들과는 달리 북면신공의 힘에도 그리 큰 상처를 입지 않을 것 같았기 때문이다.

'으음, 왜 이렇게 따끔거리지?

좀 전과는 달라 보였다. 건들거리는 모습을 보이던 것과는 완전히 달라진 기세가 전신으로 전해왔다.

'후후, 나를 시험해 보는 것 같았는데 이제는 전력을 다할 모양이로군. 조금 전 가슴을 가격할 때 느껴지던 기운이 이제는 전신에 감돌고 있구나. 주의해야겠다.'

자신이 곤의 가슴을 가격할 수 있었던 것은 탄공신의 움직임 때문이었다. 신형을 허공에 띄우면 불리하다는 무가의 상식을 보기 좋게 깨뜨린 것이 바로 탄공신이었기에 가능했다.

허공에서 자유자재로 방향을 틀며 전신으로 상대를 공격

할 수 있는 것이 바로 탄공신이었다. 한규민이 이 자리에 있었다면 내력 없이도 탄공신을 펼치는 백무를 보고 놀라 자빠졌을 것이다. 무는 내공이 없다는 자신의 약점을 신체적인 특수성으로 극복하며 곤을 공격한 것이다.

'감싸고 있는 기운이 흐릿했지만 아주 셌어. 기운이 점점 더 강해지는 것을 보면 조심해야겠지만, 이런 유의 무공도 있었다니. 후후, 재미있겠는걸.'

발끝이 곤의 몸에 닿으려는 순간 혼돈의 기운을 느낄 수 있었다. 무엇이든 파괴할 것 같은 불완전한 기운이 자신의 발길을 가로막은 것이었다.

가슴이 두근거렸다. 내력이 없는 몸으로도 곤 같은 고수와 상대할 수 있다는 생각이 들어서였다. 곤의 몸에 감돌고 있는 혼돈의 기운과 부딪쳤는데, 발이 약간 저리는 것 이외에는 별다른 타격이 없었다. 아무리 곤이 전력을 다한다고 해도 이 정도라면 한번 해볼 만하다는 생각이 든 것이다.

콰직!

곤은 연무장 바닥이 움푹 들어갈 정도로 진각을 밟았다. 연무장 바닥에 한 치 정도의 족인이 새겨짐과 동시에 주먹이 내뻗어졌다. 점창의 절학 중 하나인 귀상문의 귀혼암영(鬼魂暗影)이었다.

조금 전의 모습과는 전혀 다른 기운이 곤의 권세에 실려 있었다. 북명신공의 진기가 권세에 실려 있었던 것이다. 연달아

뻗어지는 곤의 주먹에서는 실타래 같은 기운이 뻗어져 나왔다. 북명신공의 기운이 귀상문을 통해 권기로 흘러나왔다. 권에서 뿜어진 날카로운 권기는 백무의 움직임을 차단하려는 듯 사방에서 몰아쳤다.

스스슥!

귀영마냥 자신에게 들이쳐 오는 권기를 느낀 백무의 신형이 빠르게 움직였다. 마치 들판을 유영하는 뱀처럼 미끄러지듯 곤의 권기를 피했다. 한 번도 적당한 신법을 배우지 못한 백무는 소림오권과 탄공신의 움직임을 적절히 조화시키며 곤의 공세를 피한 것이었다.

휘리릭!

자신의 공격을 피해내자, 이미 그러한 결과를 예상한 듯 곤의 신형이 너울거리듯 움직이기 시작했다. 유유히 흘러가는 구름마냥 상대를 감싸 안으며 움직임을 차단하는 유운신법이었다.

파파팍!

손과 손이 허공에서 부딪쳤다. 자신의 공세를 회피하려는 백무를 따라 달라붙은 곤이 근접전을 전개한 것이다. 일 촌의 간격에서 생사를 주관한다는 백타였다. 백무가 방금 전 보여준 움직임이라면 거리를 벌리는 순간 자신이 불리함을 알았기에 근접전을 펼친 것이다.

파파팡!

권기가 실린 주먹과 부딪친 탓인지 강력한 파장이 장내에 밀어닥쳤다. 붉게 물든 백무의 주먹은 권기와 맞섰는 데도 전혀 이상이 없는 듯 공세를 차분히 막아내고 있었다.

귀상문은 일수 뒤에 두세 번의 암수가 펼쳐지는 권법이다. 근접전이 벌어지게 되면 귀상문을 상대하는 사람은 암수로 인해 손발이 어지러워진다.

권세를 피하려고 몸을 피한다고 해도 막기 까다로운 것이 귀상문이었다. 상대의 신형을 따라 연이어 권격이 펼쳐지기 때문이다. 일수를 막아냈다 하더라도 연이어 터지는 두세 번의 암수를 감당하지 못하기 때문이었다.

하지만 백무는 그런 곤의 공격을 모두 막아내고 있었다. 적혈잠원대법을 시술받은 이후 전신으로 느껴지는 감각이 곤의 투로를 알 수 있게 해주었기 때문이다.

처음이라면 곤의 권격을 막아내기 힘들었겠지만 밀림을 가로지르며 감각에 집중하는 법을 수련했기에 곤의 손에서 뿜어지는 권세를 모두 느낄 수 있었던 것이다.

막기만 하는 것이 아니었다. 손과 발이 따로 노는 듯 곤의 투로를 양손으로 막아내면서 한 자도 되지 않는 거리에서 각법을 시전하고 있었다. 그로 인해 곤의 귀상문도 가끔씩 투로를 잃어버려야 했다.

광, 파파광!

퍼퍽!

"대단하네요, 아버지!"

유비연의 입에서 감탄성이 터졌다. 두 사람의 움직임은 마치 한 폭의 춤사위처럼 연무장을 감돌고 있었다. 주고받는 공방은 마치 잘 짜여진 대타를 보는 듯했다.

특히 내공이 없는 것 같은 데도 일류고수를 상회하는 움직임을 보이고 있는 백무를 보며 사람들의 입에서는 절로 경탄성이 터져 나왔다.

"정말 대단하구나. 외공을 저 정도까지 익힌 사람이 있다니 정말 놀라운 일이다. 모양새로 봐서는 소림의 문하가 틀림없는데, 전신이 저렇게 붉어지는 것은 어째서이지? 아무래도 특이한 외공을 익힌 것이 분명한 것 같구나."

유장문은 백무의 움직임에서 소림오권의 모습을 엿볼 수 있었다. 무림의 기둥이라는 소림에서 입문 제자가 들어오면 기초 무공으로 가르치는 것이 바로 소림오권이었다.

어느 정도 세상에 알려진 것이 바로 소림오권이다. 속가제자 중 세속으로 나간 이들이 무관을 차리고 난 뒤 제자들에게 처음으로 가르치는 것이 소림오권이라 알게 모르게 알고 있는 사람들이 많았던 것이다.

유장문이 보기에 중간에 펼쳐지는 특이한 움직임을 제외하고는 백무가 펼치는 동작 대부분이 전형적인 소림오권이었다. 용호표사학의 다섯 가지 동물 형상이 그대로 나타나고 있었던 것이다.

간간이 다른 동작이 나타나기는 하지만 그것은 소림오권과 동떨어지기보다는 서로 보완하며 조화를 이루고 있었다.

'저자의 무공을 시험해 보는 것인가?'

유장문은 곤이 전력을 다하고 있지 않다는 것을 알고 있었다. 그의 최고 절기인 검법을 펼치지 않았기 때문이다. 자신을 무기력하게 만들었던 점창파 최고의 절학이라는 사일검법은 아직 펼쳐지지도 않았다. 오로지 권각만으로 백무를 상대하고 있었던 것이다.

'내공만 있었다면 곤 사숙도 저 사람에게 곤욕을 치렀을지도 모른다. 비록 전력을 다한 것은 아니지만 곤 사숙이 내공을 사용하는 데도 저리 막상막하라니……'

곤과 막상막하의 접전을 벌이는 백무를 보며 유장문은 강호에 새로운 권법의 고수가 출현했다는 것을 알 수 있었다. 만약 백무가 내공을 가지고 있었다면 곤은 분명히 자신의 장기인 사일검법을 펼쳤을 것이 분명했기 때문이다.

비록 검법을 펼치지 않았다고는 하지만 곤의 권법이나 수법이 약한 것은 아니었다. 자신의 의제이자 사해표국의 부국주인 모인수가 넋을 잃고 보고 있는 것만으로도 곤과 맞서고 있는 백무의 무공이 상당하다는 것을 알 수 있었던 것이다.

'저런 고수가 어디에 있었단 말인가? 소림의 문하가 아닌

것은 분명한데…….'

귀상문을 막아내면서 유래를 알 수 없는 각법으로 곤을 공격하는 백무를 보면서 유장문은 의혹에 젖을 수밖에 없었다. 내공의 기운이 전혀 느껴지지 않음에도 권기가 감도는 사숙의 공세를 모두 막아내며 공격을 시도하고 있었다.

양손으로 시전하는 권법은 분명히 알아볼 수 있었다. 자신도 몇 수 익히고 있는 소림오권이 분명했다. 그러나 각법은 전혀 알아볼 수가 없다. 본능적으로 움직이는 듯 적절히 곤을 공략하고 있었다.

'혹 저것이 소림에서도 거의 익힌 이가 없다는 그것인가?'

백무가 펼치고 있는 권법의 형은 비록 껍데기이기는 하지만 지금은 세상에 널리 알려져 있는 권법과 같았다.

소림에서도 진정한 권의를 깨우친 사람은 드물어 완벽하게 익힌 자가 없다는 비전의 권법을 백무가 익힌 것이 아닌가 하는 의문이 들었다. 그렇지 않다면 소림오권만으로 자신의 사숙이 펼치는 귀상문을 막아낼 수는 없었다.

휘이익!

'이 정도 확인했으면 됐다. 이제는 그만 해야겠구나. 내공도 없이 나와 대등하게 대적하다니 정말 놀라운 자다.'

근접하여 백타를 벌이던 곤의 신형이 표홀히 뒤로 물러났다. 이미 백무의 무공이 혈영마공이 아니라는 것은 첫 번째 공방에서 알 수 있었다.

내공도 없이 자신의 공세를 막아내는 백무에 대한 호기심으로 여태까지 비무를 벌인 곤이었다. 자신으로서도 백무의 몸에서 뻗어지는 기운의 정체를 알아낼 수 없자 이만 비무를 멈추기로 한 것이다.

"이만 하면 됐으니 그만 하도록 하자."

"이제 그만 하는 건가?"

"그래. 이 정도 해두는 것이 좋을 것 같으니."

'전력을 다하지 않은 걸 보면 날 시험해 본 모양이군. 그런데 좀 아쉽군. 조금만 더 했으면 저자의 권법에 대해 좀 더 알 수 있었을 텐데.'

지금은 비록 대등하게 접전을 벌였지만 상대방은 자신의 실력을 십분 발휘하지 않았다는 것을 알 수 있었다. 좀 더 싸워보고 싶었지만 아쉬움을 삼켜야 했다.

자신이 익히고 있는 소림오권이나 탄공신과는 다른 전혀 다른 암류의 권법이었기 때문이다. 조금 더 했다면 자신에게 많은 도움이 될 것이 분명했지만 여기서 마음을 접어야 했다.

'지금은 저자의 권법에 대해 알아내는 것보다 누님을 찾는 것이 급선무다.'

당민을 찾기 위해 마교로 향하는 지금 쓸데없는 호승심은 일을 그르칠 뿐이었다. 비록 자신도 전력을 다하지 않은 상태지만 어느 정도 성과를 거두었기에 백무는 비무를 접기로 한 것이다.

"하하하! 정말 대단하다. 나와 권각으로 이만큼 버틴 사람은 네가 처음이다."

곤의 입장에서 볼 때 백무는 정말이지 놀라운 사람이었다. 순수한 감탄의 음성이 곤의 입에서 흘러나왔다. 내공이 없음에도 자신의 공세를 모두 막아내며 공격까지 하는 사람은 백무가 처음이었기 때문이다.

"후후, 나도 좋은 경험이 됐다. 당신 같은 사람과 비무를 할 수 있었다는 사실이 말이야."

"그렇다면 다행이로군. 나도 자네 같은 사람이 있다는 사실을 알 수 있어 좋은 경험이었다."

"그럼 이제 이것으로 나에 대한 볼일은 끝난 건가?"

"왜, 가려고?"

"그래, 지금 가려고 한다. 나 또한 내 실력이 얼마나 되는지 너를 통해 시험해 보려는 생각이었다. 이제 그것이 끝이 난 것 같으니 가봐야 할 것 같다. 빨리 가봐야 할 급한 일이 있어서 이만 떠나야 한다."

곤과의 비무를 끝낸 백무는 지금 조금은 불안한 상태였다. 변해 버린 자신의 신체에 대해 생각이 미쳤기 때문이다. 무인으로서는 최상의 신체가 될 것이라는 당민의 장담이 있었지만 이 정도까지 예상한 것은 아니었다.

내공이 없는 상태임에도 고수인 곤과의 비무를 거의 대등하게 치렀다. 비록 곤이 제 실력을 다 발휘한 것 같지는 않지만 그 정도만 해도 놀라운 것이었다. 예상과는 다른 자신의 능력에 불안감이 일어 급히 당민을 찾아봐야 했던 것이다.

'이상한 일이로군. 무슨 일이기에 저리 조급한 것인지…….'

곤은 백무의 얼굴에서 조급함을 읽을 수 있었다. 그토록 당당히 대결을 벌이던 모습과는 상반된 것이었기에 말 못할 사정이 있음을 알 수 있었다.

"급한 일이라……. 으음, 뭐, 그렇다면 할 수 없지. 급하다면 가보는 수밖에. 그건 그렇고, 동생이 저지른 일은 사과한다. 하지만 손속이 너무 과했어."

곤은 운현에서 노삼이 벌인 일에 대해 사과했다. 하지만 백무의 손속이 조금 지나쳤던 면이 없지 않기에 그에 대해 추궁하는 것을 잊지 않았다.

"손속이 과한 것은 인정하지만 시비를 건 것은 그자가 먼저였다. 그렇게 남의 물건을 강탈하려는 자들을 용서하고 싶은 마음은 없으니까."

'으음, 성격이 보기보다는 강직하군.'

지금 말하는 것이나 운현의 일을 보면 꽤나 강직한 성격임을 알 수 있었다. 충분히 노삼을 죽일 수 있음에도 부상만 입히는 것으로 일을 마무리 지은 것을 보면 살생은 함부로 하지 않는 사람 같았다.

"잘했다. 어차피 내가 한번 혼구멍을 내주려고 했으니까. 그 버릇을 고치라고 그렇게 이야기했는 데도 듣지 않았으니. 자네에게 당한 이번 일로 단단히 정신을 차렸겠지."

"그렇게 말하니 미안하군. 볼일이 끝나고 나중에 기회가 된다면 찾아가서 사과하도록 하지."

"후후, 그럴 필요 없을 거야. 그 아인 얼마 안 있으면 운현을 떠날 테니까. 그런데 한 가지 궁금한 것이 있는데……."

"뭔가?"

"어디를 가기에 그리 서두르는 거냐?"

곤은 솔직히 백무의 몸에서 풍겨 나오던 알 수 없는 기운에 대해 호기심을 가지고 있었다. 몇 번 더 부딪쳐 본다면 분명히 기운의 정체를 알아낼 수 있을 것 같았다. 아주 급한 일이 아니면 자신과 다시 한 번 비무를 해볼 생각이 없느냐고 물어볼 참이었다.

"누님을 찾으러 십만대산으로 가야 한다."

"십만대산?"

백무의 말에 사람들의 눈이 더할 나위 없이 커졌다. 공포의 마세라는 마교가 웅크리고 있는 십만대산을 찾아간다는 백무의 말이 뜻밖이었기 때문이다.

"일 년 전, 나에게 쓸 약재를 찾으러 십만대산으로 가셨다.

그런데 돌아오신다는 시간이 났는 데도 돌아오지 않으셔서
누님을 찾아 나서는 길이었다. 아무래도 십만대산에 있다는
마교에 잡혀 계신 것이 아닌가 하는 생각이 들어서 말이다.
빨리 길을 서둘러야 하는데 너와의 비무 때문에 시간이 많이
지체됐다.”

“으음!”

곤은 이런 기막힌 우연에 신음을 흘렸다.

‘어차피 십만대산으로 가는 길이었는데 잘됐군.’

백무의 무공이 혈영마공이 아님을 확인한 이상 이제 자신
도 어쩔 수 없이 마교로 가야 했기 때문이다. 가는 길이 같으
니 동행하는 것도 좋을 것 같았다.

“유 사질!”

백무와의 동행에 대해 잠깐 생각하던 곤은 결심을 굳히고
유장문을 불렀다.

“왜 그러십니까, 사숙?”

“돈 좀 있어?”

“돈이요?”

“그래, 돈. 아무래도 한동안 운남을 떠나 있어야 할 것 같
아서 말이야. 하산하라고 하면서 사부가 노자 한 푼 안 줬거
든. 이번 수련행에 노자가 필요할 것 같아서 말이야. 하하!”

“끄웅! 알겠습니다. 노자는 드리지요. 그런데 어디로 가실

생각입니까?”

계면쩍은 듯 웃음을 흘리는 곤을 보며 유장문이 인상을 구겼다. 평소의 그라면 협박조로 돈을 요구했을 터이다. 백무가 없었다면 이렇듯 이유를 대면서까지 돈을 달라고 하지 않는 곤이었기 때문이다.

“나? 나, 저 친구 좀 따라갈까 하네.”

“예?”

유장문에게는 청천벽력 같은 소리였다. 저 성격에 마교가 있는 십만대산로 간다면 분명 사단이 일어나고도 남음이 있었다. 단일 세력으로는 무림 최강이라는 마교와의 분란은 자신에게나 점창에게 아무런 득이 되지 못했기 때문이다.

거기다 무림제일인이라고까지 칭해지는 암천신마(暗天神魔) 혁련추(赫連鎚)는 굉장히 자존심이 강한 사람이었다. 지금은 십만대산에 웅크리고 있지만 그가 한번 노한다면 뒷감당을 하기란 요원한 일이었다.

그가 곤으로 인해 점창파에 대해 진노라도 한다면 큰 피해가 올 것이 분명했다. 어쩌면 멸문으로 이르는 건 시간문제일 수도 있었다.

그런데 사고뭉치 곤이 마교가 있는 십만대산에 간다고 하니 분명 분란을 일으킬 것이고, 그 화는 고스란히 점창으로 돌아올 것이기에 유장문은 망설였던 것이다.

“왜, 싫어?”

“예?”

“돈 주는 거 싫으냐고?”

“그… 그것이 아니라…….”

뚜드드득!

곤이 두 주먹의 관절을 뺐다 집어넣었다. 본색이 나오려 하는 것이다. 뜻대로 되지 않으면 무력을 행사하겠다는 소리였다.

“걱정은 안 해도 돼, 유 사질. 가서 보고만 올 테니까. 사부가 그랬거든, 아직 난 설익었다고 말이야. 적어도 무공을 완성하기 전까지는 그자들과 척을 지지 않을 테니까.”

“으음, 그런 겁니까? 그렇다면 드리겠습니다.”

수인자가 마교와 맺게 된 인연을 이어받은 것이 바로 곤이었다. 유장문은 곤이 수인자로 인해 짊어지고 있는 사명에 대해 어느 정도 알고 있었다. 자신의 예상과는 달리 겨뤄보지는 않고 보고만 돌아오겠다는 곤의 말을 듣자 선뜻 돈을 주겠다고 허락했다.

“이보게, 이제.”

“예, 형님.”

유장문은 옆에 서 있던 칠절권을 불렀다.

“가서 전표 좀 챙겨오게.”

“얼마나 챙겨올까요?”

“많으면 많을수록 좋아.”

백무를 따라나선다면 긴 여행길이 될 것 같기에 곤이 나섰다.

“으음! 이… 아니, 오백 냥 정도 가져오게.”

“알겠습니다, 국주.”

칠절권 모인수는 대답을 마친 후 안으로 들어갔다. 그리고 얼마 후 금낭 하나를 가지고 왔다. 곤이 요구한 전표가 들어 있는 금낭이었다.

“여기 있습니다.”

“고마워, 사질. 나중에 신세 갚을게.”

“조심하십시오, 사숙. 사숙은 혼자 몸이 아닙니다.”

떠나려는 곤을 향해 불안한 듯 당부를 하는 유장문이었다. 사고를 치고 다니기는 하지만 점창 무인 모두가 나름 기대를 걸고 있는 사람이었다. 혹여 마교와 시비가 붙는다면 점창을 빛낼 인물이 채 피워보기도 전에 꺾일 수 있기 때문이다.

“후후! 걱정하지 말라고, 사질. 나도 그렇게 어리석지는 않으니까.”

자신에 대한 걱정이 무엇인지 잘 알기에 웃음으로 유장문의 불안함을 덜어준 곤은 백무를 바라보았다.

전표를 챙긴 곤은 백무에게로 다가갔다.

“미안하군. 자, 이제 돈도 생겼으니 가볼까?”

“나랑 같이 십만대산으로 간다는 건가?”

　종잡을 수 없는 성격이다. 갑자기 자신을 따라나서겠다는 곤이 의아했다. 곤의 권법을 알 수 있는 기회가 생겼다는 사실에 자신으로서는 그리 나쁘지 않은 일이지만, 그가 무슨 생각에서인지는 물어야 했다.

　"후후, 나도 사실 십만대산에 볼일이 있거든. 가서 반드시 한 번 봐야 할 사람이 있어서 말이야. 원래는 그냥 나 혼자 마교로 가려고 했지만 삼이 놈이 박살났다는 소식을 듣고 너를 쫓은 것이지. 난 처음 너를 만났을 때 네가 마교도라고 착각했거든. 그래서 지금 비무를 벌였던 것이고."

　"내가 마교도라고?"

　"네 무공이 특이했거든. 몸이 붉게 변하는 것도 이상하고."

　"그럼 지금은 아니라는 말인가?"

　"물론 내가 알고 있는 혈영마공이라면 방금 전 비무에서 난 무사하지 못했을 테니까. 어때, 나랑 같이 가지 않을 텐가?"

　'성격이 좀 그래 보이기는 하지만 괜찮은 녀석 같으니 동행하는 것도 나쁘지는 않겠군. 마교와 그리 좋은 사이는 아닌 것 같은데, 이 정도 실력이면 도움이 될 것도 같고. 그나저나 조금 답답하군. 저런 고수와 맞설 수 있을 정도로 내 몸이 변했다면 누님이 아니면 알 수 없을 터인데……'

　"따라오려면 따라와라."

백무는 마음대로 하라는 듯 말을 남기고는 연무장을 나섰다. 십만대산으로 가는 동안 생각해 볼 것이 많았다.

'강한 실력은 가진 자인데 어째서 저런 표정이지? 비무가 끝난 후부터 계속 저런 표정이라니……'

"나 갈게, 유 사질. 그리고 사손은 회풍무류사십팔식을 제대로 익히고 싶으면 옥룡설산에 한번 가봐. 좋은 경험이 될 거야. 옥룡설산에 몰아치는 바람이라면 사손의 성취를 높여줄 수 있을 테니까. 잘들 있으라고! 후후!"

곤은 백무를 따라 신형을 돌리며 유비연에게 한쪽 눈을 찡긋하더니 그녀의 무공에 대해 조언해 주는 것을 잊지 않았다. 말을 마친 곤은 빠르게 백무를 따라갔다.

"감사합니다, 소사조."

유비연은 곤이 자신에게 말한 뜻이 무엇인지 잠시 생각하다 무엇인가 알게 된 듯 곤이 떠난 방향을 향해 고개를 숙이며 감사의 인사를 보냈다.

이미 신형이 보이지 않았지만 그녀의 눈빛은 보이지 않는 곤의 모습을 좇고 있었다.

"그나저나 한동안 점창이 조용하겠군. 문제만 일으키던 양반이 떠났으니 말이야. 후후! 연아, 사숙께서 네가 마음에 드신 모양이구나. 그런 말씀도 다 해주시고 말이다. 너도 떠날 준비를 하거라. 사숙께서 말씀하신 것을 알아보려면 옥룡설산에 가봐야 하지 않겠느냐?"

"알겠습니다, 아버님."

자신과 같이 아버지도 뭔가를 느꼈다는 것을 알 수 있었다. 자신이 익히고 있는 회풍무류사십팔식의 경지를 한 걸음 더 높일 수 있을 것 같다는 생각이 들었다.

'호호, 재미있는 분이야. 별일은 없으시겠지. 그나저나 저 사람, 내공도 없는 것 같은데 소사조님과 거의 동수를 이루다니… 정말 알 수 없는 사람이다. 이번에 마교가 좀 소란스러워지겠군. 재미있는 괴물에 알 수 없는 괴물이라…….'

마교가 있는 십만대산 쪽을 바라보며 유비연은 흥미로운 표정을 지었다. 마교에서 벌어질 일이 아주 재미있을 것 같다는 생각이 들었던 것이다.

하지만 그녀는 알지 못했다. 다른 정파 사람들과 마찬가지로 마교라는 곳이 그리 호락호락하지 않다는 것을.

백무와 곤이 사해표국을 떠나 십만대산으로 향하고 있을 즈음 황궁의 심처에서는 초조한 안색으로 누군가를 기다리는 이들이 있었다. 그들의 안색은 꽤나 심각했고, 안절부절못하는 것이 심상치가 않았다.

그들이 누군가를 기다리는 곳은 금역으로 정해진 곳이었다. 철혈무정로라 불리는, 입관 자격이 있는 자만이 들어가는 관문 같은 곳이었다. 어찌 된 일인지 자격이 없음에도 안으로 들어선 사람 때문에 들어갈 자격이 없는 그들은 속으로 애만 태우고 있을 뿐이었다.

"들어간 지 꽤 됐지?"

청룡은 애가 탈 지경이었다. 당장 뛰쳐 들어가고 싶었다. 하지만 수린이 들어간 곳은 자신들은 들어가고 싶어도 들어 갈 수 없는 곳이었다. 들어가는 순간 죽음뿐이기에 철혈무극 진이 펼쳐진 입구에서 발만 동동 구르고 있었다.

"그러게. 벌써 이십여 일 가까이 됐잖아."

주작도 걱정이 되는지 청룡의 옆에서 곤혹스러움을 감추지 못하고 있었다. 백호 또한 초조감을 감추지 못하고 있었다.

"이놈들아! 거기 그렇게 있으면 그 아이가 나온다더냐? 괜히 아까운 시간 죽이지 말고 그 아이가 나올 때를 대비해 수련시킬 준비나 하라니까!"

어느새 다가온 것인지 현무의 음성이 석실을 울렸다. 지난한 달 동안 마음이 닳은 것은 이해가 가지만, 그렇다고 뾰족한 수가 있는 것은 아니었기 때문이다.

매일같이 철혈무극진이 펼쳐져 있는 철혈무정로 앞에서 애가 타 있는 세 사람을 볼 때마다 한심한 생각이 드는 현무 였지만, 그 또한 같은 마음이었기에 전과는 달리 그리 질책하는 빛은 보이지 않았다.

"야, 거북이! 진짜 그 아이가 철혈무전에 들어간 것이냐?"

"그렇다고 봐야겠지. 그리고 철혈무정로에 아무런 변동이 없는 것을 보면 그 아이는 분명 무제의 유진이 있는 곳까지 들어간 것이 틀림없다. 그러니 나올 때까지 기다려야겠지."

"언제까지 기다려야 하는데? 벌써 스무 날이 넘었다, 스무 날이!"

기다려야 한다는 것은 알지만 속이 타는 청룡은 답답한지 대뜸 소리를 질렀다.

"쯔쯔! 저 안에 뭐가 있는지는 모르지만, 분명 무제의 유진이 있는 것은 틀림없다. 유진을 얻어 가지고 나온다면 그 아이를 우리의 상전으로 모셔야 할 것이다. 그것이 이곳을 나갈 수 있는 유일한 방법이니까 말이다. 그러니 우린 그때를 대비해 나갈 준비를 하면서 기다려야 한다는 말이다. 그때까지는 아무런 방법이 없으니 나올 때를 대비해 준비해 두라는데 이 모양 이 꼴이니, 쯔쯔쯔!"

방법이 없음을 알기에 수린이 나올 때까지 기다려야 한다는 것을 잘 알고 있는 현무였다. 그런데도 무작정 기다리는 다른 사람들이 측은하다는 듯 혀를 차는 현무였다. 하지만 현무의 말에 기가 막힌다는 듯 바라보는 청룡이었다.

"너, 바보냐? 임마, 저 안에 먹을 것 같은 게 있을 것 같으냐? 벌써 오백 년도 더 전의 일이다. 무제가 철혈무전을 만든 것이 말이다. 한 달 동안 아무것도 먹지 못하면 아무리 절륜

한 고수라고 해도 죽어, 임마!"

"그, 그럼?"

현무는 청룡이 말하는 것이 무엇인지 알 수 있었다. 자신으로서는 거기까지 생각하지 못한 일이었다.

"임마! 내가 지금 무제의 유진을 못 얻을까 봐 걱정하는 줄 아냐? 아무리 벽곡단이라고 하더라도 오백 년이면 썩어 나갔을 것이 틀림없다. 그런데 벌써 들어간 지 스무 날이다. 지금까지 나오지 않는 것을 보면 그 아이가 변을 당했을 수도 있단 말이다. 으이그!"

현무로서도 생각지 못한 일이었다. 무제의 유진을 얻는 것에 시간이 걸릴 것이라는 것은 짐작했지만 청룡이 말한 문제는 전혀 생각해 보지 못했던 것이다. 청룡의 말대로 오백여 년의 시간이라면 벽곡단이 있다고 하더라도 먹을 수 없을 것이 분명했다.

"지렁아, 어떻게 하냐, 어떻게……?"

그날부터 현무 또한 나머지 세 사람과 같이 철혈무정로 앞에서 발만 동동 구르는 신세가 되었다. 자신들이 세상으로 출세할 유일한 구원인 수린의 안위를 염려하는 것은 그 또한 마찬가지였기 때문이다.

"흐유!! 미치겠네, 정말!"

자신도 세 사람과 같이 철혈무정로 앞에서 기다린 지가 어느덧 열흘이 넘었다. 수린이 들어간 지 한 달이었다. 운기조

식으로 버틴다고 해도 절정고수가 버틸 수 있는 한계를 넘은
것이다.

철혈무정로 앞에서 기다리는 네 사람의 표정은 거의 울기
직전이었다. 어두운 지하 석실에서 철혈무전을 지키며 버티
어온 지 거의 육십여 성상이다.

나갈 수 있는 기대감이 찾아온 지 얼마 되지도 않았는데 이
제는 영영 틀렸다는 생각이 들자 허탈감과 아울러 상실감이
밀려들었던 것이다.

우우우웅!

벌떡!

바닥에 앉아 수린이 나올 때만 하염없이 기다리던 네 사람
의 신형이 튕기듯 일어났다. 수린이 들어간 후 철혈무정로에
처음으로 변화가 일어났기 때문이다.

진동 소리와 함께 철혈무정로가 일그러지기 시작했다. 요
동치는 기운으로 인해 통로를 이루고 있는 철혈무극진이 일
그러지고 있었던 것이다.

점차 희미하게 사람의 모습이 보이기 시작했다. 아직은 앳
돼 보이는 소녀의 모습이 나타났다. 수린이었다. 초췌한 안색
을 하고 있는 수린이 철혈무정로로 들어간 지 한 달여 만에
기진맥진한 모습으로 나타난 것이다.

"이… 이… 제 끝… 이군요."

"이런!"

턱!

앞으로 쓰러지듯 넘어지는 수린을 받쳐 든 것은 주작이었다. 완전히 탈진한 수린이 사신의 모습을 보자마자 정신을 잃은 것이다.

"빨리 옮겨라! 어서!"

현무의 탁한 목소리가 울렸다. 수린이 나타나자 목이 멘 것이다. 탈진한 수린이 걱정된 탓인지 평소 신중하던 그의 모습은 찾아볼 수 없었다. 주작이 수린을 안고 빠르게 신형을 옮겼다. 세 사람은 행여 무슨 일이 있을세라 주작의 뒤를 따랐다.

위이이잉!

네 사람이 수린을 옮기고 얼마 지나지 않아 철혈무정로에서 바람이 이는 소리가 들렸다. 길이를 알 수 없는 긴 통로로 보였던 철혈무정로의 안쪽이 희미하게 비쳐 보였다.

그곳은 사신이나 수린이 알고 있는 통로와는 다른 곳이었다. 철혈무정로의 안쪽은 통로가 아니라 사방에 사신의 문양이 새겨져 있는, 크기가 얼마 되지 않는 작은 석실이었던 것이다.

처음 머물렀던 석실로 수린을 데리고 온 네 사람은 탈진한 수린에게 진기를 불어넣었다. 완전히 탈진한 상태였기에 네 사람이 번갈아가며 수린의 몸에 진기를 불어넣고 있었던 것이다. 네 사람은 수린의 곁을 떠날 수가 없었다. 진기를 불어 넣어도 수린이 깨어날 생각을 안 했기 때문이다.

"으… 음!"

"정신 차리거라."

수린이 깨어난 것은 그로부터 사흘 뒤였다. 사흘 만에 수린이 신음을 흘리자 현무는 안타까운 듯 수린을 깨웠다.

"제… 가… 살아 있는 것인가요?"

"살았다, 살았어! 도대체 무슨 일이 벌어진 것이냐?"

네 사람 모두에게 제일 궁금한 것이었다. 사신의 지위를 대를 이어오는 오백여 년 동안 한 번도 철혈무정로에 들어간 사람이 없었기에 더욱 그랬다.

"으음, 모르겠어요. 끝없이 걷기만 했으니까요."

어느 정도 정신을 차린 수린은 자신이 겪은 일을 주섬주섬 이야기하기 시작했다. 하지만 그녀가 철혈무정로로 들어서서 한 것이라고는 끝없이 펼쳐진 길을 걸은 것뿐이었다. 사신으로서는 허무하리만치 간단한 내용이었다.

"끝없이 걷기만 했다는 말이냐? 정말 안에 아무것도 없었던 것이냐?"

청룡은 수린이 철혈무제의 유진을 얻었는지의 여부가 궁금했다. 상황을 봐서는 얻지 못했을 수도 있었기 때문이다.

"아무것도 없었는데요. 그냥 길을 따라 계속 걸었을 뿐이에요."

"어허!"

"그… 럴 리가!"

네 사람은 어이가 없었다. 육대를 거쳐 오며 지켜온 철혈무전이다. 자신들의 사부가 그랬고, 사부의 사부가 그랬다. 햇빛 하나 들어오지 않는 지하 석실에서 철혈무제의 후인을 기다려 온 세월이 얼마이던가. 그런데 철혈무정로를 들어갔던 수린이 아무것도 가지고 나온 것이 없자 망연자실한 것이다.

"이럴 수는 없어, 이럴 수는……. 꼬르르륵!"

아무것도 없었다는 소리에 연신 부정하던 청룡은 거품을 물며 쓰러졌다. 수린의 이야기에 받은 충격이 컸기 때문이다. 나머지 사람도 청룡과 같은 심정이었다. 하지만 지금 제 성질을 못 이겨 쓰러지는 청룡이 더 문제였다.

"야! 정신 차려! 정신 좀 차려라!"

현무가 다급히 청룡을 흔들었다. 주작이 제일 화급한 성격을 가지고 있지만 한번 성질이 나면 더욱 급한 것이 청룡임을 잘 알고 있는 까닭이었다. 잘못하다간 생사람 하나 잡을 판이었다.

'물건 같은 것은 없었지만 길을 지나는 동안 이상한 것은 많이 봤는데…….'

수린은 허탈해하는 사신을 보며 자신이 철혈무정로를 끝없이 걸으며 보았던 것들을 이야기해 주려 했다. 하지만 청룡이 실신하는 바람에 이야기할 기회를 놓치고 말았다.

　서로 싸우고 못마땅해하지만 청룡이 쓰러지자 세 사람은 당황한 듯 보였다. 식수를 가져다가 물을 뿌리고 손발을 주무르며 난리가 아니었다.

　하지만 한번 정신을 잃은 청룡은 깨어나지 않았다. 정신적 충격이 큰 탓이었다. 잘못하면 주화입마에 이를지도 모르기에 세 사람은 청룡의 상태를 살피기에 여념이 없었다.

　"저… 어……."

　수린이 입을 열었다. 무엇인지 모르지만 자신이 지나온 길에 있던 것이 중요한 것임이 틀림없었다. 자신이 알 수 없는 길을 걸으며 겪었던 일을 이야기해 줄 필요가 있다고 생각했다.

　"왜 그러느냐?"

　머뭇거리며 무엇인가 말하려는 수린의 표정을 보고 현무가 물었다.

　"그러니까… 조금 이상한 것이 있어서요."

　"무엇이 말이냐?"

　"그러니까… 제가 걸어갔던 길에서 용이 춤추고, 주작이 불을 뿜으며 날고 그랬거든요."

　"그래서?!"

　"정말이냐?"

　"그런 일이!!"

모두의 시선이 수린에게로 집중됐다.

"동서남북을 관장하는 사방신이 모두 움직였어요."

쿵!

너무도 놀라운 이야기에 머리를 받치고 청룡의 숨결을 살피고 있던 주작이 손을 놓아버렸다. 돌로 된 침상 위로 청룡의 머리가 떨어지며 석실을 울려댔지만 세 사람은 수린의 말에 모든 신경을 집중하고 있었다. 지금 청룡의 상세는 문제가 아니었던 것이다.

"모든 것이 춤을 췄어요. 청룡도 백호도 말이죠. 푸른 물결을 따라 비상하는 청룡의 뒤에는 산야에서 포효하는 백호가 따르고 있었지요. 창천의 태양처럼 뜨거운 불을 내뿜는 주작 뒤에는 언제나 음유로운 현무의 그림자가 있었어요."

"철혈사신무(鐵血四神舞)!!"

세 사람의 입에서 동시에 같은 말이 흘러나왔다.

"크하하하! 철혈사신무다, 철혈사신무!!"

"드디어… 드디어!"

"우와아!"

세 사람이 미친 듯이 웃으며 광분하기 시작했다. 자신이 본 것이 무엇이기에 이들이 이토록 광분하는지 수린의 눈에는 의문만이 감돌 뿐이었다.

"왜… 왜 그러세요?"

"왜 그러냐고요? 크하하하! 드디어 우리가 이 지겨운 곳을 나가게 됐다는 말입니다! 이 지겨운 곳을 말이죠! 하하하하!"

현무는 수린의 손을 잡고 흔들며 연신 광소를 터뜨렸다. 무슨 일인지는 모르지만 잘된 것 같다는 생각이 들었다. 그리고 자신이 철혈무정로에서 무엇인가 가지고 나왔다는 생각도 들었다. 뇌리에 선명하게 깃들어 있는 사방신의 춤사위. 잊으려고 해도 잊을 수 없도록 자신의 뇌리에 각인되어 있었던 것이다. 그렇지만 수린은 현무가 다른 때와는 달리 지금 자신에게 존대하고 있음을 인식하지 못했다.

"끄응! 아이고, 머리야! 이놈들아! 왜 이렇게 시끄러워!!"

세 사람이 미친 듯이 웃는 바람에 기절해 있던 청룡이 깨어났다. 어찌 된 영문인지 통증이 이는 뒷골을 어루만지며 일어서다 미친 듯이 좋아하고 있는 세 사람을 보자 의아했다.

"미친놈들, 철혈무전에 아무것도 없었다는데 저렇게 웃다니. 이제는 완전히 미쳐 버렸군, 미쳐 버렸어. 허… 허!"

청룡은 세 사람을 보면서 저들이 이제는 완전히 미쳐 버렸다고 생각했다. 자신도 노화를 이기지 못하고 기절하지 않았던가. 투덜거리는 청룡을 향해 현무가 다가섰다.

"철혈사신무가 나타났다. 철혈사신무가 말이다."

"뭐라고?"

"이놈이 귓구멍이 먹었나? 철혈사신무가 현신했다는 말이다!"

"정말이지? 정말로 철혈사신무가 나타났다는 말이지?"

"네놈 성질을 아는데 내가 지금 거짓말할 것 같으냐? 믿어라. 정말이다."

"믿을 수가 없다. 어떻게……?"

"정 못 믿겠으면 여쭤보면 되잖아."

"진짜입니까?"

수린을 바라보는 청룡의 눈에는 사실이길 바라는 염원으로 가득했다. 제발 거짓말이 아니기를 바라는 마음이 눈망울에 가득했다.

"그게 철혈사신무인지 뭔지는 모르겠지만, 사방신이 같이 춤을 추는 것은 봤어요. 그게 철혈사신무라는 건가요?"

"크하하! 정말이구나! 정말이야!"

청룡 또한 미친 듯이 웃으며 수린의 손을 잡고 기뻐하기 시작했다. 웃으며 두 눈 가득 눈물을 흘리고 있었다. 드디어 오백여 년 만에 철혈무전의 진정한 주인이 나타난 것을 알았기 때문이다.

『구벽뇌운』 3권에 계속…

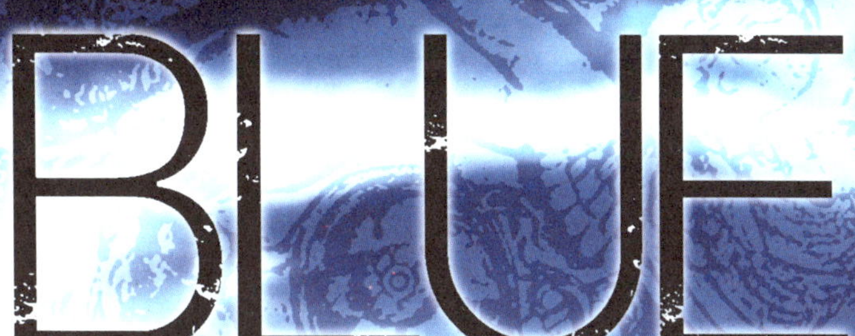
BOOK Publishing CHUNGEORAM

BLUE
BOOK

무한 상상 무한 도전의 힘!
블루부크

EXCITING! BLUE! 블루부크(BLUE BOOK) 청어람의 또 다른 이름입니다.

BLUE는 맑게 갠 가을 하늘과 넓은 바다입니다.
그곳에는 미래에 대한 희망과
보다 넓은 미지의 세계에 대한 동경이 담겨 있습니다.

BLUE는 젊음과 패기를 의미합니다.
언제나 새로운 시작을 위한 힘이 있고
세상에 대한 도전의식이 충만합니다.

블루가 새로운 도전과 희망으로
곧! 여러분과 함께합니다.

BLUE
BOOK
도서출판 청어람

유행이 아닌 자유추구 -
WWW.chungeoram.com   Book Publishing CHUNGEORAM

초등학생이 반드시 읽어야 할 좋은 책 49권

각 학년별로 초등학생이 반드시 읽어야할 좋은 책을
선정하여 통합논술의 기본이 되는 '올바른 독서법'을
일깨워 줍니다.

교과서와 함께하는
초등학교 통합논술

초등1학년 | 값 12,000원 / 초등2학년 | 값 9,500원 / 초등3학년 | 값 11,000원 / 초등4학년 | 값 9,500원 / 초등5학년 | 값 9,500원 / 초등6학년 | 값 11,000원

♣ 혼자 할 수 있어요.

엄마가 책 읽는 방법을 가르쳐 주어도 좋아요.
독서지도하는 선생님이 가르쳐 주어도 좋답니다.
"초등 교과서와 함께하는 **통합논술 시리즈**"는
아이 스스로 독서할 수 있도록 꾸며진 책이에요.
엄마와 선생님은 요령만 가르쳐 주시면 된답니다.

♣ 교과서의 중요한 내용이 총정리되어 있어요.

각 학년별로 중요한 교과 내용이 함께 수록되어 있어요.
초등학생은 교과서 내용을 충실하게 공부해야 합니다.
아울러 그와 병행한 독서가 대단히 중요하지요.
"초등 교과서와 함께하는 **통합논술 시리즈**"는
두 가지 방법 모두 알려준답니다.

♣ 이 책은 훌륭하신 선생님들이 함께 쓰신 책이랍니다.

동화작가 선생님들이 쓰셨어요. 소설가 선생님도 쓰셨답니다.
국어 논술독서지도 선생님들도 함께 쓰셨지요.
"초등 교과서와 함께하는 **통합논술 시리즈**"는
엄마의 마음으로 모든 선생님들이 함께 꾸민 책이랍니다.

입소문을 통해 아는 분은 다 알고 계십니다!
올 한해 공인중개사 최고의 화제작!

1~2권 합본 | 이용훈 지음
3~4권 합본 | 이용훈 지음
5~6권 합본 | 이용훈 지음
용어 해설 | 이용훈 지음

수험생 기본 필독서
만화 공인중개사

제목 : 만화공인중개사 쓰신 분에게 감사드립니다.

학원을 두 달 다녔어요. 근데 과연 그 숫자 외우기 그런 게 몇 문제나 나올까 생각을 했어요.

아니라는 생각이 드네요. 학원강의를 뒤로하고 서점을 갔어요. 내 머리에 가장 이해될 수 있는

책이 없나 하구요. 거기서 만화를 발견했어요. 무조건 세 번 봤어요. 3개월 걸렸어요. 문제집을 보라고

했는데 그건 시행을 못했어요. 근데 합격을 했네요.

어떻게 감사의 말을 해야 될지…….

도서관에서 만화책 들고 다니니까 사람들이 비웃더라구요. 만화책으로 공인중개사를 공부한다고

미친 사람처럼 보더라구요. 근데 그거 다 감수하고 했던 내가 자랑스럽습니다.

어떻게 감사의 말을 해야 할지… 정말 감사합니다.

부디 행복하세요. 제 나이 41살에 좋은 스승을 만난 것 같습니다.

엎드려 감사드립니다.

ㅡ본사 홈페이지에 독자분이 올린 메일 中 에서 발췌ㅡ

이명박

기도하는 리더십
이명박의 **삶과 신앙** 이야기

젊은이들에게 성공 신화의 주역으로 주목받고 있는

이명박!
과연 그 이유를 어디서 찾을 것인가.
그것은 기도하는 삶이었다!

이명박 기도하는 리더십 | 이채윤 지음 280쪽 | 9,900원

기도하는 삶이
지금의 이명박을 만들었다!
leadership

『이명박 기도하는 리더십』은 이명박의 탄생과 신앙, 그리고 그간의 업적을 한눈에 볼 수 있는 책이다. 한편으로는 신앙 간증서라고 말할 수도 있겠지만, 이명박의 삶은 신앙과 떨어뜨려 놓고는 생각할 수 없는 관계에 있다.
이 책, 『이명박 기도하는 리더십』은 대한민국 성장의 역사, 그 주역이었던 이의 삶을 통하여 이 시대의 젊은이들에게 부족한 정신들을 일깨워 줄 수 있을 것이며, 앞으로 더욱 큰 신화를 만들고 추진해 갈 이명박의 비전을 알고자 하는 이들에게 적합한 서적일 것이다.